王太子妃になんてなりたくない!!
サハージャ編
聖女ルビーは逃げられない

MELISSA

王太子妃になんてなりたくない!!
サハージャ編
聖女ルビーは逃げられない

月神サキ

Illustrator
蔦森えん

王太子妃になんてなりたくない!!

聖女ルビーは逃げられない

サハージャ編

MELISSA

序章　ここは一体どこなのか

空は明るく、赤い月が輝いている。

爽やかな風が吹き抜けていった。

剣呑《けんのん》な様子でやってきたのは、中世ヨーロッパを思い出すような格好をした人々だ。彼らの髪と目の色に統一性はなく、金銀黒に茶色に紫と実に多彩で、日本人でないことだけは確かだった。

そして今私が立っているのは、何故か噴水の中。

ウエディングケーキのような三段の白い噴水は繊細でとても美しいが、如何《いかん》せん膝《ひざ》下まで水に浸《つ》かっており、とても冷たい。

周囲を見回せば、緑豊かな庭園がどこまでも広がっている。それは全く記憶にないもので、どうして自分がここにいるのかさっぱり理解できなかった。

見慣れない空。見知らぬ人たち。見覚えのない風景。その全《すべ》てに私は戸惑いを隠せなかった――。

◇◇◇

「……残念だったなあ」

しんみりとした気分で夜道を歩く。

つい先ほどまで私、七扇飛鳥《ななおおぎあすか》は通夜に出席していた。

故人と直接的な知り合いではないが、通り魔に殺されたという話を偶然ニュースで知ったのだ。

その人が以前、兄と交際関係にあったのを知っていたこともあり、なんとなく無視するのは憚《はばか》られた。

不幸中の幸いと言おうか、ご遺体は綺麗《きれい》だった。通夜には二十代という若さで亡くなった彼女を惜しみ、たくさんの友人たちが集まっていた。

皆が悲しむ中、ほぼ無関係の自分がいることに耐えきれなくなり、早々に退出してしまったが、焼香は済ませたし、冥福を祈ることができたからよしとしよう。

故人の名は、結城桜《ゆうきさくら》さん。

彼女が無事、天国へと迎えられていることを願うばかりだ。

「……お兄ちゃん、気落ちしていなければいいけど」

夜道を歩きながら考えるのは、兄のことだ。

兄といっても本当の兄ではない。血縁関係的には、従兄《いとこ》だ。

七扇紫苑《ななおおぎしおん》。

彼は両親を早くに亡くし、成人までは親戚である私の父が後見人となっていた。

残念ながら父は、兄のことをあまり好きではなかったみたいだけれど。

それは兄も察していたのだろう。大学入学と同時に家を出て行った。

父は厄介払いができたと喜んでいたが、私は残念だった。だって私は父とは違い、兄を慕っていたので。

見た目も良く、いつだって優しかった兄は、私が理想とする兄像そのままの人だったのだ。

更に言うと両親は共働きで、仕方のない話だが私のことは放置しがちだった。そんな私を誰《だれ》よりも気に掛けてくれたのが従兄であった兄。

まだ小さかった私の世話をし、遊んでくれた。父には悪いが、懐《なつ》かない理由がどこにもなかったのだ。

私が彼を慕うので、父は余計に兄のことを嫌いになったのかもしれないけれど。

私は彼のことを「お兄ちゃん」と呼んで本当の兄のように慕い、彼も実の妹のように扱ってくれた。

そんな兄はとても賢く、高校も大学も学費全額免除で通っていた。

ボロボロのアパートで暮らす兄を案じて何度か近況を聞いたが、どうやら彼女ができたようで、それを聞いた私はとても嬉《うれ》しかった。

ブラコンを自覚している私ではあるが、兄に対し恋愛感情は持っていない。

むしろ、これまであまり良いことがなかった兄が幸せになれることを心から祈っていたから、彼女がどんな人なのか根掘り葉掘り聞いたものだ。

それが結城桜さん。

彼女のことを語る兄は、珍しく嬉しそうな顔をしていて、ああ、兄は愛する人を見つけられたのだなと喜んでいたのだけれど、その終わりは早かった。

てっきり将来的には結婚するものとばかり思っていたのに、わずか一年半ほどで別れてしまったのだ。

そのあとの兄は見ていられないくらい酷《ひど》く憔悴《しょうすい》していたし、かなり落ち込んでもいたので、私はふたりがよりを戻すことを願っていたが、結局それは叶《かな》わず、彼女は亡くなってしまった。

きっと今頃《いまごろ》兄も通夜の会場を訪れていることだろう。

いまだ彼女のことを引《ひ》き摺《ず》っている兄だから、相当ショックを受けているのではないだろうか。

「……お兄ちゃんが来るまで待っていてあげれば良かったかな」

桜さんが亡くなったことを兄が受け止めきれるとは思えない。早めに会場を出たのは失敗だったかも。

そんなことを考えていると、ポツポツと雨が降り出してきた。

「うわ、雨⁉」

空を見上げれば、いつの間にか暗雲が垂れこめている。先ほどまでは、綺麗に晴れていたというのに、嫌な感じだ。

「通り雨……？　わ、本格的に降ってきた！」

ポツポツだった雨は、あっという間に本降りへと変わった。

雨の予報はなかったので傘を持ってきていない。もう夜も遅い時間ではあるが、どこか開いている店があれば入って雨宿りさせてもらいたいと思いながら走り出した。

喪服として着ていた黒のスーツに雨が染みていく。

「やめてよ……下ろしたばかりのスーツなのに……！」

現在大学生の私は、喪服を持っていなかったのだ。高校生であれば制服で良かったのだけれど、大学に制服はない。

仕方なく、少し前に買ってもらったパンツスーツを着てきたが、まさか下ろしたその日に雨に降られるとは思わなかった。

「うわっ……！」

空が光り、轟音《ごうおん》がした。

どうやら近くに雷が落ちたようだ。雨だけではなく雷もとはついていない。

雨の勢いもスコールのように激しく、すでに濡《ぬ》れ鼠《ねずみ》状態だ。

「最悪……早く店を見つけないと」

走りながら呟《つぶや》く。その時、一際強烈な稲光が走った。間を置かず、雷が落ちる。あまりの激しい音に思わず目を瞑《つむ》った。

「……え？」

次に目を開けた時、不可思議すぎる己の状況に、私はポカンと口を開いた。

夜道を走っていたはずなのに、何故か噴水の中に立っている。

目の前には美しい緑の庭園が広がり、王宮のようなものが見えている。

噴水の水位は膝下くらい。すでに濡れているので水の中にいること自体は気にならないが、自分の現状に疑問しかなかった。

――何これ。

「……」

驚きすぎて、まともに言葉を発せない。

夜だったはずなのに、昼間になっているのも理解不能だった。しかも……。

「……月が赤い？」

空に輝く月は見慣れた白いものではなく、どう見ても赤かった。

日本で見るはずのない月の姿に動揺していると「キャアアアアアア!!」という叫び声がした。

「な、何……？」

「侵入者よ！　侵入者が噴水の中に!!」

見れば女性が私を指さし、悲鳴を上げていた。

女性の格好は、いわゆるメイドスタイル。クラシカルなメイド服姿だ。

髪色は金髪で、瞳《ひとみ》の色も黄色い。

日本人とはとても思えない顔立ちと色合いだった。

女性の悲鳴に動揺していると、彼女の声を聞きつけたのか、瞬《また》く間にたくさんの人が集まってくる。

中世ヨーロッパを彷彿《ほうふつ》とさせる装いの兵士や、貴族を思わせる格好をした人たちを見て、更に動揺した。彼らも日本人には見えない。

映画の撮影か何かかと聞きたくなるような様相だ。

彼らは噴水の中から私を引き摺り出すと、一斉に詰問してきた。

「お前、一体どこから侵入した！」

「ここは、一般人の立ち入りが禁止されている場所だぞ！」

「怪しい格好をしているな。暗殺者か！」

「ひっ」

怒鳴られ、身体《からだ》が竦《すく》む。

「何これ……」

私は通夜から家に帰るところだったはずなのに。

どうしてこんなわけの分からないところにいるのだろう。

夢かと願って頬《ほお》を抓《つね》るも、目覚める気配はどこにもない。

ひとりの兵士が、震える私に持っていた剣を突きつけてくる。

「っ！」

抜き身の剣の切っ先は鋭く、酷くリアリティーがあった。そのおかげでここは現実なのだと認識できたが、だからといって何かが変わるわけではない。

涙ぐむ私を兵士が睨《にら》んだ。

「話を聞かせてもらおうか」

そう言われても、私に話せることなど何もない。

だって何も分からないのだから。

――お兄ちゃん、助けて……。

心の中、思わず縋《すが》るのは、いつだって優しかった兄。

兄ならきっとどんな状況でも笑って「大丈夫ですよ」と言ってくれると思うから。
でも、その兄はここにはいない。
誰が見ても絶体絶命のピンチだ。

――私の嬉しくも何ともない第一回目の異世界トリップ。
それはこんな戸惑いと絶望の中から始まった。

第一章　本名を知られたらヤバいのかもしれない

「全く、どうやって入り込んだのか。まさか刺客とかではあるまいな」

多くの兵士たちが疑惑と不審の目で私を見ている。

剣や槍《やり》の刃を次々に向けられ、泣きそうになった。現代日本ではあり得ない光景だ。鋭い切っ先が自分に向いていることが恐ろしい。

「け、剣と槍って……ファ、ファンタジー世界じゃないんだから」

「なんだって？」

「ッ!?」

思わず告げた言葉を聞き咎《とが》められ、喉元に剣先を向けられた。髪の毛が少し切れる。それを見て息が止まった。

——こ、怖いっ！

私は家に帰ろうとしていただけだ。それなのに、何故《なぜ》、見知らぬ場所で刃物を向けられているのだろう。怖くて怖くて仕方ない。

——お兄ちゃん、お兄ちゃん、助けてよ……。

こんな時、やはり無意識にでも頼ってしまうのは、両親ではなく兄だった。兄なら何とかしてくれる。そんな信頼があるからだ。

とはいえ、ここにいない兄が助けてくれるはずもないのだけれど。

恐怖から、目に涙が滲《にじ》む。それを見た兵士が唾棄《だき》した。

「男のくせにこれくらいで泣くな。情けない」

「え……男？」

言われた言葉を聞き、一瞬、恐怖が緩む。

どうやら彼らは私を男性だと思っているようだ。確かに着ているのはパンツスーツだし、私の髪の長さは、肩に掛かるくらい。

背もそれなりに高く、顔立ちだって可愛《かわい》いタイプではない。更に言うなら、体型はスレンダー系で高校では演劇部に所属して、好んで男役をやっていたくらいだ。

だから男に間違えられても仕方ないのかもしれないが――いや、やはり失礼だな。

男性と女性では骨格がまるで違う。それに今の私は別に男装をしているわけではないのだ。

どう見ても女性でしかない私を男性と間違うなど腹立たしい限りだった。

怒りが一時的に恐怖を上回る。ムッとした私は刃物を突きつけられていることも忘れて口を開いた。

「ちょっと――」

一言文句を言わないと気が済まないと思ったのだ。だがそれは、聞こえてきた声により中断を余儀なくされた。

「……ねえ。彼、僕にくれない？」

響いた声は男の子のものだ。声変わり前の少し高い声。

その声が聞こえた瞬間、兵士たちの動きがピタリと止まった。

誰《だれ》かが小さな声で言う。

「……殿下」

——殿下？　って、え、王子様!?　王子様が来たの？

中世ヨーロッパ風の格好をした兵士たちの次は、まさかの王子様ときたか。

ますますファンタジーっぽい展開だと思っていると、兵士たちは声をした方を向いた。自然と私もそちらを見る。

「……わ」

とても綺麗《きれい》な男の子が立っていた。

星の輝きを思わせるような銀色の髪。灰色の目の下には小さな黒子《ほくろ》があった。

垂れ目で気怠《けだる》げな雰囲気の子供は、分厚く大きな本を両手に抱えている。

たぶん十歳にもなっていない、折れそうに細い子供は、見るからに上質と分かる黒のジャケットを着ていた。

小さな王子様はトコトコとこちらへ向かって歩いてくると、私の目の前に立つ。

観察するようにじっと見つめられた。

「な、何？」

「……うん、たぶん彼、暗殺者ではないよ。僕が責任を持つから、彼のことちょうだい。ちょうど、身の回りの世話をしてくれる人が欲しいと思っていたところだったんだ」

「で、ですが」

兵士が眉《まゆ》を寄せる。その顔を見た男の子が不機嫌そうに言った。

「不満？　じゃあなに、君が僕の世話をしてくれるって言うの？」

「……いえ」

「だっる。……あのさ、それなら最初から余計なこと言うなよ」

兵士が気まずげに男の子から視線を逸《そ》らす。それは他《ほか》の兵士たちも同じだった。

どうやら男の子とあまり関わりたくない様子だ。

王子様という話らしいのにどうなっているのだろう。

男の子を見れば、彼は交渉を続けていた。

「誰も僕の世話をしたがらないんだ。だから、いいよね？」

「し、しかし、陛下がなんとおっしゃるか」

「父上なら何も言わないよ。……僕の存在なんて忘れていると思うし、聞くだけ無駄だと思う。逆にくだらないこと聞くなって怒られるんじゃない？」

「……」

男の子の言葉に兵士たちが黙り込む。父親が息子の存在を忘れているとはどういうことだと言いたかったが、口を挟めるような状況でもない。

これからどうなるのか、緊張しつつも様子を窺《うかが》っていると、男の子が自嘲するように言った。

「もし彼が暗殺者だったとしても構わないよ。別に殺されたところで、自己責任だと思っているから、君たちのせいにはならない。――ねえ、ここまで言ってるんだから彼をもらって構わないよね？　彼は僕のもので手出し無用。これ以上面倒を掛けないで欲しいな。――分かった？」

「……分かり、ました」

コテンと首を傾《かし》げる男の子に、兵士たちは迷ったようだが、結局は頷《うなず》いた。

突きつけられていた刃物が引かれる。ホッと息を吐いていると、男の子が私を見上げてきた。

「え」

「こっち。こっちに来て」

「え……」

「ああもう、面倒だな。君は僕のものになったんだ。だからついてきてって言ってる。分かった？」

「う、うん」

次々と変わる状況についていけないが、きっと逆らうのは得策ではないのだろう。

今、どこにいるのかも分からないのだ。逃げるにしたって、どちらへ行けばいいのかも分からない。

腹を括《くく》って男の子の後を追う。

兵士たちはまだその場に残っていたが、私が動いても誰も何も言わなかった。

男の子が向かったのは、庭園の奥。森のような場所だ。道があるし、木々もきちんと手入れされているので、どちらかというと森林公園に近いのかもしれない。

迷う素振りがないので、道は合っているのだろう。だけどどこへ向かっているのかは気になった。

周囲には誰もいない。私と男の子のふたりだけだ。天気は良いし、温度も高め。

だが、身体《からだ》が濡《ぬ》れたままなのが気持ち悪かった。

とはいえ、何とかしてくれなんて言える状況でもないのだけれど。

――うう、気持ち悪いなあ。

歩くと靴の中に水が入った音がして、非常に不快だ。

顔を歪《ゆが》めていると、ふいに前を歩いていた男の子が立ち止まり、振り返った。

「……危なかったね」

「え」

「危なかったって言ったんだよ。あのままなら君、処刑コース一直線だったから」

「処刑!?」

現代日本では聞くことのない言葉にギョッとした。

「ど、どうして……」

「だって君、たぶんだけど、身分を証明するものを何も持っていないよね？　その状況で、突然、天下のリベリオン王宮に現れたんだ。処刑されても仕方ない」

「仕方ないって……私、別に来たくてここに来たわけじゃないのに!?」

物騒すぎるワードがまだ十歳にも満たないだろう少年の口から出たことに驚きつつも、必死に無実をアピールする。

「わ、私、お通夜の帰りに雷雨に遭って……気づいた時にはここにいたってだけなの！　今、自分の置かれている状況もよく分からない。それなのに処刑？」

「理由なんてどうでもいいよ。リベリオン王宮に無断で忍び込んだという事実が問題なんだから」

「わ、私、忍び込んでなんていないわ！」

「そうだろうね。だから助けたんだ。何も知らないまま処刑されるのは可哀想《かわいそう》だから。それに君、異世界からの客人だろう？　前に読んだ本に書いてあった。昔、何度か客人がリベリオン王宮の噴水に現れたことがあるって。彼らは皆、異世界出身者だったって記述が残っている。だから面倒だったけど頑張ったんだ」

「い、異世界？」

とんでもない単語が出て声がひっくり返ったが、どこかで「やはり」と思っている自分がいることも確かだった。

私の知る日本ではあり得ない格好をした人たちや、元いた場所とは全く違うところに移動している現状。夜だったのに昼間になっていることや、そもそも赤い月が輝いている点など、ここが日本……いや、地球でないことは明らかだったから。

もしかしてこれは壮大なドッキリではないのかと考えもしたが、まずターゲットに私を選ぶ理由が分からないし、今も空に赤い月が輝いているのを見れば、その可能性はゼロだろうなと思ってしまう。

「異世界トリップ……？　あの小説や漫画でよくある？　それに私が巻き込まれたっていうの？」

愕然《がくぜん》としていると、少年が聞いてきた。

「その格好もだ。似ているように見えるけど、こちらで使われているものとは素材が全然違うみたいだし。何でできているの？」

「そ、素材？　ナイロンとかそういう？」

「ないろん？」

「い、いや、何でもないの」

首を傾げられ、慌てて首を横に振った。ナイロンがどういうものかなんて聞かれたところで納得させられる答えを用意できないと思ったからだ。

しかし異世界トリップとは。

まさかの別世界にいるという事実に戦《おのの》いていると、男の子がじっと私を見つめてきた。

「な、何？」

「さっきから思ってたけど、もしかして君、魔法は使えない？」

「魔法!?　そんなの使えるはずないでしょ！」

魔法なんて空想の産物だ。ブンブンと首を横に振って否定すると、男の子は「ふーん」と頷き「だからびしょびしょのままなのか」と言ってきた。

「びしょびしょのまま？」

「全身濡《ぬ》れ鼠《ねずみ》状態だってこと。全然乾かす素振りもないからどうしてかなって」

「乾かすって……乾燥機があるわけでもないのに無理に決まってる」

乾かせるものなら乾かしている。そう思って言い返すと、彼は肩を竦《すく》めた。

「無理じゃない。僕たちの世界では魔法や魔術はごくごく当たり前に存在するものだからね。……面倒だけど仕方ないか。……ほら」

「えっ……」

少年がパチンと指を鳴らす。次の瞬間、爽やかな風が身体を通り抜けていった。今の今までびしょ濡れだったのが嘘《うそ》のように服や靴が乾いている。

「え、え、え、え、え？」

「驚きすぎ。簡単な魔法だよ。これくらいなら庶民でも使える」

「簡単って……今の服を乾かしたのが？」

信じられない気持ちで少年を見つめた。一瞬で服が乾くなんて、私の世界ではあり得ないことだ。全く違う世界に来たのだと、嫌でも信じざるを得なかった。

「魔法なんてあるんだ……しかも呪文もなし？」

「呪文？　魔法に呪文は要らないよ。魔術にはいるものも多くあるけど、魔法はイマジネーションがものをいう。如何《いか》に具体的に想像できるか、魔法に必要なのはそれと、あとは魔力だけ」

「へええ……」

私の想像する魔法とは全然違う。てっきり杖《つえ》を持って呪文を唱えて……みたいなものだろうと考えていた。

「すごいんだね、魔法。あ、それとありがとう。服を乾かしてくれて。気持ち悪かったからすごく助かっちゃった」

まだお礼を言っていなかったと思い、頭を下げる。少年は吃驚《びっくり》したように目を見開いたが、すぐにツンとそっぽを向いた。

「……別に。びしょ濡れの使用人なんて嫌だって思っただけだから」

「えっと、その使用人って話も気になるんだけど、他にも色々質問していい？　その、あなたの想像通り、たぶん私、異世界から来たっぽくて、ここがどこなのか、どういう場所なのかも全く分からないの」

事情を分かってくれているのがこの小さな少年ひとりというのはどうかとも思ったが、彼は口調がしっかりしているし、かなり大人《おとな》びている。たぶん、相当頭が良いのだろう。

それなら質問すれば私の知りたいことに答えてくれるのではと思えた。

「お願い」

「別に良いけど、離宮についてからにして。そこなら落ち着いて話せるから」

「離宮？」

あまり聞かない言葉に首を傾げる。男の子は歩き出しながら私に言った。

「……僕の家だよ。本館から離れた場所にあるんだ。僕しかいないから、人の目を気にしなくて済む」

「え、ご両親と一緒に住んでいるんじゃないの？」

「父上？　父上は本館から出てこないし、母は僕を産んですぐに亡くなった。使用人の女が定期的に来て、最低限の世話をしてくれるくらいで、あとはずっとひとりだよ。面倒がなくて助かってる」

「ええ!?」

まだまだ親の庇護《ひご》が必要そうな少年がまさか一人暮らししているとは思わず、ギョッとした。

「嘘でしょ。その年で一人暮らし？」

「僕は公式には発表されていない、いわゆる隠された王子ってやつだから。母親が娼婦《しょうふ》だったから仕方ない。殺されなかっただけマシだと思ってる」

「こ、ころ……」

「血統の悪い息子は要らないっていうこと。ま、よくある話だよ」

淡々と語られる話に開いた口がふさがらない。

スタスタと歩いて行く少年の後を追いながらも質問した。

「そ、その王子ってやつだけど！　あなた、本当に王子様なの？」

「いちいちうるさいなあ。そうだよ。サハージャ王国第五王子エラン。正確にはエラン・ユル・ダ・サハージャが僕の名前。ここはハイングラッド大陸のほぼ中央部に位置するサハージャ王国で、もっと言えば、王都ラジェドのリベリオン王宮だ。そして君は、王族の住む王宮に無断侵入した侵入者ってわけ」

「だから、無断侵入した覚えはないんだって！」

言いながらも、私は必死に頭を動かしていた。

ハイングラッド大陸もサハージャなんて国の名前も全く聞いたことがない。

彼の言う通り、ここが異世界というのならそれも当たり前なのだろうが、未知の大陸名と国名に混乱した。

「サハージャ王国なんて知らない……」

「そりゃそうでしょ。世界が違うんだから。それで君は？　どこから来たの？」

「私は日本という国から来たの。大学生だった」

「大学生？」

聞いたことがないという声に、私はどう説明したものかと思いながらも口を開いた。

「大学に通う学生のこと。大学は教育機関のひとつで、一般的には高校を卒業したあとに、試験を受けて通うんだけど」

「ふうん。教育機関ね。それならこちらの世界にもあるよ」

「へえ」

「うちの国にはないけどね。ヴィルヘルムの王都にあると聞いたことがある」

「ヴィルヘルム？」

「東にある大国。世界最強国家って呼ばれてるけど、平和を愛する国だよ」

簡潔に説明し、少年――エランが前を指さす。

彼が指さした先には平屋建ての建物があった。かなり大きい。

「あれが離宮」

「えっと、あそこにひとりで住んでるの？」

「そう。……ほら、行くよ」

「ま、待って」

早歩きになったエランを追いかける。

離宮はそれなりに年代物で、軽井沢とかにある別荘のような雰囲気があった。

鍵も掛かっていない不用心すぎる扉を開け、エランが中に入る。中はがらんとして、なんだか寒々しい。

「お、お邪魔します」

「誰もいないから良い子ぶる必要はないよ。奥の応接室で話そうか」

「良い子ぶるって……」

挨拶《あいさつ》は常識だと思うのだけれど。

エランについていきながら、周囲を見回す。

廊下の隅には埃《ほこり》が溜《た》まっており、壁は飾りっ気がなかった。

美術品の類《たぐ》いもない。なんとなくだけど、王族の住まいなんて、派手でキラキラしているのではと思っていたので、想像とは違って驚いた。

――い、意外と普通……というか質素なんだ。

「ここだよ。好きなところに座って」

「わ……」

案内された応接室を見て、目を見開く。廊下を歩いていた時は意外と質素な暮らしかと思っていたが、室内には如何にも高級な洒落《しゃれ》た家具が置かれていたからだ。

優美なラインを描くソファやテーブル。大理石でできた暖炉は存在感があったし、窓に掛かるカーテンも豪奢《ごうしゃ》なものだった。部屋自体もかなり広い。

大きな窓の先にはバルコニーがあり、外に出られるようになっていた。

「綺麗……」

「万が一、父上が訪ねてこないとも限らないからね。応接室にはそれなりの調度品が揃《そろ》えてあるんだ。まあ、来ることなんてないんだけど居心地はいいから気に入ってる」

暖炉の前のソファにエランが座る。彼は持っていた本を近くのテーブルに置き、私を見た。

「君も早く座りなよ」

「う、うん」

どこに座ろうか考え、結局彼の正面にあるロングソファに腰掛けた。

フワフワのソファは、柔らかすぎて逆に座りづらい。

「それで？　質問があるってことだけど。怠《だる》いから手短に頼むね」

ソファに座ったエランがこちらを見てくる。そんな彼に頷いた。

「え、えっと、その、あなた、私の他にも異世界トリップしてきた人がいる、みたいなことさっき言ってたよね？」

「うん。古い歴史書に書いてあった。それが？」

小さな子供がさらりと歴史書を読んだと言ったことに驚きつつも、やはり王子様だから英才教育を受けているのだろうか、なんて考える。

「……本で読んだだけなのに、よく私のこと信じてくれたなって思って」

「そう？　明らかにこの世界ではあり得ない格好をした人間がいきなり噴水に現れたら、信じるしかなくない？　皆が思い至らなかったのは、単純に過去の事例を知らなかっただけ。知識の差だね。馬《ば》鹿《か》なんだよ」

「ば……すごいことを言うんだね。まだ子供なのに」

顔が引《ひ》き攣《つ》る。ずっと思っていたが、かなり辛《しん》辣《らつ》な子供だ。

「子供って……八歳だよ。読書は趣味……というか、ひとりだからこれくらいしかすることがないんだ。一番好きなのは医学書だけど、活字ならどんなものでも読む」

「八歳……」

十歳未満だとは思っていたが、八歳という答えには眩《め》暈《まい》がした。八歳の子供をこんな離宮でひとり暮らさせているなんて、日本なら間違いなく虐待案件である。

「どうして助けてくれたの？」

「可哀想だからって言ったよ。あと、君女性でしょう？」

「えっ……」

真《ま》面《じ》目《め》な顔で指摘され、目を見開いた。慌てて聞く。

「……そうだけど、どうして分かったの？　皆、男性だって勘違いしていたみたいなのに。それに私、パンツスーツを着ているし、髪も短いから誤解されても仕方ない部分もあるかなって思ったのに」

とはいえ、勘違いされたことは腹立たしかったが。

でも、八歳の少年が気づくとは思わなかったので驚いたのだ。

「すごい……」

「簡単だよ。骨格が女性のものだったから」

「骨格……ああ、医学書が好きって言ってたもんね」

なるほどと思い頷くと、彼は肯定した。

「そういうこと。だから放っておけなくて。異世界から来た君は知らないだろうけど、サハージャでは女性の扱いは酷《ひど》いものなんだよ。女性だとバレたら間違いなく拷問後、奴隷に落とされるから」

「拷問に、ど、奴隷……？　本当に⁉」

変な声が出た。

でも、奴隷なんていつの世界の話だ。少なくとも日本では一般的ではない。

「男性なら処刑。女性なら奴隷が普通かな。女性は奴隷として躾《しつ》けるのも簡単だからね。そうなるのが分かっていて、見て見ぬ振りはできないでしょ。だから怠かったけど助けたんだ。それとも助けない方が良かった？」

「っ！」

ブンブンと首を横に振る。奴隷にされるなんて絶対に嫌だった。

「女性は男性より力が劣っているし、細々とした雑用をさせるにはちょうどいい。男性に買われた場合、性処理をさせられる可能性も大いにあるよ」

「いやあああああああ！」

あまりの気持ち悪さに悲鳴が出た。泣きそうになりながら言う。

「八歳が！　性処理なんて言わないの‼」

「うるさっ。いくら叫んだところで事実は変わらないから。サハージャでは普通のことだし」

「なんておどろおどろしい世界……日本ではあり得ない」

「君はずいぶんと平和なところから来たんだね。こっちは相当治安が悪いよ。王都なんて女性ひとりで出歩いたら、あっという間に誘拐されるか殺されるか、どっちかだね」

呆《あき》れた顔をされたが、それどころではない。私は恐怖に震え上がった。

「ひええぇ。お、王都って……国の首都ってことだよね？　それなのにそんなに治安が悪いの？」

「戦争をよくしているからね。浮浪者も多いし、孤児も多い。身なりのいい者がひとりで歩いていたらあっという間にカモにされる」

「嘘でしょ……」

「嘘じゃないってば。全部本当のことだよ」

淡々と告げられたが、環境と価値観が違いすぎて、ついていけない。

しかし、エランが私を助けてくれたことはよく理解できたので、心からお礼を言った。

「あ、ありがとう。助けてくれて。命拾いしたみたい」

「別に、気まぐれだからお礼なんていいよ。身の回りの世話をしてくれる使用人が欲しいっていうのも嘘じゃないし」

「使用人……」

その言葉を聞き、ハッとした。

使用人ということは、エランは私を雇ってくれるつもりなのだ。異世界から来て行く当てのない私に居場所をくれる。そういうことなのだろう。

「い、いいの？　私は助かるけど」

右も左も分からない中、八歳とはいえ、事情を知ってくれる人が近くにいるのは心強い。

それにここは危険な場所らしいし。

拠点となる場所を作れることに心底ホッとしていると、エランが言った。

「いいよ。好きなだけいるといい。仕事さえしてくれれば、僕の方に文句はないから。生活全《すべ》てが怠くてさ。面倒を見てくれる人がいるのは助かるんだ」

「分かった。それで、なんだけど……エラン、帰り方って知らない？」

おそるおそる一番気になっていたことを聞いた。

私が異世界トリップしてしまったのはもう仕方ない。

否定しようにも、事実としてここにいるのだから。

あとはどうやって日本に帰るかだ。

「私、日本に帰りたい。だから帰り方を知っていたら教えて欲しいんだけど」

「……僕が読んだ歴史書には客人のその後は書かれてなかった。帰ったのかもしれないし、帰れなかったのかもしれない」

「そんなあ……」

がっくりと項垂《うなだ》れた。

突然異世界に跳ばされたと思ったら、帰り方も分からないとか、詰んでいるにもほどがある。奴隷なんて制度が残っている世界でやっていける自信はないし、今すぐ帰りたいのが本音だった。

「帰りたい……」

切実に兄の顔が見たかった。

帰って兄に会って、酷い目に遭ったのだと訴えたい。そうして「大変でしたね」と言って頭を撫《な》でてもらいたかった。

「うう、うううう……」

「だっる。面倒だから泣かないでくれる？　知らないものは知らないんだから仕方ないでしょ。でも、もしかしたら客人のその後が書かれた書物がどこかにあるかもしれないな」

「うっ」

面倒という言葉に、地味に傷ついた。

『面倒』とか『怠い』が口癖だというのは話していれば分かったが、今みたいに言われると、結構精神にクる。

いや、文句を言える立場でないのは重々承知しているのだけれど。

あと、帰れない可能性が高そうで、絶望感がものすごい。

もしかして私はずっとこの世界にいなければいけないのか。

こんなわけの分からない場所で、たったひとりで。

そんなことを考え、背筋が寒くなった。

――ああ、そんなのは嫌だ。

だって私は日本での生活に不満なんてなかった。

大学へ行って、友達と遊んで、時々バイトをしつつ、勉学に励む。

両親だって私を愛してくれた。兄も私を可愛がってくれた。そんな彼らを捨てたいなんて思うはずがない。

でも、嘆いたところで現状は変わらないのだ。それならせめて自分ができることをやって、少しでも可能性を広げるべきだ。そう思った。

グッと奥歯を噛《か》みしめる。

泣きたい気持ちをねじ伏せた。

自分が可哀想だと思って泣くのは違うと思ったからだ。

私は可哀想なんかじゃない。運良くエランに会えて、しかも助けてだってもらえた。

尊厳を汚されず、奴隷にならずに済んだ。仕事だってある。

怠いとか面倒とかは言われるけど、口癖なら仕方ないし、害意もきっとない……はず。突然トリップしたにしては、十分すぎるほど恵まれているではないか。

——私は不幸なんかじゃない。

「……よしっ」

パシッと両手で己の頬《ほお》を叩《たた》く。

泣き言を言えばキリがないけれど、そういうのは私らしくない。

私は楽観的で、前向きなのが長所なのだ。

今こそその長所を発揮する時。きっと帰れると信じて、やれることをやっていこう。ただ泣いて「助けて」と縋《すが》るのは違う。動けることがあるのなら自分から動く。でないと、それこそあとで後悔してしまうから。

「……うわっ、何してるの？」

エランが顔を引き攣らせながら私を見ていた。彼からしてみれば、いきなり目の前の女が自らの頬を叩いたのだ。不気味がられるのも仕方ない。

「自分に気合いを入れていたの。嘆いていても何も始まらないから。その書物っていうの、私にも見せてもらえる？　自分でも調べられるところは調べたい」

決意を込めて告げると、エランは頷きつつも微妙な顔をした。

「それは構わないけど、君、文字は分かるかな。さすがに教えるのは面倒だから勘弁してもらいたいんだけど」

「文字？　もちろん分かるけど……って、そうか。異世界だから文字が違うのか……って、あれ、じゃあ今喋《しゃべ》っている言葉は？」

「大陸共通言語だけど、自分の話している言語がなんなのか分かっていないの？」

「日本語じゃないの!?」

「日本語？」

はて、と首を傾げられ、初めて自分が日本語以外の言葉を話しているようだと気がついた。

自分では今も日本語を話しているつもりなのに、勝手に変換されているのだろうか。

一体どうなっているのか分からない。

「……言葉が通じるのは有《あ》り難《がた》いけど……え、本当に日本語じゃない？　もしくは日本語とその大陸共通言語とやらが同じとか」

「異世界と言葉が同じなんてあり得ないと思うけど。少し考えれば分かることでしょ。馬鹿なの？」

「……う、そうだよね」

辛辣だったが、エランの言葉は尤《もっと》もなので同意するしかなかった。

「はい」

「ん？」

エランがテーブルの上に置いていた本を差し出してくる。受け取りつつ、彼を見た。

「何？」

「実際見てみるのが早いんじゃないかと思って。大陸共通言語で書かれてるから」

「そっか！　確かに！」

分厚い本の表紙を見つめる。そこには『医学のすすめ』と書かれてあった。

漢字と平仮名。私がよく見知った文字だ。

「医学のすすめ……ええと、うん、読める」

「……へえ？　中の文字は？」

エランが興味深そうな顔で私を促す。

「ちょっと待って……えーと、うん、大丈夫」

中をパラパラとめくり、確認する。エランの本には、高熱の対処法や、特定動物に噛まれた時にどうするべきかなど、様々なことが書かれてあった。

エランは大陸共通言語というが、私には日本語にしか見えない。

「日本語に見える……」

「へえ。何らかの魔法が君に掛けられているのかもしれないな。でも、まさか文字が読めるとは思わなかった。うちの国の識字率はかなり低くてね。貴族でもない限り、読み書きできる者は殆《ほとん》どいない。

……ひとつ聞くけど、君は貴族ではないよね？」

「私が貴族に見えるの？」

「見えない。でもそうでもなければ考えられないから」

きっぱりと言われ、ちょっと落ち込んだ。

本当に辛辣な子供である。恩人でなければ、とうの昔にキレていた。

「えっと、うちの国に貴族なんていない。それに読み書きは皆できるから。日本の識字率はほぼ百パーセントだったと思う」

「それはすごい。ずいぶんと文明の発達した国から来たんだね」

「魔法はないけどね」

お世辞抜きの賞賛の言葉に笑って答え、本を返す。文字が読めることが分かったのは朗報だ。

異世界トリップして言葉が喋れない、文字の読み書きができないなんてことは多々あると思うから、これはかなりラッキーなのではあるまいか。

——うん、大丈夫。これならやれる。

「字が読めるみたいだから、積極的に本を読んで帰り方について調べることにするね」

やれることは自分でやろう。そう思い告げると、エランが言った。

「それなら本館に図書室があるから利用するといい」

「使用人が行ってもいいものなの？」

先ほど雇ってもらえると聞いたので、そう尋ねる。エランは少し考え「僕の本を借りに来たと言えば良い」と告げた。

「実際、図書室はよく利用するから。これからは君を代わりに行かせると言っておけば、不審がられることもないと思う。こちらとしても自分で借りに行く面倒がなくなって助かる。ついでに自分の本も見繕ってくるといいよ」

「ありがとう」

それなら確かに大丈夫そうだ。

しかし、使用人か。

見知らぬ世界に放り出されて、無職のまま彷徨《さまよ》うことを思えば職があるのは有り難いかぎりだが、一体何をすればいいのだろう。

メイドみたいにお世話をすればいいのだろうか。人の世話なんてしたことないので分からないが、やってみるより他はないだろう。

「メイドさんか……」

「あ、忘れてたけど、君は男の振りをしておいた方がいい。せっかく皆、男性だと思っているんだ。その方が危険に巻き込まれる可能性は低くなるし、身を守るためにも男装をお勧めするよ。君だって、面倒な厄介事に巻き込まれたくはないだろう？」

「へ？」

思いの外《ほか》真剣な声で忠告された。

言い方はあまり良くないが、どうやら気に掛けてくれているようだ。

わずか八歳の少年に心配されるのもどうかと思うが、それだけここは女性にとって危険な場所なのだろう。忠告は有り難く受け取ることにした。

「分かった。そうする。任せて。昔取った杵柄《きねづか》で、男装はわりと得意だから！」

今こそ元演劇部の実力を見せる時。にっこり笑って告げると、エランは頷き、私に聞いた。

「えっと、それで、君の名前は？　なんて呼べば良い？」

「えっ……私はあす――」

そういえば名乗っていなかったなと名前を口にしようとして――そこで気がついた。

――名前って、そもそも言っていいものなのかな。

異世界で魔法がある世界。私には何がＯＫで何が駄目なのか、さっぱり分からない。

日本では名前は一番短い呪《しゅ》であると言われるくらいだ。

もしかしたら偽名の方が、今後何かと都合が良いのかもしれない。

――騙《だま》すみたいで気は引けるけど……。

こちらを見るエランに罪悪感が湧くも、なんとなく本名を名乗る気にはなれない。

だから申し訳ないけど、偽名を使わせてもらうことにした。

とはいえ、すでにあすかの『あす』まで言ってしまっている状況。これを誤魔化《ごまか》すにはどうすればいいだろう。

——飛鳥、飛鳥……。そういえばイチゴの品種にあすかルビーというのがあったような気が……。

確か奈良県の品種だったはず。

私の名前の飛鳥も、奈良の地名から取ったと父から聞いているし、同じ奈良繋《つな》がりで縁起が良さそうだ。

——うん、これでいいか。

長く考えたところで、いい名前が思いつくとは思えない。

あっさり偽名を決めた私はエランに告げた。

「私の名前はアスカルビー。愛称はルビーだから、ルビーって呼んで」

万が一にも、本名の方の『あすか』で呼ばれたくないと思い、ルビーの方を強調する。

エランは「ルビー……。まあ、男でもいない名前ではないから問題ないか」と頷いていた。

エランがソファから立ち上がる。私に向かって手を差し出してきた。

「じゃ、これから僕付きの使用人……そうだな。従者としてよろしく」

「こちらこそ、よろしく……って王子様相手にこれじゃ駄目か。んんっ、これからよろしくお願い致します、エラン殿下」

敬語を使い慣れていないことに気づいたのだろう。エランがクックツと笑った。

「エランでいいし、面倒だから敬語も要らない。どうせこの離宮に住むのは君と僕のふたりだけなんだし」

「そ、そう？」

「人が来た時だけ、取り繕ってくれればそれでいいから」

「わ、分かった」

むしろ使い分ける方が難しそうな気がしたが、エランがそれでいいというのなら、そうしよう。

しかし、本当に八歳とは思えない聡明《そうめい》さだ。早熟というか、すでに大人のような落ち着きを身につけているように見える。

だって、相手が子供だというのに遠慮して話す必要がない。

これが王子様というものか。私が八歳の時は、こんなに物わかり良くもなかったし、今のような会話は絶対にできなかったと思う。

スペックが違いすぎるというか、育ちが違うとは、こういうことを言うのかもしれないと、しみじみと感心した。

エランが本を持ち、扉へと向かう。くるりと振り向き、言った。

「何、変な顔をしてるの。君の部屋に案内するけど必要ない？　面倒だから、しなくていいならしないけど」

「え、あ、いる、いる！」

慌ててエランの後を追う。そうして与えられたのは隅の部屋。八畳くらいの一室で、十分すぎるほど広かった。一通り家具も揃っているし、何が嬉《うれ》しいって、小さいけどお風呂がついていたことだ。

「すごい。お風呂まである」

「魔法が使えないのなら、自分で身を清める必要があるでしょう。そこは元々客用に用意されていた部屋なんだけど、客なんて来ないからね。君が使うといい。クローゼットの中にあるものも自由にしてくれて構わない」

「いいの？　ありがとう」

わざわざ客室用の部屋を宛《あて》がってくれたのだと知り、目を瞬《しばたた》かせた。そんな私にエランが釘《くぎ》を刺してくる。

「ただし、さっきも言った通り、男装は忘れないで。面倒事は嫌いなんだ」

「もちろん」

しっかりと頷く。ある意味男装は自衛のためだ。エランによればここはかなりの男尊女卑世界のようだし、できる自衛はしておくに越したことはない。

「本当にありがとう。最初に会えたのがエランで良かった……」

心から告げた声に返事はなかった。

これが私の異世界生活、一日目。

それにしてはなかなかに幸先《さいさき》は良いのではないだろうか。

そう思い、ホッとするも、帰れる見込みがないという事実は、やはり心に重くのし掛かるのだった。

第二章　素直な子かと思っていたら、相当難しい子だった

私がこの世界に来て、早いものでひと月が過ぎた。

性別を隠しての従者生活はどうなることかと思ったが、幸いにも今のところ上手《うま》くいっている。

離宮に常駐している使用人が私だけという理由も大きいのだろう。たまにやってくる女官を短時間騙《だま》す程度なら元男役経験のある私には容易なことだった。

朝、エランが用意してくれた執事服に身を包む。黒縁眼鏡《めがね》を掛け、仕事に取りかかった。

「ルビー、おはよう」

「おはようございます。エルメさん」

離宮の玄関を掃除していると、本館からやってきた女官が声を掛けてきた。

私と同年代らしき彼女の名前はエルメ。エランが言っていた『定期的にやってくる使用人』である。

クラシックスタイルのメイド、もとい女官服を着た彼女は、野菜と肉の入ったかごを抱えている。

すぐに駆け寄り、受け取った。いつまでも女性に重いものを持たせるわけにはいかないからだ。

「持ちますよ」

「あら、ありがとう。いつも悪いわね」

「いえ、当然のことですから」

にっこりと微笑《ほほえ》むとエルメさんは頬《ほお》を赤くした。

どうやら私に対し、好印象を抱いてくれているらしい。有り難《がた》いことだ。

今回、私が男装するにあたって参考とさせてもらったのは、兄。

兄である紫苑《しおん》は人当たりが良く皆に対して優しい人で、男臭くなく清潔感に溢《あふ》れ、人の話をよく聞いてくれる。

誰《だれ》と話すのにも丁寧語を崩さない柔らかな物言い。黒縁眼鏡を掛けていたが、彼の知的な雰囲気にはとても合っていたし、兄のような恋人が欲しいと一時は本気で思っていたくらいだ。

そんな兄を参考にすれば、感じの良い男性だと思ってもらえるのではないか。そう考えたのだけれど、正解だったようだ。

少なくとも、エルメさんは私――男装ルビーが随分とお気に召しているようだから。

初対面の時は「なんだ、この男」という顔を隠しもしなかったのに、今は非常に好意的に接してくれる。これもせっせと彼女の点数を稼いだおかげだろう。兄を参考にした私、大正解だった。

抱えたかごを見て、笑顔を作る。彼女に向かい、礼を言った。

「ありがとうございます。今日も新鮮な野菜で嬉《うれ》しいです」

「ルビーのためだもの」

笑い返してくれるエルメさんだが、最初はあまり良くない野菜ばかりだったのだ。肉も腐りかけだった。

このままではまずいと、必死に彼女の好感度を上げた結果、徐々に持ってきてくれるものの鮮度や質が上がっていった。

そんなことあるかと思うが、嘘《うそ》ではない。彼女の機嫌は取っておくべきなのだ。

「殿下はまだ寝ていらっしゃるのかしら」

エルメさんが溜息《ためいき》交じりに尋ねる。厨房《ちゅうぼう》に野菜と肉を運び入れながら返事をした。

「ええ、昨日も随分と遅くまで起きていらっしゃったようで。まだ起きてこられてはないですね」

「相変わらず怠惰《たいだ》ね。でも、名前だけの王子なんだもの。そんなものなのかもしれないわね」

「……」

明らかに悪意を持って告げられた言葉に、笑みだけを浮かべておく。

彼女と関わるようになってすぐに知ったのだけれど、彼女はどうもエランのことが好きではないようだった。

エランは、娼婦《しょうふ》と今の国王との間に生まれた子供で、公的には王子と認められていない。

公式行事にも顔を出せない、まさしく隠された王子なのだ。

そんな彼の世話をしなければならないことをエルメさんは厭《いと》っているらしく、暇さえあれば私に文句を言っていた。鮮度の良くない食料を持ってきていたのがわざとだと知ったのも、この頃《ころ》である。

どうやら私は彼女に同じ主人に仕える同志認定されたようで、隠された王子の世話など外れ籤《くじ》にもほどがある、さっさと別部署に異動したいという愚痴を聞かされるのが、最近の私の役目だった。

「ルビーも不運よね。殿下と一緒に暮らさなければならないんだから。本館から通いにさせてもらったらどうなの？」

「私は魔法が上手く使えませんから。本館へ行ったところで迷惑を掛けるだけだと分かっているので遠慮させて下さい」

「ああ、そうよね。ルビーは魔法を使うのが下手《へた》だものね。仕方ないか」

私の断り文句に、エルメさんがクスクスと笑った。

数日前、魔法を使うことに失敗したのを思い出したらしい。

この世界に当たり前のように存在する魔法。

それは一般市民の生活にまで深く根付き、溶け込んでいるものだった。

生活魔法と呼ばれる魔法に至っては、使えなければ日常生活に支障が出るほど。

灯《あか》りをつけることから始まり、お風呂に洗濯、掃除や料理なんかにも使われる。

本当に、日々を生活するに当たって必須な能力なのだ。

この世界に住む人たちは、保有量の違いはあれど、基本的に魔力を有している。だからこそ暮らしの中に根付いたのだろうが、最初にそれを知った時は本気でどうしようかと頭を抱えた。

何せ、魔法なんて使えないもので。

とはいえ、すぐに問題は解消したが。

驚くことに、私にも魔力があったのだ。これは本当に助かった。

今は少しずつ魔法に慣れていっているところだが、何度も失敗している。

エルメさんには失敗したところを見られてしまっているので、私が魔法が下手ということを知られているのだった。

「魔法は難しいですね……」

魔法が存在しない世界から来たので、余計にそう思う。

しみじみと告げると「簡単よ」と笑い飛ばされた。

「あなたには想像力が足りないだけ。魔法はイマジネーションが全《すべ》てといって過言ではないから」

「分かってはいるのですけど、私は自分の力で掃除をしたり洗濯をしたりする方が気楽です」

この間、魔法で掃除をしようとして失敗したことを思い出し、遠い目になる。

魔法は便利だし、広範囲を一度に掃除する時とかは時間短縮になると思うけど、私には向いていない。

私の失敗を目撃したエルメさんが声を上げて笑った。

「掃除するどころか、余計に散らかしていたものね。でも、偉い方のお世話って、基本的には魔法を使わないのよ。エラン殿下は例外」

「え……そうなのですか」

それは知らなかった。目を丸くすると、彼女は頷《うなず》く。

「ルビーはものを知らないのね。良いわ、教えてあげる。偉い方のお世話に魔法を使うのは失礼にあたるの。手抜きだって見なされるのよね。基本、どこの国でも王族や貴族の世話は、魔法抜きの手作業ですることになるわ。覚えておいて」

「……へえ」

魔法で簡単にできる世界だからこそ手作業を尊ぶのだろうか。でも。

「結果が変わらないのなら、便利で早い方を使えば良いのに。変な話ですね」

「仕方ないわ。そういうものだから」

「でも、エラン殿下のお世話には魔法を使うのですか？」

意地悪だっただろうか。でもどうしても聞きたくなったのだ。

少し気まずげにエルメさんが視線を逸らす。

「……殿下が良いっておっしゃったのよ。誰も見ていないんだから構わないだろうって。それならそれで良くない？　さっさと終わる方が楽だもの」

「そう、ですか。詮無《せんな》いことを聞きました。申し訳ありません」

エランが良いと言っているのなら私が口出すことではないのだろうが、エルメさんの物言いには彼への敬意が欠けているので、あまり愉快な気持ちにはならなかった。

エランの世話に魔法を使うのも彼を侮《あなど》っているからではないのかと、そんな風に感じたし、エラン自身もそれを許しているのではないだろうかと気づいてしまったからだ。

――嫌だなあ。

エランが隠された王子であることはどうしようもない事実だが、侮られているのを目の当たりにするのは腹が立つ。

何せエランは行く当てもない私を助けてくれた恩人なのだ。恩人が大事にされていないのは嫌だし、どうにかしたいと思ってしまう。

とはいえ、何もできないのだけれど。

ここで私がエルメさんに文句を言ったところで、彼女の気持ちを損ねるだけ。

それでなくとも彼女はエランの世話をすることを嫌がっているのだ。これで更に気分を害したら、持ってきてくれる食料の鮮度や質をまた落とされてしまう可能性は十分すぎるほどあった。だから私は口を噤《つぐ》み、笑うだけで誤魔化《ごまか》す。

そうするより他《ほか》にできることがないから。

なかなかに情けない話だった。

◇◇◇

本館に戻るというエルメさんを送り届け、離宮に戻ってきた。

いくら王宮の敷地内といえども、女性がひとりで行動するのは物騒だからと言うと、彼女はいたく喜んでいたが、やりすぎだろうか。

でも、エランからサハージャは女性にとって危険な国だと聞いたから。

恐ろしい話だが、偉い人を怒らせて奴隷に落とされる、なんてこともあるらしい。

今のところ、奴隷と呼ばれるような人たちを見かけたことはないけれど、確かに彼らは存在しているのだろう。男装していたとしても怖い場所にいるということは、常に意識しておかないとと思っていた。

「エラン、エルメさんは帰ったわよ」

厨房で食事の用意をしてからエランの部屋に向かう。扉をノックしてみたが、彼からの返事はな最初は色々と遠慮していたが、今では殆《ほとん》ど気にしなくなった。いちいち気にしていたら、彼と付きエランの従者をするようになってひと月。

これは突入してもOKということだなと勝手に判断を下し、遠慮なく扉を開ける。

要らないとは良い度胸だ。

扉越しに小さく返事が聞こえた。

「……面倒だから要らない」

「エラン、食事くらい取った方が良いわよ」

八歳という若さで引き籠もりとは泣きそうだ。

りと呼ばれる人たちと同じだった。

基本出不精で、自室に籠もって医学書を読みふけっている。その姿は完全に日本で聞いた引き籠も

そんなエランは幻ではなかったのかと思うほど、彼はぐうたらで自室から出てこなかった。

最初に会った時、兵士たちから私を助け、怠《だる》い、面倒だと言いつつも色々と気遣ってくれた彼。

エランはいつもこうなのだ。

溜息を吐《つ》く。

「はあ……」

「……」

「エラン、エランってば、まだ寝てるの？」

かった。

合っていけないことに気づいたからだ。

何せ彼はすぐに面倒だ、怠いだと言って逃げるので。

「うわっ、眩《まぶ》しい……」

ばんっと大きく扉を開け放つと、部屋の奥、ベッドの上で医学書を読んでいたエランが己の目を覆った。

どうやらカーテンすら開けず、医学書を読んでいたらしい。

格好も寝衣で、目覚めるとほぼ同時に本を手に取り、そのまま夢中に……という流れだったようだ。

「また暗いまま本を読んで。目が悪くなるから読書するなら窓を開けてって言ったでしょう」

呆《あき》れ口調で告げる。ベッドの横にあるサイドテーブルに朝食を置き、カーテンを開けた。

「うわっ……だる」

「いちいちうるさいわね。吸血鬼かなんかなの？　時間、分かってる？　もう昼前だから」

「……別に、時間なんてどうでもいいし。怠いこと言わないでくれる？」

「怠くない。子供なんだから規則正しい生活をするのは当然でしょ」

エランから医学書を取り上げ、朝食を食べるよう促す。

最初は従者なんてできるのかと不安だったが、エランが何もできない引き籠もりかつ、エルメさんも数日に一回しか来ないという状況を知ってからは、必死に家事を覚えた。

エランは硬いパンのひとつでもあればそれでいいという食に執着のないタイプで、実際今まではそんな感じで生きていたようだ。

エルメさんも食料は届けるものの、エランの世話はほぼ最低限しかしていないようで、パンで良いのならと料理すら碌《ろく》にしていなかったと聞いた時は眩暈《めまい》がするかと思った。

——それ、八歳の子供にしていいことじゃないでしょ！

きちんとバランスの取れた食事を三食与え、運動をさせ、その精神が健《すこ》やかに育つよう見守るのが当然。

発狂しそうになりつつも、私は慣れない異世界の調理器具の使い方を覚えたし、料理本だって熟読した。

おかげで今では本さえ読めば、大体のものは作れる。

人は追い詰められると大抵のことはできるようになるものだと、私はこの世界に来て初めて知った。

あと、あまり自覚はなかったが、八歳のエランを世話して、ガミガミ言っているうちに口調が自然と変わっていった。

無意識に姉ぶってしまうのだ。

何せ私には今まで下の弟妹がいなかったから、手間の掛かる弟ができた気分で嬉しくて構ってしまう。

——私、弟が欲しかったのよね。

弟だと思うと世話をするのも楽しいので、まあいいのではないだろうかと思っているが、エランはちょっと迷惑そうだ。

「……」

エランが食べるのを見守る。

元々の食生活が悲惨だったせいか、エランは小食で、食べる速度も遅かった。

身体《からだ》も細く、初めて彼を風呂に入れた時には叫びそうになったくらいだ。

王子のはずなのに、骨と皮しかないと言っても過言ではない痩せ細った身体。『いかん、このままでは！　私がなんとかしなくては！』と妙な使命感に駆られたことは記憶に新しい。

恩人が栄養失調で死ぬなどあってはいけないこと。恩返しの気持ちも込め、世話をしている次第だった。

「……あのダル女は帰った？」

スープを飲んでひと心地ついたのか、エランが聞いてくる。その言い方に眉《まゆ》を寄せた。

「ダル女って言い方。……エルメさんなら帰ったって言ったでしょ。本館まで送っていったから確実。次来るのは、また三日後くらいじゃない？」

「そう……良かった」

ホッとしたように息を吐くエラン。

エランはエルメさんが苦手なのだ。たぶんだけど、彼女に嫌われていることを知っているからだろう。

できるだけ関わりたくないらしく、それもあって彼女が来る日は特に部屋から出てこない。

「ようやく憂鬱《ゆううつ》の原因が帰ってくれた」

「そんな言い方しないの。エルメさんは貴重な食料を持ってきてくれるんだから。最近は質の良いものが増えて助かっているんだからね」

「それはルビーがたらし込んだからじゃない？　暇だよね。あんな女を落として何が楽しいのかさっぱり分からない」

「たらし込んだとは失礼な！　私は誠心誠意、彼女に接しているだけよ。エラン、野菜は新鮮なものの方が栄養価が高いって知らない？」

「……はあ、同じ女の方が女の落とし方を知ってるってことだよね。世も末だ」

「変な言い方しないで」

全く失礼な話だ。

自分から雇い入れたからだろう。エルメさんには完全に心を閉ざしているエランだが、私に対しては心持ち対応が柔らかい。

引き籠もっていても今みたいに中に入れてくれるし、ご飯だって用意すれば食べてくれるのだ。面倒と怠いはセットでついてくるけど。

自称姉としては嬉しい限りだ。

「ごちそうさま」

時間は掛かったが、エランは出したものを綺麗《きれい》に完食してくれた。やはり育ちは良いのだろう。食べ方は綺麗だし、好き嫌いもないようだ。出されたものは大人《おとな》しく食べる。

ここに来た当初は、毒味とかしなくていいのか？　と思ったりもしたが、基本ふたり暮らしで毒味も何もあったものじゃない。一応、私が先に毒見的な意味で食べるようにはしているが、作った人間が毒見しても意味はないと思うので、完全に自己満足でしかなかった。

「医学書、返してくれる？」

食器を片付けていると、エランが手を伸ばしてきた。その手の上に先ほど取り上げた医学書を載せる。

「はい。でも本当に好きよね。ずっと読んでるじゃない。飽きないの？」

「全然。興味深い分野だよ。だって病気や怪我《けが》って、魔法じゃどうにもならないから」

「これだけは怠いって言わないのね」

「だって怠くないから」

エランの言葉に耳を傾ける。

彼はペラペラと医学書をめくりながら私に言った。

「魔法は基本イマジネーションの力で万能だと言われている。それでも病気や怪我を治したりはできないんだ。魔法薬と呼ばれるものはあるけど、効果は普通の薬に毛が生えた程度でしかないし、完璧なものを求めるのなら……うん、魔女と呼ばれる存在を頼るしかないね」

「魔女？　皆、魔法が使えるのに魔女がいるの？」

魔法が一般的な世界において、わざわざ『魔女』と称される存在がいることに驚いた。

私の疑問にエランが答える。

「魔女というのは非常に特別な存在だよ。世界に七人しかいない、僕たちとは別種の魔法を使う女性たちのことなんだ。彼女たちは僕たちには到底不可能な奇跡を起こすことができる。尊敬と畏敬の念を込めて、魔女と呼んでいるんだ」

「へえ……七人の魔女、か。その人たちなら完璧な魔法薬を作れるの？」

「そうだね。特に得意だと言われているのは、薬の魔女と呼ばれる魔女。彼女が作る薬の効果は凄《すさ》まじいらしい。ヴィルヘルムにいるって噂だけど」

「ヴィルヘルム……東の大国って言ってた国？」

エランが以前話していたことを思い出しながら尋ねる。彼は持っていた本を膝《ひざ》の上に置き、私に向き直った。

「そう。ヴィルヘルムには、神の加護があるそうだよ。そもそもが、竜神の作った国という話でね、その加護が残っているのだとか」

「竜神……そんなものもいるのね」

完全にファンタジーである。感心しているとエランが言った。

「本当かどうかは定かではないけどね。神話で語られているだけだし。でも僕は、あながち間違っていないんじゃないかって思ってる。色々と優遇されている国なんだよ、ヴィルヘルムは。神の加護があるのだと信じなければ説明がつかないことがいくらでも起こってる」

「へえええええ」

「ま、どうでもいい話だけど。とにかく、僕は魔法や魔術ではどうしようもできないものをなんとかしようとする医術に興味があるんだ。分かった？」

「ええ」

エランの言葉に頷いた。

「よく分かったわ。でも医術を勉強しているっていうのなら、今のエランがとっっってもも不健康な生活をしていることも分かるわよね？」

「え……」

キョトンとした顔をするエラン。そんな彼に指摘した。

「たまには散歩でもしましょう。太陽の光を長時間浴びないのは身体に悪いって、私の世界では常識なんだけど、知らないかしら？」

「い、いや……知ってるけど、怠いし面倒だから、そういうのは要らない……かな」

「逃がさないわよ。三十分ほど日の光を浴びたら許してあげるから。さ、用意して」

「ちょ、ちょっと……」

ベッドに座っていたエランの手を引っ張る。

彼は嫌がっていたが、不健康な生活をしている自覚はあったのだろう。何度か問答を繰り返したあと、諦《あきら》めたように頷いた。

「分かった。でも十分。十分経《た》ったらすぐに戻るから。それ以上は絶対に嫌だ」

「十分ね……分かったわ。まずは出ることが大切だものね」

「……ほんっと怠いんだけど。というかさ、いい加減、姉ぶるのはやめてくれない？　君は使用人であって、僕の姉ではないんだけど」

嫌そうに言われ、そっぽを向いた。

「年齢差を考えても姉みたいなものじゃない。姉さんって呼んでくれてもいいのよ？」

「絶対に嫌だ」

「はいはい、じゃ、外へ行きましょうね」

エランの言葉を適当に流して、外出用の服を取り出す。

エランは「言っても聞かないやつだ。なんて面倒な」とかなんとか言っていたが、無視をした。

だってせっかく楽しく仕事ができているのだ。少しくらい目を瞑《つむ》ってくれてもいいはず。

まだブツブツ言っているエランに、にっこりと笑ってみせる。

エランは深ーい溜息を吐き「使用人に振り回されてる僕って、すごく可哀想《かわいそう》だよね」と言いながらも、ベッドから立ち上がってくれた。

◇◇◇

「うーん！　良い天気。風も気持ち良いと思わない？」

離宮を出てすぐの庭を散策する。エランに声を掛けると、彼はどんよりとした空気を纏《まと》わせながら言った。

「怠い。今すぐ自室に戻りたい心地だ」

「子供なのになんて年寄り臭い発言……」

不健全すぎる回答に苦笑する。

基本動く気のないエランの手を握り、庭を見て回った。

日本でも見たことある花もあり、私はそれなりに楽しかったのだけれど——。

「ごほっ、ごほ、ごほっ……」

突然エランが咳《せ》き込み始めた。慌てて手を離し、彼の背中を擦《さす》る。

「エラン、どうしたの⁉　大丈夫⁉」

「……はあ、はあ。あー……だる」

息が荒い。顔を見れば真っ青で、触れた身体は冷たかった。

どうしていきなりと思いつつも、慌てて言う。

「い、今、お医者さんを呼んでくるから！」

本館には医師が常駐していると以前聞いていたことを思い出し告げるも、エランは止めるように私の手を引っ張った。

「エラン⁉」

「いい、そんな面倒なことしなくて良いから。……部屋に戻って寝ていればマシになる」

「マシになるってそんな……」

「良いんだ、本当に。よくあることなんだから」

「……え」

告げられた言葉に目を見開く。エランはゼイゼイと息を吐き出し、苦しそうだ。

医者は要らないというエランに納得はできないまでも従い、彼に手を貸しながら部屋へと戻る。

なんとかベッドに寝かしつけると、しばらくして呼吸が戻ってきた。

「エラン……大丈夫？」

心配で声を掛ける。エランは力なく頷き、少しだけ身体を起こした。

「平気。……少しくらいいけると思ったんだけどな。やっぱり駄目か」

「駄目って……どういう意味？」

溜息交じりに告げるエランを見つめる。エランは顔を上げ、私を見た。その目がまるで大人の眼差《まなざ》しのように見え、動揺する。

「エラン……？」

「はー……だる。言わずに済めばって思ってたけど、そう上手くはいかないか。……僕はね、不治の病に冒《おか》されているんだ。発病したのは三歳の時。すぐに死ぬって言われてたんだけど、なんとかそれから五年、生きてる」

「えっ……」

「僕が正式な王子だと認められない理由のひとつがこれ。うつるようなものではなく先天性の病気なんだけど、少なくとも成人はできないだろうって診断が下ってるよ」

「……」

「アハハ、本当面倒で嫌になる」

目を丸くした。エランはなんでもないような顔をしているが、その表情には諦観《ていかん》が滲《にじ》み出ていて、見ているだけで胸が痛い。

震える声でエランに聞いた。

「病気って……どんな？」

「自分の魔力が身体の内側を攻撃する一種の奇病。身体の中身がジワジワと削れていって、最後には死ぬ。外からでは分からないだろうけど、内臓とか結構ボロボロなんだよ。治療法も確立されていなくて、致死率は百パーセント。もう怠すぎて笑うしかないよね」

あははと言葉通り笑うエランだが、笑い事ではなかった。

「エラン……死ぬの？」

「まあそのうち確実に。……ごめんね。君を拾っておきながら、最後まで面倒を見ることができないと思う。この感じだと、君が帰るより僕が死ぬ方が早そうだし」

「そ、そんなこと言わないでよ！」

自虐するように告げるエランに、思わず声を張り上げた。

「私のことなんてどうでもいいでしょ！　今は、エランの話じゃない。ほ、本当にどうにもならないの？　何か新しい治療法が生み出されるとかそういうのは――」

「難しいと思うよ。うちの主治医が匙《さじ》を投げたくらいだから。王家お抱えの医者がお手上げと言うんだ。他の誰に何とかできると思う？」

「……そ、そんなの、試してみないと」

セカンドオピニオンという言葉もあるのだ。ひとりの医師がお手上げだと言っても、他の医師なら助けられるかもしれない。そう思ったが、エランは首を横に振った。

「無理だよ。基本、王家に選ばれる医者は、その時代、一番優秀な者だと決まってる。彼が無理だというのなら、無理。もちろん僕だって死にたいわけじゃないけど、三歳の頃からずっと言われてることだから、いい加減諦めもついてきたかな」

小さく笑うエランを見つめる。その笑いは年齢不相応な大人びたもので、彼が出会った頃からずっと大人のように振る舞っていた理由が分かったような気がした。

あれは達観しきっていたからこその態度だったのだ。

たぶん、怠いとか、面倒と散々言っていたのも同じ。その言葉の中に、自分が病気でしんどいことを隠していた。怠そうな態度を病気の隠れ蓑《みの》にしていたのだ。

「エラン」

「とはいっても、僕だって手をこまねいているわけじゃない。誰も助けられないというのなら、自分でやればいいと思った。だから医学書を読んでいる。どこかに僕の奇病を治せるヒントがないかって。まあ、そんな都合の良いものはないんだけど。僕も大概往生際が悪いよね」

「そ、そうだ。魔女。さっきも言ってたじゃない。魔女ならエランのことを助けられるんじゃないの？」

なんとかしたくて、思いつきを口にする。

彼女たちは完璧な魔法薬を作れるのだとエランは言っていた。それを作ってもらえばエランは助かるのではないだろうか。

だが、エランは首を横に振った。

「無理。魔女は神出鬼没でどこにいるかも分からないんだ。まず見つけ出すこと自体が難しいし、なんとか見つけ出せたとして、彼女たちの作る魔法薬が僕の症状を治せるとも思えない。何せ不治の病なんだ。音に聞こえる薬の魔女でもせいぜい進行を遅らせる、くらいが関の山じゃないかな」

「し、進行を遅らせられるだけでも違うんじゃ……」

「掛ける労力に見合っていないんだよ。それくらい魔女を見つけ出すのは難しい。そもそも薬の魔女はヴィルヘルムのどこかにいるらしいからね。サハージャの王子である僕が行くのは厳しいかな」

「そんな……」

どう足掻《あが》いても無理なのだと言われ、項垂《うなだ》れた。そんな私をエランが不思議そうな顔で見てくる。

「どうしてルビーが悲しそうな顔をするの？　死ぬのは僕なんだから気にしなくてもいいのに」

「気にするに決まってるでしょ！」

エランは恩人なのだ。それに、一ヶ月であろうと一緒に暮らしてきた。情が芽生えたって当然だと思う。

しかも彼はまだ八歳。普通ならまだまだ未来があるはずなのだ。

「そんなのってない……」

勝手に涙が溢れてくる。エランは戸惑うように私を見た。

「……どうして泣くの？」

「エランが死んでしまうかもって聞いたから」

「僕が死ぬのが悲しい？」

そんなわけがない、みたいな口調で聞かれ、ムッとした。

「当たり前でしょ」

「……当たり前なんだ。驚いたな」

目を丸くするエランを見つめる。彼は本気で驚いているようだった。

「エラン？」

「いや、だって……今まで僕が死ぬことを悼《いた》んでくれる人なんていなかったから。父上なんて『なんだ、出来損ないか』の一言を最後に姿すら見せなくなった。それなのに君は僕を惜しんでくれるんだ」

「……惜しむし、できるだけその時が遅ければいいと思っているし、やれることは何かないかってすごく思ってるわよ」

「……ふうん。でも、君が僕を惜しんでくれるのは、僕を弟だと思ってるからじゃないの？」

「違うわよ！」

非常に心外だ。

眦《まなじり》を吊《つ》り上げて怒る。そんなわけないではないか。

「違うの？」

「当たり前でしょ！　姉とか関係ない。エランというひとりの人間がいなくなるかもしれない。それが嫌だって言ってるの！」

鼻を啜《すす》りながら声を荒げると、何故《なぜ》かエランは擽《くすぐ》ったそうに笑った。

「そっか」

「ぐす……どうして笑うのよ」

「ん？　だって嬉しいから。……ルビー、僕を惜しんでくれてありがとう。でも、残念ながらその時はそう長くない。だからそれまで僕の側《そば》にいて欲しいな。僕を惜しんでくれる君が看取《みと》ってくれるのなら、怠いとか面倒だとか思わず、穏やかな気持ちで逝《い》けそうな気がするから」

「っ！　馬鹿《ばか》……」

たまらずエランを引き寄せ、抱きしめた。

悲しいことを言う彼を叱りたくて、でもそうしたところで何も結論は変わらなくて、だから何もできない。

ただ、何も言わず抱きしめるだけ。

「……ルビー」

「側にいるわ。だから最後まで諦めないで」

「……また姉ぶる。弟扱いは嫌なんだけどな。でもまあ、うん。怠いけど頑張ってみるよ」

小さな声で返事がある。それが本音かどうかは分からないけど、できるだけ彼の残り時間が長ければいいのにとそう思った。

第三章　ヴィルヘルムの王子

あれから数週間が過ぎ、エランの病気のことを知った私は、より一層彼を気に掛けるようになった。

彼が咳《せき》をしていれば背中を擦《さす》って、手を握る。声を掛けて、時には頭だって撫《な》でた。

不安になればエランが眠るまでその側《そば》にいてやったし、呼ばれればすぐに駆けつけた。

弱音を吐く彼を抱きしめ、気休めだと分かっていながらも「大丈夫」と声を掛けた。

エランには弟扱いするなと嫌な顔をされたけど、やめなかった。私にできることはこれくらいしかなかったからだ。

もちろん、無理に外に連れ出すこともしなくなった。

やりたいことはできるだけさせたいので、一日中医学書とにらめっこしていても黙って彼の好きなお茶を出すようになった。

そんな私を見たエルメさんは、呆《あき》れたように私に言った。

「ねえ、ルビーは殿下が病気だって知ったんでしょう？　それなのにどうして離れていかないの？」

「離れて、とは？」

「病気のことを知れば、大抵は気味悪がって側から離れるわ。そもそも殿下の態度も褒められたものじゃないし」

嫌そうに顔を歪《ゆが》め、エルメさんが言う。

彼女の表情から本気の嫌悪感が伝わってきて、悲しくなった。

「……殿下のご病気はうつるようなものではないとお聞きしました。離れる必要はないのでは？」

「本当かどうかなんて誰《だれ》にも分からないじゃない。私だって、できればここに通うのをやめたいくらいなんだから。不治の病なんて怖いもの。あなたは違うの？」

同意して欲しいと彼女の顔には書いてある。だけど、さすがに頷《うなず》けなかった。

「私は別に。それに殿下には助けていただいた恩がありますから。他《ほか》に行きたいとは思いません」

「そう、あなた変わってるのね」

賛同を得られなかったことが腹立たしいようだ。エルメさんの目が冷ややかなものになっている。

彼女は本館から食料を運んでくれる人。

そんな彼女を敵に回すのは良くない。せっかく新鮮な食料を持ってきてくれるようになったのだ。

それがまた逆戻りになるのは避けたかった。

必死に頭を働かせる。

——お兄ちゃんを思い出すのよ。お兄ちゃんならどうするか、考えて……。

私が男装するにあたり演じている兄はとても賢い人で、人を己の掌《てのひら》の上で転がすのが上手《うま》かった。

相手の機嫌を上手く取り、自分の望む方向へ話を持っていく才能があったのだ。

そんな兄ならエルメさんくらい、簡単に丸め込める。

私は兄がどんな人だったか、彼ならどう言ったのか必死に考えながら口を開いた。

「……変わっているとは思いません。でも、エルメさんは優しい人ですね。嫌でもきちんと仕事をこなし、新鮮な食料を持ってきて下さっている。なかなかできることではありません。あなたの人柄がなせる業《わざ》なのでしょう。尊敬します」

心から思っているように告げる。

エルメさんは「まあ」と目を瞬《しばたた》かせたあと、まんざらでもなさそうな顔になった。

「……私、責任感はある方だから」

「ええ、そうでしょうとも」

「嫌なことでも仕事ならきちんとしないと。それがプロってものでしょう？」

「まったくもってその通りです。私もあなたの仕事ぶりを見習わなければなりませんね」

思わせぶりに笑う。

兄はそこまでしないかもしれないが、なんとなくそうした方がいいような気がしたのだ。

エルメさんは顔を赤くし、すっかり機嫌を直した様子で「まあ、私はできる女だから」と言い出した。それに同意しながら彼女に告げる。

「さ、それではまた本館までお送りしますよ。あなたのような美しく有能な方がひとりで出歩くのは危ないですから」

「っ！　ええ、そうね！　お願いしようかしら」

嬉《うれ》しげな彼女を見つめる。良い機会なので、前々から思っていたことを言ってみた。

「ええ、お任せ下さい。あ、そうだ。次にいらした時で構わないので、もう少しお肉を持ってきてもらえると助かります。申し訳ありませんが、量が足りないようでして。私が頼れるのはあなただけなのです。お願いできますか？」

エルメさんが持ってきてくれる肉の量は少なく、育ち盛りの子供に与えるには足りないのだ。贅沢《ぜいたく》を言うつもりはないけれど、もう少しあればなと前々から思っていた。

「任せてちょうだいっ！」

鼻息荒く、エルメさんが請け合ってくれる。私は先ほどよりも良い顔でお礼を言った。

「ありがとうございます。やはり有能な方は違いますね。私がやりとりする相手があなたで本当に良かった」

「まあ！」

どこか期待した目で私を見つめるエルメさん。

だが、それには応《こた》えられない。彼女は知らないが、私は本当は女なので。

だからその好意は上手く躱《かわ》し、自分に都合が良いように持っていく。

まるでホストのようだとも思うが、こうでもしないとエランのためのものは得られないのだから許して欲しいところだ。

「――さ、行きましょう。あまり遅くなるといけませんから」

エルメさんを促し、離宮を出る。

本館に送るまでの間、何度も彼女が秋波を送ってきたが、私は笑顔でそれをやり過ごした。

◇◇◇

「……ルビーは、本当に悪い女だね」

「は？」

エルメさんを送り届け、帰ってくると、珍しくもエランが玄関ロビーに出てきていた。

複雑そうな顔で私を見ている。

「どういう意味？」

「どういう意味って……だっる。まさか自覚がないわけ？　それはさすがにどうかと思うけど。前にも、たらし込んでるって言ったでしょ」

「何それ」

眉《まゆ》を寄せる。エランは物言いたげな視線を向けてきた。

「エラン？」

「……口先ひとつであの女を転がして、自分の望みを叶《かな》えさせるとか、聞いていて鳥肌が立ったって言ってるんだよ」

「なんだ。聞いてたのね」

先ほどのエルメさんとの会話をエランが聞いていたと知り、得心した。

腰に手を当て、訴える。

「仕方ないじゃない。ああでも言わないと、持ってきてくれる食料の質が下がるんだから。私たちの食の環境はエルメさんが握ってるってこと、エランは分かってる？」

「……僕は君ほど食い意地が張ってるわけではないからね。別にそこまでしなくてもって思うけどな」

「食い意地なんて張ってない！　必要なものを手に入れようとしているだけ!!」

栄養不足で病気になることもあるのだ。

それでなくともエランは不治の病を抱えているというのに、栄養状態まで悪くしたら、あっという間にあの世行きではないか。

「全《すべ》てはバランスの取れた食生活あってこそ。それは病人だろうと関係ないわ。エランだってあれだけ医学書を読んでいるのなら、食事がどれだけ大切か知っているでしょう？」

「知っているけど、だからといって君ほど必死になろうとは思わない。食事なんて面倒なだけだし」

「こら！　ここ最近、明らかに野菜も肉も美味《おい》しくなったでしょう!?　あれが元に戻っても良いの!?」

最初は本当に酷《ひど》かったのだ。

新鮮さの欠片《かけら》もない食材を見て、これが王子に届けられるものかと正気を疑った。それが時間を掛けてまともなものになった。

それが元に戻るなんて耐えられないと思ったが、エランは全く気にしていないようだった。

「信じられない。もう少し食に執着を持ちなさいよ」

「君が執着しすぎなだけ」

「は？　普通ですけど？　というか、うちの国の人たち……日本人は大体皆、こんな感じよ」

「……え……食に執着している国民性なの？」

「うん。だいたいそんな感じ」

「ええ……？」

ドン引きという顔をされたが解《げ》せない。私はエランの手を握り、暖かい暖炉がある部屋へと連れて行った。玄関ロビーは風通しがよく、エランが風邪《かぜ》を引くのではと思ったからだ。

病気のせいでエランは相当身体《からだ》が弱い。聞けば、かなりの頻度で体調を崩しているみたいで、それを知ってからはできるだけ温度管理には気をつけるようにしていた。

「ほら、起きているのなら、応接室に行きましょう。あそこなら暖かいから」

「……だから、姉ぶるのはやめてって言ってるよね。本気で怠《だる》いんだけど。君、最近、世話焼きに拍車が掛かってるよ。自覚ある？」

「怠いとか言わない！　それにこれは姉とか関係ないの。私はエランの世話係として雇われてるんだから、こんなものでしょ。ほら、暖炉の前のソファに座って。今、温かい飲み物を入れてあげるから、本でも読んで待っているといいわ」

「……やっぱり弟扱いじゃないか」

エランを促し、ソファに座らせる。

彼は不服そうにしていたが、特に逆らうことはなく、指示されたソファに座った。

自分の身体が強くない自覚はあるようで、結構なことだ。

「はい。温かいミルクティーを淹《い》れたわ」

お湯ではなく、ミルクで茶葉を煮出す、私お気に入りのミルクティーを用意する。

日本にいた頃《ころ》によく作っていたのだけれど、この間、エランに初めて作ったところ、ずいぶんと気に入ってくれたのだ。

ティーカップではなく大きめのマグカップに入れ、渡す。

エランは甘めが好きなので、砂糖は多めに入れてある。彼はマグカップを受け取ると、嬉しげにミルクティーを口に含んだ。

「美味しい」

「エランはこのミルクティーが好きよね」

「うん。君が作るミルクティーは甘くて優しい味がするから」

「そう言ってもらえると嬉しいわ。でもね、このミルクティーも、牛乳が新鮮なものでないと良い味は出ないの。そう、エルメさんが質の良い牛乳を持ってきてくれているからこそ、その味が楽しめるのよ……」

ふふふと笑い、エランに告げる。

別に嘘《うそ》は吐《つ》いていない。実際このミルクティーは牛乳が如何《いか》に美味しいかで味がかなり変わるのだ。

私の言葉にエランは呆れた様子だったが、仕方ないという風に頷いた。

「……その話に戻るわけか。いいよ、分かった。食の質は大切だという君の意見には賛同するよ」

「同意を得られて嬉しいわ」

「……僕はすっかり君に弱くなってしまった気がする」

唇を尖《とが》らせながら文句を言うエランが可愛《かわい》い。私は笑って彼に返した。

「そんなことないわよ」

「あるって。……君には情けないところをたくさん見られたから、強く出られないんだ」

「エランはね、怠いとか面倒とか言ってないで、少しくらい素直に甘えることを覚えた方がいいわ。だってまだ八歳なんだから」

自分が情けないと嘆くエランだが、いくら大人《おとな》びていたって彼が八歳の少年であることは忘れてはいけないと思う。

対して私は十九歳。日本では十八歳が成人とされているから、法律的には大人なのだ。

子供が大人に頼ることは当然。できることなら応えるつもりだから、どんどん甘えてくれればいい。

「……甘える、ね。君を姉のように思えって話ならお断りだけど」

「しつこいわね。そうじゃなく子供らしくしろって言ってるの。たとえば……そうね、将来の夢とか話してくれたら嬉しいわ」

不治の病に罹《かか》っているエランに失礼な話だっただろうか。でも、死ぬ前提で話をしたくはなかった。

エランも私の気持ちが分かったのか、あえてそこには触れなかった。こういうところ、彼は八歳とは思えない察しの良さを見せてくる。

「将来の夢……か」

「王様になるとか？」

エランが王子であることを踏まえ、言う。エランは首を横に振って言った。

「国王になりたいと思ったことはないよ。そもそも正式な王子として認められていない僕には無理な話だし、サハージャには優秀な王子がいるから」

「優秀な王子……それって、エランのお兄さん？」

エランから初めて出た兄の話に興味が湧く。

「そう、一番上の兄のマクシミリアン兄上。すごく優秀な人なんだ。兄上がいるのに僕が国王なんてあり得ないし、なりたいとも思わない」

「へえ」

基本、離宮で生活する私には、他の王子や姫と出会う機会なんてない。

だがエランが手放しで誰かを褒めるのが珍しく、その名前を記憶した。

「マクシミリアン王子、か」

「すっごく怖い人だから、ルビーは近づかない方がいいかもね」

「えっ……」

「下手《へた》をしたら、父上より怖いよ。兄上は」

きっぱりと告げられ、目を見張る。そんな怖い人を慕っていることが信じられなかったのだ。

「エラン……変わってるわね」

「そう？　兄上は尊敬に値する人だと思うけど。ま、だから国王には興味ないんだ。僕はどっちかというと医者になりたいって思ってるし」

「医者……」

エランの言葉になるほどと納得した。

毎日のように医学書を読み漁《あさ》るエランを知っているので、全く意外性がなかったのだ。

むしろ彼が医者になるのは当然のような感じすらした。

「既定路線って感じよね。うん、似合いそうだし良いと思う」

大きく頷く。エランがじっと私を見つめてきた。

「……そう？　似合うかな。お世辞とかじゃない？」

「お世辞を言ってどうするのよ。そんなわけないじゃない」

「医学書を読んでいるから似合うって程度の話でしょう？」

どこか疑いの目を向けてくるエランに、私は思ったままを告げた。

「確かにそういう面がないといえば嘘になるけど、それが全てではないわ。だってエランって病気の人の気持ちが分かるじゃない。だから患者に寄り添える良いお医者さんになれると思ったの」

「患者に寄り添える……」

「気持ちに寄り添ってくれるお医者さんって信頼できるもの。エランならきっとそんな素敵なお医者さんになれるって思ったんだけど……駄目？」

「いや……」

エランは驚いたような顔をしていたが、やがて静かに笑った。

「……そう。ルビーは僕が良い医者になれるって思ってくれるんだね」

「ええ。あ、怠いとか面倒とか言わなければって注釈はつくわよ!?」

医者にそんなことを言われたら、患者は病気を治すどころではなくなるだろう。

わりと真面目《まじめ》に忠告したのだが、エランは聞いていないようだった。

「……そっか。そっか」

噛《か》みしめるように何度も頷くエランを見つめる。そのまま彼は何も言わず、持っていた医学書を読み始めてしまったが、邪魔できるような雰囲気でもなかったので大人しく後ろで待機することにした。

◇◇◇

エランの将来の夢の話を聞いてからしばらく経《た》ったある日、私はひとりで本館にやってきていた。

図書室にエランが借りていた本を返しに来たのと、私用の本を借りるためである。

本館の廊下を歩き、目的地である図書室を目指す。

リベリオン王宮は広い。少しでも道を間違えると迷子になってしまいそうだ。

私がいるリベリオン王宮は、スペインのとある王宮と形がよく似ている。尖塔《せんとう》が目立つお城とはまた違う様式だ。広大な敷地面積を誇り、いくつもの庭園や離宮がある。本館は三階建てだが、噂《うわさ》では千を超える部屋があるのだとか。

廊下には赤と金色の絨毯《じゅうたん》が敷かれている。壁などに華美な装飾はないが、美術品が多く飾られていて、ただ見ているだけでも楽しかった。

異世界人の私には分からないが、たぶん巨匠の作品だったりするのだろう。

目的地である図書室も私が日本で通っていた大学の図書館よりも広く、多くの本が取り揃《そろ》えられているのだが、私の目当て『異世界トリップしてきた人間が、元の世界に帰った――』みたいな記述がある本にはいまだ巡り会えていなかった。

「一冊くらいそういう本があってもいいのに……」

私がこの世界に来て、すでに半年以上が過ぎている。

幸いなことにエランに拾われ、酷い目に遭うこともなく生きているが、帰りたい気持ちは今も当然強くあった。

「……お父さんもお母さんも心配してるだろうなあ」

あとは兄も。

あれから半年も経っているのだ。私が行方不明になったことは知らされているだろうし、それを知った兄が何もしないとも思えない。

きっと血眼《ちまなこ》になって捜してくれているだろうことは容易に想像がついた。

「でもまさか異世界にいるとは思わないよねえ」

事故に遭ったか、事件に巻き込まれたか。

誘拐《ゆうかい》されたと思われている可能性もある。

もしかしたら死んだと諦《あきら》められているかも。

「うっ……それは嫌だなあ」

生きているよと声を大にして訴えたいところだが、遠い異世界にいる身では声が届くはずもない。

向こうは私がどこにいるかも分からない状況なので、助けに来ることは不可能。自分でどうにかして帰るより他はなかった。

「お兄ちゃんに会いたい……」

父と母にも会いたいが、やはり一番会いたいのは兄だった。

ずっと頼りにして、懐《なつ》いてきた兄。

彼が側にいてくれれば、こんな状況だって何ともないと思えそうなのに。

「いない人を懐かしんだところでどうにもならないんだけどね……」

溜息《ためいき》を吐いても、幸せが逃げるだけ。

不幸になりたいわけではないし、基本前向きなのが取り柄《え》なので、普段は気にしないようにしているが、時折猛烈に寂しくなる。

懐かしい人に会いたい。日本に帰りたいと涙が出るほどに思うのだ。

「あー、駄目。考えない、考えない……」

泣きそうになるのを首を横に振って、誤魔化《ごまか》す。気を取り直して正面を見ると、少し遠くにひとりの少年が歩いているのが見えた。

「誰だろう」

少年は金髪碧眼《へきがん》。柔らかそうな金髪は太陽の光を思い起こさせた。青い瞳《ひとみ》は宝石のように綺麗《きれい》だ。

エランと近い年に見えるが、彼もずいぶんと大人びている。

なんというか、目に力があるのだ。背をしゃんと伸ばし、黒い詰め襟軍服に身を包んでいる。

まだ子供だというのに、服に着られている感じが全然ない。軍服には豪奢《ごうしゃ》な飾りや飾緒《かざりお》があったが、彼はそれらにも全く負けていなかった。マントを羽織っているが、非常に様になっていて驚く。この世界の少年たちは皆、あんなに大人びているものなのだろうか。

少年は真っ直ぐに前を見て、歩いている。その顔は美しく整っており、まだ少年にもかかわらず思わず見惚《みと》れてしまった。

「すっごい……」

遠目からでも分かる。彼は、ちょっとお目にかかれないような強烈な美形だった。

大人になればさぞ、目の覚めるようなイケメンになるだろう。そう確信できてしまうほどの逸材。

エランも格好良いとは思うが、彼にはダウナーな雰囲気があるので、今、目にした彼とはちょっと系統が違うのだ。

陰と陽。裏と表。邪道と正道。それくらい違いがある。

彼の後ろには付き従う人たちが大勢いて、身分の高い人なのかなと思った。

ちょっと見ないような美形に驚いていると、もうひとり、今度は黒いジャケットタイプの軍服を着た少年が現れた。

少年といっても、彼は私と年が近いのではないだろうか。同年代くらいの感じがする。

銀髪で灰色の目をしている。配色がエランと同じだ。髪は長く背中くらいまであった。

彼もまた滅多に見ないような美形で、一筋縄ではいかない雰囲気が漂っている。冷徹な視線には恐怖を覚えたが、どこかエランに似ているようにも思えた。

「こっちはこっちで美形だけど……」

エランと違って、怖そうな人だ。

銀髪の少年が金髪の少年に手を差し出す。金髪の少年は無表情で銀髪の少年の手を握った。

銀髪の少年が先に立ち、歩いていく。そのあとを金髪の少年とお付きの人たちがついていった。

完全に姿が見えなくなったところで、息を吐き出す。すごいものを見てしまったと思った。

なんとなくドキドキしている。

私は高揚した気持ちのまま目的地である図書室へ向かい、用事を済ませて急ぎ離宮へと戻った。

一応本は借りたが、どうにもフワフワしていて、まともに選べた気がしない。

エランの部屋へ一直線に向かう。扉をノックすると、すぐに返事があった。

「はい」

「エラン、エラン！　今、すごいものを見たわ！」

部屋に入るなり叫ぶ。

この興奮した気持ちを誰かと共有したかったのだ。いつも通りベッドの上で読書に励んでいたエランは胡乱《うろん》な顔をしていたが、話を聞くと、すぐに納得したように頷いた。

「ああ、それ、ヴィルヘルムの王子だよ」

「ヴィルヘルムの王子？　ヴィルヘルムってエランが前に説明してくれた東の大国で神の加護があるとかいう国？」

「よく覚えていたね。その通りだ」

エランに座るように指示され、ベッド脇に置いてある椅子《いす》に腰掛ける。

彼は本を閉じ、私を見た。

「ヴィルヘルムから王子が来ているという話は聞いている。ヴィルヘルムとはよく戦争をしているからね。たまには平和的にいこうってことらしい。今回は王子同士の顔合わせだってさ」

「顔合わせ……それがさっき見た男の子なの？」

確認すると、エランは頷いた。

「金髪碧眼なら間違いなく。その色合いって、不思議なんだけどヴィルヘルムの王族にしかいないんだ。名前はフリードリヒ。年は僕の二個上だったかな」

「フリードリヒ王子……。へえ、あの子が噂のヴィルヘルムの王子様なのね。じゃあもう一人は？」

「君の話からしても、マクシミリアン兄上だと思うよ」

「あの冷たい雰囲気の王子がエランのお兄さん！」

そういえば、エランが怖い人だと言っていたと思い出し、頷く。

どうやら私はヴィルヘルムの王子がやってきたタイミングに偶然、鉢合わせてしまったようだ。

「へえ……。ん？　でも、前にヴィルヘルムは平和を愛する国だって言っていなかった？　それなのによく戦争をしているの？」

矛盾があると思い尋ねると、エランは「嘘は吐いていない」と答えた。

「ヴィルヘルムが平和を愛する国なのは本当。戦争をふっかけているのは百パーセント、うちの方からだからね」

「そうなんだ……そういえば前にも戦争をよくしているって言ってたわよね。もしかしてサハージャってかなり好戦的だったりする？」

「うん」

真顔で肯定するエランを凝視する。

「ヴィルヘルムはいつも応戦しているだけ。そういえば、うちは奴隷制度があるけど、かの国にはないそうだよ。治安も全然違う。ヴィルヘルムは王都を貴族の娘がひとりでぶらつけるレベルで治安が良いって聞くから、かなりのものだ」

「貴族の娘がひとりで外を出歩けるの!?　すごいわね！」

言われた言葉に驚き、目を見開く。

サハージャの治安については、エランから説明を受けたので、相当ヤバイという認識があるのだ。たとえ王都であろうと、女性ひとりで出歩けば終わり。それを疑おうとは思わないので、今まで絶対に外に出ようとは考えなかったのだけれど。

「はあ～……日本レベルに治安が良いのね……」

しみじみと告げる。

同じ世界で、こうも違いがあるのがびっくりだ。

「浮浪者みたいなのも殆《ほとん》どいないみたいだよ。王都リントヴルムは綺麗に整備されていて、人口も多い。賑《にぎ》やかな都だと聞いている」

「へえええ」

「王都には四つの町があって、それぞれ発展しているらしい。この間言った、教育機関があるのは確か東の町、だったかな。平民のための場所で、将来王城で働きたい子供たちが集まるんだ。男子なら騎士団や文官。女子なら女官あたりの希望が多いそうだよ」

エランが話してくれるヴィルヘルムの様子に聞き入る。

サハージャとは全く違う平和な国。先ほど見た少年はその国の王子なのだ。

しかも美形。

「は～、あの子、将来、めちゃくちゃモテそうよね～」

「ルビー？」

確信を持って告げると、エランが眉を寄せて私を見た。

「何を言っているの？」

「いや、だって、遠目から見ただけでもものすごく整った顔をしていたから。それで平和かつ強い国の王子様なんでしょ？　将来、モテモテだろうなって」

彼みたいな子、誰も放ってはおかないだろう。一体、どんな女性と結婚するのか。

関係ないからこそ気になるなと思っていると、エランがムスッとしながら言った。

「……やっぱりルビーも彼みたいな人がいいの？」

「へっ……？」

きょとんとしてエランを見る。彼は分かりやすく拗《す》ねていた。

「エラン？」

「確かにヴィルヘルムのフリードリヒ王子は他国に噂が轟《とどろ》くレベルの美形だよ。それは僕も認めるところだ。ルビーが惹《ひ》かれるのもしょうがないとは思うけど――」

「待って、待って、待って!?」

慌ててエランを止める。ヴィルヘルムの王子に興味があるなど、とんでもないことだった。

「私がいつ、ヴィルヘルムの王子に興味があるって言った!? 大体、彼はまだ子供。十歳くらいでしょう? 私、子供に手を出すような屑《くず》ではないつもりなんだけど!!」

酷い誤解である。

「少年は可愛いけど、恋愛対象にはならないわ！ 当たり前でしょ。何言ってるのよ、もう……」

成人した女がまだ年端《としは》もいかない少年に劣情を抱くなどあり得ない。

ブンブンと首を横に振る。エランは疑わしげに私を見ていた。

泣きたい。

「やめてよ……私、この年で犯罪者になる気はないんだって」

「犯罪者?」

「日本では、未成年に手を出すのは犯罪なのよ。私もあり得ないと思う。恋愛は成人同士でするものだから」

きっぱりと告げる。エランは驚いたように目を見開いた。

「……え？ 子供の頃から婚約とか、王族なら十代前半で結婚するとか普通にあるけど。年の差だって、二十歳離れていることもあるし」

「私は王族じゃないし、そもそもこの世界の人間じゃないもの。お願いだから、その理屈を私に適用させないで……」

世界が違えば常識が違うのも当たり前なのだろうが、私の中ではショタコンは犯罪なのだ。

「とにかく、私の中では子供との恋愛はない。分かってくれた？」

「……ふうん」

エランがじーっと見つめてくるも、私も堂々と彼の目を見返した。やましいところはないと主張したかったのだ。

やがて根負けしたのか、エランが息を吐いて言った。

「分かったよ。ルビーはフリードリヒ王子に興味はないんだね？」

「彼が将来どんな女の子と結婚するのかという出歯亀《でばがめ》的な興味はあるけど、私自身が関わりたいとは思わないわね」

どちらかというと推しを応援する気持ちに近いかもしれない。

ああいう強烈な美形が見初《みそ》めるのはやはり同じく三国一の美姫《びき》だったりするのだろうか。

なんにせよ将来が楽しみである。

「……そ。ならまあ、いいか。あ、念のために聞いておくけど、兄上にも興味はないよね？　兄上は十七歳でルビーと年も近いから」

「あ、それは確かに近い。でも興味はないわね。エランも言っていた通り、怖そうな人だなって思ったから。私、怖い人ってあまり得意ではなくて」

マクシミリアン王子の姿を思い出しながら呟《つぶや》く。

エランが「へえ」と興味を見せた。

「じゃあルビーってどんな人が好きなわけ？　どういうタイプが好みとかあるの？」

「えー……それを聞く？　答えても良いけど、怠いとか文句言わないでよ？」

まさか八歳の少年に男性の好みを聞かれるとは思わなかった。それでもエランの目が意外と真剣であることに気づき、誤魔化してはいけないなと思う。

――私の好みねえ……。

真面目に考える。

今まで恋人なんていたことがなかったので、あまり気にしたことがなかったが、敢《あ》えて言うのなら

やはり――。

「お兄ちゃんみたいな人かしら」

「お兄ちゃん？」

エランが首を傾《かし》げる。その目が疑っているように見え、急いで言った。

「別に適当に言ってるとかじゃないわよ。私ね、従兄《いとこ》のお兄ちゃんがいて、そのお兄ちゃんのことがすっごく好きだから」

「……恋愛の意味で？」

何故《なぜ》か責められているような気がして、慌てて否定した。

「ち、違うわ。家族愛よ。……でも、恋愛するならお兄ちゃんみたいな人が良いって思うわね。優し

くて頭が良くて、物腰も穏やかで、大人って人。昔からずっとお兄ちゃんは私の憧れの人なの」

兄を思い出しながら告げる。

「今、私がしている男装もお兄ちゃんを参考にさせてもらってるの。はあ……お兄ちゃん、会いたいなあ。今、何をしているのかなあ」

話しているとまた兄に会いたくなってきた。

エランが眉を寄せ、聞いてくる。

「……ルビーってもしかしなくても、ブラコンだったりする？」

「……自覚はあるわ」

自分でも思っているので素直に頷く。エランは渋い顔をして言った。

「あっそ。君、そのお兄さんのことを話す時、ずいぶんと目が輝いていたよ」

「お兄ちゃんがいなかったら、今の私はいないといっても過言ではないもの。忙しい両親に代わり、私を世話してくれたのもお兄ちゃんだし、大切なのは当然」

「ふうん。まあ、僕も兄上のことは好きだから、ルビーの言いたいことは分かるけど」

「そういえば前にお兄さんのことを尊敬してるって言ってたわね」

エランと話したことを思い出しながら告げると、彼は頷いた。

「うん。兄上は合理主義を突き詰めたような冷たい人だけどね。皆と違って、変に取り繕ったりはしないんだ。そういうところが好きかな」

「取り繕う？」

「表では良い顔をして、裏ではってやつ。僕は特にこんなだから、それが酷くって。皆、僕が気づいていないと思っているあたりが怠いんだよね」

「……」

重い溜息を吐くエランを見つめる。

エランは年に見合わず賢《さと》い少年だ。皆が自分をどう扱っているか、どう思われているかを幼いながらもきちんと察している。

「兄上はそういうところがないんだ。表も裏も一緒」

「へえ」

「『あいつは不要』。いつだって兄上の僕に対する本音はこれで、実際僕にもそう言うよ。いっそ清々《すがすが》しくてね。下手に誤魔化そうとしない分、好きだなって思える」

「……」

良い話かと思いきや、酷い話だった。だがエランは嬉しそうにしている。

彼にとっては本音で自分に向き合ってくれる方が大事だということなのだろう。

――王子だものね。表向きは頭を下げられて、でも裏では蔑《さげす》まれているって気づいてたら……確かに嫌だなあ。

自分の身に置き換えて考えてみる。想像だけでもキツかったし、それが八歳の少年に向けられていると思うとゾッとした。なんとなくエランの手を握る。

「えっ……」

「私は味方だから」

「ルビー？」

不思議そうに見つめてくるエランに頷いてみせる。直接酷い言葉を放たれる方がいいと、そうしてくれる方が好きだと言う彼が気の毒で仕方なかったのだ。

これは間違いなく同情で、エランにしてみれば余計なことなのかもしれない。

だけど、どうしても伝えたかった。

「私はエランの味方だから。その、何の役にも立たないかもしれないけど、どんな時でもエランの味方にだけはなってあげられる……ううん、私が味方になりたいの。だからその……元気出して」

どう言えば気持ちが伝わるのか分からなかったが、それでも一生懸命告げた。エランが目を丸くする。

「ルビー……」

「……怠いとか言わないでよね！　エランにとっては、迷惑なだけかもしれないけど、気持ちは本物だから！　あと、弟扱いとかもしてないっ！」

「……そんなこと言わないよ」

エランがゆっくりと首を横に振る。ふわりと花が咲くように笑った。

「嬉しいよ。今まで僕にそんな風に言ってくれる人は誰もいなかったから」

「エラン」

「ルビーが嘘を吐いていないって顔を見たら分かる。……嬉しいな。まさか死ぬ前になって、こんなことを言ってくれる人ができるなんて思いもしなかった」

噛みしめるように告げ、エランが下を向く。

死ぬ前という言葉にギョッとし、目を見開いた。

「エ、エランは死なないわよ！　何言ってるの！」

縁起の悪い言葉を自分から言うなんてという気持ちで声を上げるも、エランは私の言葉を否定した。

「……自分の身体のことだから、自分が一番分かってるよ。僕に残された時間は少ない。きっと間もなく死ぬんだろうね。でも、最後にルビーに会えたから、最近はそれでもまあいいかって思えるようになったんだ」

「そんなこと言わないでって！」

エランの言葉に心底ギョッとした。背筋が寒くなる。

彼が死ぬなんて考えたくもなかった。

「エランは死なない！　絶対に大丈夫なんだから！」

必死に告げるもエランは曖昧《あいまい》な笑みを浮かべるだけで、私の言葉を肯定してはくれない。

部屋に日が落ちる。

徐々に部屋が暗くなっていくその様相が、まるでエランの死を暗示しているような気がして、怖くて仕方なかった。

第四章　さようならは許せない

冬が来た。

サハージャの冬、それを私は初めて経験したのだけれど、乾燥が酷《ひど》く、気温もかなり低いようだった。

体感温度は三度から五度くらいといったところだろうか。日本に住んでいた頃《ころ》なら、今年一番の寒さが来たと気象予報士が声高に告げるくらいの感じである。まあ、私は雪が殆《ほとん》ど降らないところに住んでいたからこのような感想なのだけれど。

エランに聞いたところ、サハージャでは雪も降るようで、日本にいた時より厳しい季節になりそうなのは確かだった。

「寒い……」

厨房《ちゅうぼう》で昼食の準備をしながら息を吐き出す。息は白く、寒さが酷く身に染みた。

本館は魔術で温度管理がされているという話なのだけれど、私たちがいる離宮は対象外のようで、自分たちでどうにかしなければならない。

魔法で自分の周囲の温度を上げる……ということも可能らしいが、わりとコツが必要みたいで、私にはまだ難しかった。それに連続して使い続けると、魔力がなくなってしまう。一時的に使うにはいいが、継続的な使用には向いていないのだ。潤沢な魔力量があれば気にしなくてもいいが、私の魔力量は普通なので、三十分も保《も》てばいいところ。

結局暖かい服を着て隙間《すきま》風を塞いで、暖炉で部屋を暖かくして……と、極々当たり前のことで対処するしかなかった。

「……エラン、今日は食べてくれるかな」

スープを作りながら呟《つぶや》く。

あれからエランの体調は日に日に悪くなり、ここ数日はベッドから起き上がることも難しくなっていた。

今は本館から医者が来ているのだけれど、一体どういう診断を下されるか、正直少し怖い。

「大丈夫だよね……」

できあがった料理をスープ皿に移す。

今日は玉子のスープを作ったのだ。このところ、エランは食事をするのも難しくなっていて、固形物を受け付けなくなっていた。

スープならなんとかなるかと作っているが、野菜がゴロゴロ入ったようなものは無理。薄いスープに溶いた玉子を入れる、くらいがギリギリなのである。

「……」

作ったスープをワゴンに載せ、無言でエランの部屋へと向かう。

ベッドから起き上がれなくなり、食事すら受け付けなくなる。

エランの身体《からだ》は着実に死に向かって進み続けていた。それをなんとか拒否したい気持ちで頑張っているが、辛《つら》そうなエランを見ていると、心が折れそうになってくる。

辛いのはエランであって私ではない。分かっているのに、もう無理だと逃げ出したくなるのだ。

「……あ」

エランの部屋から医者が出てくるのが見えた。三十代くらいの白衣を着た男の人だ。扉を閉めた彼は私に気づくと、こちらの方へ歩いてくる。その顔は厳しく、嫌な感じで心臓がドクリと跳ねた。

「あの……殿下は……？」

話してくれるかも分からなかったが、それでも気になり尋ねた。医者は私の顔をじっと見つめたあと、口を開いた。

「あなたは殿下専属の従者でしたね？」

「は、はい」

「それなら知っておいた方が良いでしょう。ただ、これから言うことを決して口外しないで下さい」

「……はい」

唾を呑《の》み込み頷《うなず》く。医者は目を伏せ「残念ですが」と言った。

「今夜が峠かと。明日を迎えられる可能性は二割以下といったところです」

「え……」

「覚悟して下さい」

全身から血の気が引いたのが言われなくても分かった。

ガクガクと身体が震え出す。

今夜が峠とか、明日を迎えられる可能性が二割以下とか、理解したくない言葉がグルグルと頭の中を回る。

「そんな……」

「むしろ今まで保ったことの方が奇跡ですよ。きっとあなたのおかげでしょうね。あなたが来てからというもの、殿下は以前よりもずいぶんと前向きになられたように見えましたから」

「……」

「厳しいことを言うようですが、今日中にお別れをしておいた方が良いかと。明日の朝、また来ます」

「えっ、帰られるのですか!?」

今夜が峠だというのに、エランの側《そば》を離れるのか。

信じられなくて、先生を凝視する。先生は「私がいたところで意味はありませんから」と言った。

「意味がないって……」

「やれることがないんです。ここまで病状が悪化してしまえば、あとは、せめて親しい人との時間を作ってあげられることくらいしか、私にできることはありません。陛下や殿下方は来られないでしょうから、せめてあなたが側にいて差し上げて下さい」

家族が来ないという残酷な言葉に固まった。

不治の病に冒《おか》されたエランを彼の家族はとうに見捨てている……。

先生の言葉からそれを理解してしまった私は、ギュッと唇を噛《か》みしめた。

「わかり……ました」

「何かあれば呼んで下されば、駆けつけるようには致しますので。それでは失礼します」

使用人である私にも丁寧《ていねい》に対応してくれる医者に、こちらもしっかりと頭を下げる。

それでも心は冷たいものに浸されたような気持ちになっていた。

医者が言った『何かあれば』が『エランが死んだら』であることに気づいてしまったからだ。

彼はエランが今夜死ぬことを疑っていない。

朝を迎えられる確率が二割なんて言っていたが、本当はほぼゼロなのだろう。彼を心配している私のために嘘《うそ》を吐《つ》いてくれたのだ。

その嘘も、嘘と気づいてしまえば何の気休めにもならないけれど。

「……」

黙り込んだ私に会釈し、医者が離宮を出ていく。

しばらくその場に立ち尽くしていた私だったが、やがてのろのろと歩き出した。

私が昼食を持っていくのはいつものことなのだ。来なければエランは不審に思うだろう。

「エラン、私よ」

できるだけ明るい声で扉をノックする。ややあって小声で返事があった。力のない声にゾッとしたものを感じつつも、私はいつも通りの自分を装い、中へ入った。

「お疲れ様。はい、今日の昼ご飯を持ってきたわよ」

「……」

ワゴンを押し、ベッドにいるエランのところへ行く。

エランはベッドで横になっていた。息は荒く、起き上がるのも厳しそうだ。

「……エラン」

「……ああ、うん。そこに置いておいて。あとで食べるから」

チラリとこちらに視線を向け、エランが告げる。その顔色は蒼白《そうはく》で、素人目にも死相が漂っているのが分かった。

エランの命が今にも尽きそうになるのを目の当たりにしてショックを受けたが、必死になんでもない態度を装う。

「わ、分かったわ。じゃあ、ベッド横のサイドテーブルに置いておくから、食べられるようになったら食べて」

「……うん。用意してくれたのにごめん」

「気にしなくて良いのよ。そ、それより何か他に必要なものはある？」

声は震えなかっただろうか。私の問いかけにエランは力なく首を横に振った。

「……悪いけどひとりにして欲しい。今はただ眠りたいんだ。身体中怠《だる》くってさ」

「そ、そうね。邪魔してごめんなさい。何かあったら呼んで。私、いつでもすぐに駆けつけるから」

気休めにもならない言葉を告げ、彼の部屋を飛び出る。

今夜が峠だと言っていた医者の言葉を嫌でも思い出した。

「うっ……」

泣きそうになる気持ちを堪《こら》える。

辛いのは私ではない。今、私が泣いてどうするのか。

「……」

なんとか気を取り直し、とぼとぼと歩く。今日は仕事にならないなと思っていると、玄関ロビーからエルメさんの声がした。

「あら、今日は出迎えはなし？」

そういえば、今日は彼女が食料を持ってきてくれる日だった。

「すみません。ちょっと立て込んでまして。いつもありがとうございます」

無理やり笑顔を作り、玄関ロビーへ行く。私を見たエルメさんがはしゃいだ声で私の名前を呼んだ。

「ルビー！　いたのね」

「ええ、もちろん。重いでしょう？　持ちますよ」

エルメさんから食料を受け取る。エランの命が今夜までというのが本当なら、この食料も無駄になってしまうのだろうか。

エランに食事を振る舞う機会ももうないのかもしれない。野菜を見ただけでそんなことを考えてしまい、嫌になる。

「ルビー？」

「い、いいえ、なんでもありません。今日も新鮮な野菜をありがとうございます」

「ルビーのためだもの。それに、そろそろ殿下が死にそうだって聞いたわ。良かったわね、ルビー。

これで殿下の世話から解放されるじゃない。私、良かったら次の仕事先を紹介してあげましょうか？　良いところを知っているの。あなたのことは話しておいたから、きっとよくしてくれると思うわ」

「……は？」

嬉《うれ》しげに告げるエルメさんの言葉に愕然《がくぜん》とした。

今、彼女は何と言ったのか。エランが死にそうで良かったと、そう言ったのか。

信じられない暴言に唖然《あぜん》としていると、彼女は更に言った。

「不治の病だからすぐに死ぬって聞いていたのに、全然死なないんだもの。本当鬱陶《うっとう》しかったわ。でもこれで私もこんなくだらない仕事をしなくて済むようになる。良いこと尽くめよね！」

鼻歌でも歌い出しそうなくらいに上機嫌で告げるエルメさん。

彼女がエランをあまり好いていないようなのは知っていたけれど、まさかここまで酷いことを言うとは思いもしなくて、ショックを受けた。

「……」

「ルビー？」

ワナワナと怒りに震える。怒鳴り散らしたい気持ちを必死に堪えた。

ギュッと拳を握り、怒りを逸《そ》らし、何とか告げた。

「先ほど申し上げた通り、今日は立て込んでいまして。申し訳ありませんが、今日はこれで失礼させていただきます」

「えっ……？」

キョトンとするエルメさんは、私の言った言葉の意味が理解できないようだった。

「今日はお送りできそうにありません、と言ったのです。本当に申し訳ありません」

いつもは食料を届けてもらったあとは本館まで送り届けるのだけれど、今日ばかりは無理だ。

エルメさんが「え、送ってくれないの!?」と不満そうに口を尖《とが》らせる。

「今更、ひとりで歩かせるの？　ちょっとそれは酷いんじゃない？」

「申し訳ありません。どうしても今日だけは手が離せなくて。……お引き取り下さい」

最後の言葉を告げると、エルメさんが顔を引《ひ》き攣《つ》らせた。どうやら私は相当怖い顔をしているようだ。

「……っ！」

彼女は無言で踵《きびす》を返すと、離宮を出て行った。

こんな対応をしてしまっては、次から食料は減らされるだろうし、下手《へた》をしたら腐りかけのものを持ってこられるかもしれない。

「でも」

分かっていたけれど、無理だったのだ。

今、彼女に良い顔をすることはどうしたってできないと思った。

「……次、なんてもうないって話なのにね」

小さく呟く。

未来を『ない』と発言した自分の言葉に、誰《だれ》よりも一番私が傷ついていた。

◇◇◇

夕方、雨が降り出した。

最初はポツポツだった雨は、深夜には本降りになり、今は窓に叩《たた》きつけるような大雨となっている。

先ほどから雷の音も聞こえてきた。

「はあ、はあ、はあ……」

「エラン、しっかりして……」

苦しげに呻《うめ》くエランの手を握る。元々細かった手首はここ数日で更に細くなっていた。

「ルビー、ルビー……」

彼が時折呼ぶのは、父親でも兄でもなく私の名前だった。

彼自身、言っていた通り、家族に対する期待はないのだろう。代わりのように私の名前を呼ぶのが悲しかったが、頼って良い存在として認めてもらえていることは嬉しかった。

「大丈夫、側にいるから」

力づけるように声を掛ける。エランが目を開け、私を見た。

「ルビー……」

「ええ、ここにいるわ」

大丈夫だと頷いてみせる。エランは力なく微笑《ほほえ》み、私に言った。

「もう、最期だと思うから、ひとつ、良いかな？」

「っ！」

最期だと告げるエランの目には生に対する諦《あきら》めが滲《にじ》んでいた。彼自身、ずっと苦しんできて、辛いのだろう。もういっそ楽になりたいという気持ちが伝わってきて、泣いてしまうかと思った。

「エラン、そんなこと言わないで……」

「いいから。君に聞いて欲しいんだ。……僕の最期のお願いだよ」

「……な、何？」

思いの外《ほか》強く言われ「嫌だ」と言おうとしたのを呑み込む。

エランは咳《せ》き込んだあと、ベッドから上半身を起こそうとした。だが上手《うま》くいかない。力が入らないのだ。ベッドに転がった彼は「情けないな」と泣きそうな顔をした。

「こんな時くらいちゃんとしたかったのに」

「ちゃんとって何？　お願いだから大人《おとな》しくしててよ……」

無理はしないで欲しい。そう告げる私をエランがじっと見つめてくる。

「エラン？」

「好きだよ、ルビー。僕は君のことが好きだ」

「へ？」

告げられた言葉に、目を瞬《しばた》かせる。何を言われたのか理解し、私も言った。

「ありがとう。私もエランのことが好きよ」

異世界に来た私を助けてくれたエラン。彼がいなかったら、今頃どうなっていたか分からない。何も分からない私を自分のところに引き取ってくれ、仕事を与えてくれた。

私はエランに感謝しているし、嫌がるだろうけど弟のようにも思っているのだ。できれば幸せになって欲しい。そう願っている。

だがエランは力なく首を振った。

「違う。僕の言う好きは君とは違うんだ。僕は恋愛の意味でルビーが好きだって言ってる」

「……え」

「君はまだ八歳なのにって思うのだろうけどね。僕は真剣だよ。本気で君のことが好きだし、ずっと一緒にいたいと思ってる」

「……」

静かに告げられる想《おも》いに動揺する。

冗談だろうと笑い飛ばすことはできなかった。今にも死にそうな状況で告げられた想いを否定などできないし、エランの目はどこまでも澄んでいたから。

「エラン……」

「君が僕を恋愛対象で見られないのは分かってる。だって弟だもんね。でもどうしても言いたかったんだ。死ぬ前に気持ちを伝えたかった。君には迷惑な話かもしれないけど」

声に力がない。それでも精一杯己の気持ちを告げるエランを見ていると、涙が出てくる。

「……」

「誰もまともに扱おうとしない僕と真面目《まじめ》に向き合ってくれたのは君だけだった。病気だと分かっても態度を変えなかった。側にいてくれた。僕のために身体に優しいご飯を作ってくれた。いつだって笑顔で……好きだよ。そんなの、好きになるに決まってるじゃないか。姉だなんて思えない」

エランが顔を歪《ゆが》める。

「大人になったら結婚して欲しいって、ずっと側にいて欲しいって思うようになるのは早かった。だけど、僕にはその大人になるための時間がない。でもせめて気持ちだけは伝えたくて」

エランが縋《すが》るように私の手首を握った。殆ど力が入っていないのが悲しい。私の手首を握る手も震えている。

息はどんどん荒くなっており、確実にエランの時間が削られているのだと分かった。

――泣くな、泣くな、泣くな。

溢《あふ》れ出てきそうになる涙を堪える。

今、泣くのは絶対に違う。私が泣いてはいけないのだ。

「……あ、りがとう」

出た声は情けないことに震えていた。

「エランの気持ちは嬉しい。でも、やっぱり私は弟……ううん、未成年の子を恋人にしたりはできないの。だからありがとうとしか言えないわ」

「っ！」

エランが辛そうに顔を歪める。嘘でもいいから喜ばせてやれと思う気持ちが芽生えたが、それは駄目なのだと自分に言い聞かせた。

代わりに言う。

「……でも、エランが大人になって、その時にもう一度好きだって言ってくれたら、ちゃんと考える」

「……僕は大人になれないのに？」

もう死ぬのに？　という声なき声が聞こえた。

「それでも。私は嘘を吐きたくないから。恋人になろうって言うのは簡単だけど、エランだってその場限りの嘘なんて望んでいないでしょう？」

「いっそ嘘でもいいと思う気持ちもあるけどね。嘘でもルビーを手に入れたって思って死にたい。その方が幸せじゃないか」

肩で息をするエラン。私は必死に普段通りの自分を心掛けながら言った。

「嘘だと分かっている時点で意味がないわ。それに私は言わないから」

「分かってるよ。ルビーは意外と真面目だからなあ。でもそんな君が僕は――」

「っ！　エラン!?」

パタン、と私の手首を掴《つか》んでいた手から力が抜けた。

ハッとして彼を見る。エランは静かに目を閉じていた。それが、まさに死へと旅立とうとしている姿に見えて、ゾッとする。

「エラン、エラン！　駄目よ、駄目!!」

必死に名前を呼ぶ。エランは薄《うっす》らと目を開けたが、もう喋《しゃべ》ることもできないようだ。ただ、薄く笑い、再度目を閉じるだけ。

いよいよその時が来たのだと、嫌でも理解するしかなかった。

「エランっ!!」

目の前にある小さな命が今まさに失われようとしている。

私に優しくしてくれたエラン。私を好きだと言ってくれたエラン。

その想いには応《こた》えられないけど、弟のように思っていた彼に好かれていたということは嬉しかった。

できればその成長をこれからも見守りたい。

いつか私は己の世界へ帰るのかもしれないけど、でも、それまではエランと共にいて、彼が立派に成長するのを側で見たいって、そう思って――。

「いやああああっ!!」

別離が耐えられなかった。現実を受け入れたくない想いが溢れ、声となって外に出る。

それと同時に、白い光が自分の中から溢れ出た。

「えっ、あっ……何?」

無意識に魔法でも使ってしまったのかと焦ったが、魔法を使う時の感覚とは明らかに違う。

何が起こっているのか分からない。

私から溢れ出た白い光は、力なく横たわるエランを包み込んだ。まるで染み込むように身体の中へと入っていく。

「エ、エラン……？」

これは大丈夫なのか。不安になって名前を呼ぶも、エランが返事をするはずもない。

やがて光は全《すべ》てエランの中へと入っていった。彼が淡く輝いている。

何が何だかさっぱりだが、いつの間にかエランの呼吸は安定していて、先ほどまで苦しげだったのが嘘のように穏やかになっている。

気のせいかもしれないが、心なしか顔色も良くなったように思えた。

頬《ほお》に血の気があるように見えたのだ。

やがて光は消え、そこには静かに眠るエランの姿だけがあった。

「……エラン？」

おそるおそる声を掛ける。私の声に反応したのか、エランが眉《まゆ》を寄せ、身じろぎした。その目が開く。

「っ！　エランッ！」

「え、あれ……なんで……」

まるで目が開いたことが信じられないという顔をするエラン。彼は起き上がると、私を見た。その動きも健康な人そのもので、少し前まで息をするのも辛い様子の彼とは別人のようだ。それでも心配で、思わず声を掛ける。

「エラン、起き上がって大丈夫なの!?」

「……ルビー」

パチパチと目を瞬かせるエラン。彼は己の両の掌《てのひら》をまじまじと見つめると、確かめるように何度も握ったり開いたりを繰り返した。そうしてポツリと呟く。

「……治ってる？」

「へ……」

「身体に力が入る。どこも痛くない。いつもあった、身体の中身を食いちぎられそうな痛みが完全に消えてる……嘘だろう？　どうして……」

自分の状況が理解できないという風に何度も首を傾《かし》げるエランだったが、私は彼が起き上がり、普通に喋ってくれていることが嬉しくて仕方なかった。

「エラン、エラン、良かった……！」

「良かったって……ああ、そうか」

エランが、パチッと瞬《まばた》きをし、唐突に納得したという顔をする。

そうして私を見つめ、告げた。

「――ルビー、君は聖女だったのか」

「へ？」

――聖女？

そんなもの私は知らない。私がそう呼ばれる意味も分からない。

そもそも私はそんな大層なものではなくて――とそう思った時、己の右手が薄くなっていることに気づいた。

「えっ……!?」

何が己の身に起こっているのか分からず、右手を見る。右手が全体的に薄くなり、景色が透けていた。それは右手だけではないようで、全身に及んでいる。

「え、え、え、え!?」

左手も透け、身体全体も薄くなっている。

動揺していると、私の状況に気づいたエランがハッとしたように叫んだ。

「しまった！　そうか、聖女だということは――。ルビー、僕の手を掴んでっ！」

エランが私に向かって手を伸ばしてくる。その手が眼鏡《めがね》に触れた。

「あ」

眼鏡が外れ、下に落ちる。

それに気を取られた次の瞬間だった。

「え……？」

目の前の景色がまるで、シャッターを切るようにパチリと切り替わったのだ。

「な、何？」

呆然《ぼうぜん》とした声が己の口から出る。

自分の身に一体何が起きたのか。

私はいつの間にか、移動していた。

私がいるのは非常に見覚えのある噴水の中だった。三段の噴水からは水が噴き出し、私の身体を濡《ぬ》らしている。ああ、嫌でも思い出す。これは前にもあったことだ。

私が異世界にトリップした時にいた場所。

その場所に、何故《なぜ》か立っていることに気づいた私は全力で叫んだ。

「いや、なんでよ!?」

本当に、どうしてだ。

真夜中だったはずなのに、昼間としか思えない明るさも意味が分からないし、ずっと降っていた雨だってやんでいる。というか、雨が降った形跡すらなかった。

本当に意味が分からない。

呆然とその場に立ち尽くす私を余所《よそ》に、どこかで見た展開が始まる。

私の叫び声を聞いて駆けつけてくる多くの兵たちと女官たち。

完全に最初の時の焼き直しだ。

「え、え、え……？　一体何が起こってるの？」

呟いたところで答えてくれる人がいるはずもない。

空を見上げる。

どこまでも広がる空は青く美しく、私の今の心境とは真逆だった。

一体何が起こっているのだろう。

戸惑いながらも周囲を観察する。

ウエディングケーキを思わせる三段の噴水。見覚えのありすぎる、素《そ》っ気《け》ないながらも綺麗《きれい》な庭園。奥側に見えているのは間違いなくサハージャのリベリオン王宮だ。パッと見回しただけでも、知っている場所だと断言できる。

わらわらと兵士たちが集まってくる。鎧《よろい》に身を包み、武器を持つ兵士たち。確認したが、残念ながら私の知っている人は誰《だれ》もいなかった。

「お前、一体どこから侵入してきた……！」

兵士たちが持っている槍《やり》を突きつけてくる。私を不審人物だと思っているのだろう。

前回と全く同じ展開だと思いながらも口を開いた。

「落ち着いて下さい。私はアスカルビー。不審者ではありません。エラン殿下に従者としてお仕えする者です」

二回目ということと、知っている場所ということが、私を冷静にさせていた。

男装時のルビーらしく、兄を意識した口調で説明する。

エランの名前を聞いた兵士たちは揃《そろ》って首を傾《かし》げた。

「エラン……エラン殿下？　嘘《うそ》を吐《つ》くな。エラン殿下には現在専属の従者はいないはずだ」

「私がここにいますが？　あなたこそ何を言っているんですか」

私のことは知らなくても、従者がひとりいることくらいは知識としてあるはず。

不審に思いつつ、兵士を見つめる。

私の堂々とした態度に、兵士たちは揃って困惑の表情を浮かべた。

「この男……何を言っているんだ？」

「分からない。エラン殿下の従者などと嘘を吐いているが……」

聞こえてくる会話の内容に眉《まゆ》を寄せる。どうやら彼らは私がエランの従者だということを信じていないようだ。

ムッとしつつも捕らえられてはかなわないので、強く主張する。

「だから、嘘ではないんですって――」

「ルビー!!」

「えっ……？」

いきなり、名前を叫ばれた。

ものすごい大声。まるで私を知っているような呼び方だ。もしかして誰か知り合いでも来てくれたのだろうか。そう思い、声のした方を向くと、白衣を着た男性がひとり走ってくるのが見えた。

「ん？」

背の高いひょろりとした体型の男だ。なんだか見覚えのある眼鏡《めがね》を掛けている。私のすぐ目の前まで走ってきた彼は、ぜいぜいと苦しげに呼吸をしつつも嬉《うれ》しそうに目を潤ませた。

「ルビー……ルビーだ。本当に……本物……」

「？」

声を震わせる男を胡乱《うろん》な目で見つめる。

おそらく同年代だろうと思われる男は、ずいぶんと整った顔立ちをしていた。くすみのある銀色の髪はくせっ毛であちこち飛び跳ねている。目の色は灰色。垂れ目で、気怠《けだる》げな雰囲気を漂わせている。目の下には泣き黒子《ぼくろ》があり、それが何とも言えない色気を放っていた。

肌は白く綺麗で、髭《ひげ》跡のようなものも見あたらない。

頬《ほお》のラインはすっきりとして、好きな人はものすごくツボに嵌《は》まるのだろうなと思うダウナータイプの美形だった。

黒シャツにタイ、ベストといった定番の格好の上に白衣を着ている。格好からしておそらく医者だろうが、私の知り合いに彼のような医者はいなかった。

「……どちら様でしょうか？」

我ながら警戒心マシマシの声が出た。

あからさまに疑っていますという態度の私に、男は目を瞬《しばたた》かせ、泣きそうな顔で笑った。

「は、はは……本当にルビーだ……。――僕のことが分からないか？　ああ、あれからずいぶんと経《た》ったから分からなくても仕方ないか。……ルビー、久しぶり。僕はエランだ」

「エラン!?」

男が口にした名前を聞き、目を見開く。彼は嬉しげに頷《うなず》いたが、あり得ない。

だってエランは小さな男の子だ。今、目の前にいる彼と同一人物のはずがない。

私は目の前の男に強い警戒心を抱きながらも口を開いた。

「……つまらない冗談はやめて下さい。私の知る殿下は八歳の少年です。あなたとは違う」

「そのあたりはちゃんと説明するから。——皆、解散してくれていい。彼は僕の知り合いなんだ」

疑わしげにこちらの様子を窺《うかが》っていた兵士たちに男が命令を下す。

少なくともこの男が兵士たちに命令できる立場であることは間違いなかった。

兵士たちが困惑しながらも反論する。

「エラン殿下……ですが」

「……面倒を掛けさせるな。僕の命令が聞けないのか？」

「い、いえ！　失礼致しました！」

慌てた様子で兵士たちが去って行く。唖然《あぜん》としながらそれを見送った。

頭の中は大混乱だ。

——い、今、兵士たちも彼のこと『エラン殿下』って言ってたわよね？　どういうこと？　エランって名前の王子がもうひとりいたってこと!?

目の前の『エラン』が私の知る『エラン』であるはずはないので、つまりはそういうことになる。

同じ名前の王子がいても、そういうこともあるのかと思うだけではあるが、いるのならいるで教えておいて欲しかった。

「ルビー……？」

「え、あ、や、ええと、助けて下さってありがとうございました。その、エラン殿下」

「？」

王子が首を傾げる。その仕草が一瞬、私の知っている『エラン』と重なったが、そもそも同じ王子だというのなら兄弟のはずなので、似ているのは当然。不思議に思うようなことでもない。

「私はエラン殿下のところへ戻りますね。その、色々確かめたいこともありますから」

いきなり夜から昼になったことや、天気が変わったことなど気になる点は色々あったが、それよりもエランの様子が気になったのだ。

何せ彼は死の淵《ふち》を彷徨《さまよ》っていたから。

最後に見たエランは顔色も良くなっていたし、なんだか元気そうに見えた。だから死んではいないと思うが、それは私の希望的観測でしかない。自分の目で彼の無事を確認したかった。

「すみません。もう行きますね。本当にありがとうございました」

噴水から出て、魔法を使う。身体《からだ》を乾かすくらいの簡単な魔法なら、私もできるようになったのだ。

会釈して『エラン殿下』の前を通り過ぎる。離宮に向かおうとしたが、何故《なぜ》か手首を握られた。

「待って」

「まだ何か？」

話すことはもうないと思いながら彼を見る。彼は困ったように顔を歪《ゆが》め、片手で髪を掻《か》き乱した。

「あー……、なんて言えば信じてくれるんだ？　ほんと怠いな。こういうの、僕は苦手なんだ。……

ルビー、信じられないかもしれないが、僕がエランだ。君があの日、姿を消してから、十二年が経っている。僕は大人《おとな》になったんだ」

「……は？」

――十二年？

男から出た言葉に眉を寄せ、足を止める。

彼を見上げた。『エラン殿下』は背が高く、見上げなければ目が合わないのだ。

「何の話？　十二年って……」

「あの日、君が僕を助けてくれた日から十二年が経ったと言っている。嘘じゃない。なんならあの日の日付だって言えるし、今日の日付なら誰かに確認してくれても構わない」

そう言って男が告げたのは、エランが死ぬかもしれないと言われた日付だった。

一瞬、嘘ではないかと疑ったが、エランが死にかけた日を正確に知っているのは、私と医者の先生、そしてエラン本人だけだし、そもそも彼が私に嘘を吐く理由はどこにもない。

『エラン』と名乗る彼は確かによく見れば私の知るエランとよく似ているし……と思ったところで目の下にある黒子に改めて目がいった。

目の下の泣き黒子。これはエランにもあったものだ。

場所はエランと全く同じ。じっと私を見つめてくる表情にもなんとなく覚えがあった。

すっかり大人になってしまってはいるが、十二年経っているのなら当たり前だし、子供の彼が大きくなった姿だと言われれば、十分すぎるほど納得できる……ような気がする。

あと、彼の掛けている眼鏡。

もしかしなくても、さっき私が落としてしまったものではないだろうか。

「……本当に……エラン、なの？」

おそるおそる名前を呼ぶ。

これだけ色々な証拠があるのだ。百パーセント信じたわけではないけれど、可能性はあると思えた。

私の呼びかけに、エランはパアッと顔を輝かせた。

「ああ！」

「本物？」

「もちろん！」

「……生きてたの？」

最後の質問を窺うようにすると、彼は目を細め、頷いた。

「ああ、君のおかげで完治した。今の僕は健康そのもの。もうあんな奇病で死ぬことはない」

「……」

噛《か》みしめるように言うエランをまじまじと見つめた。彼の言葉には実感が籠《こ》もっていて、如何《いか》に病気に苦しんでいたのかが伝わってくる。その様子を見て、自分の中にあった疑いの気持ちが消えていくのが分かった。

――彼、本当にエランなんだ。

私が知っている姿ではないけれど、彼は間違いなくエランだ。

納得できると、今度はじわじわとした喜びが湧いてきた。

エランが無事に生き延びて、きちんと大人に成長していることが嬉しかったのだ。

喜びで涙が出そうになるのを堪《こら》える。

「そう……よかった」

滲《にじ》んでしまった涙を拭い、笑い掛ける。

死にかけた姿を目にしていたからこそ、今の元気そうな彼を見るだけでジンとくるものがあった。

だけど、そうなると、気になるのは私の状況だ。

エランの部屋にいたはずなのに、一瞬で噴水に移動。しかも十二年が経っているとか、全くもって理解できない。

『エラン王子』がエラン本人であると納得した私は、早速気安く話しかけた。

「ね、あれから十二年経ったっていうけど、本当なの？　私、瞬《まばた》きしたらさっきの場所に立っていたって感じだったから、全然ピンとこないんだけど」

八歳の時だってエランは頼りになった。

私が異世界から来たのだと察し、助けてくれたのだ。そんな彼なら、今の私の状況だって説明してくれるのではないか。そう考えた。

期待を込めてエランを見ると、彼は離宮がある方角に視線を向けて言った。

「その辺りの話は離宮でする。他人に聞かれると面倒だ」

そうして歩き出す。私も慌ててついていった。

いつの間にか成長していたらしいエランをなんとなく観察する。

「エラン……私の知らないうちにずいぶんと年を取ったのね」

「君が十九歳のままだというのなら、僕の方が年上だな。今の僕は二十歳だから」

「二十歳!!」

十二年経っているのなら、確かに八歳の少年だって二十歳になるが、一瞬で自分の年齢を追い抜かされていることに驚いた。

「エラン……二十歳なの？」

「ああ。驚いたか？」

「すっごく。ああ、八歳のエラン、可愛《かわい》かったのに……」

幼いエランを思い出す。憎まれ口を叩《たた》いてくることもあったが、彼は総じて可愛い少年だった。

部屋の片隅でひっそりと読書をする姿、あの彼をもう見ることはないのだと思うと、寂しいような気持ちになる。

「はあああ……残念」

「残念とはどういう意味だ」

「残念は残念よ。……うっ。話し方まで可愛くなくなってる」

一人称は『僕』のままみたいだが、以前とは口調がだいぶ違う。大人になったのだから当たり前と言われればそうかもしれないが、色々なところで時の移り変わりを感じてしまった。

「可愛くなくなってるって……昔の僕はルビーが言うほど可愛かったか？」

「とっても。怠いと面倒が口癖の、それこそ面倒臭いお子様ではあったけど、お世話しがいのある薄幸の美少年って感じだったのに」

「それは悪かったな」

ムスッと頬を膨らませるエラン。そんな子供っぽい仕草は昔と変わらないように思えた。

「成長しない方が良かったか？」

「そんなこと誰も言っていないじゃない。ただ、子供のエランが懐かしいってだけ。こうして大人になった姿を見ることができたのは本当に嬉しいわ。だって、もう見られないかもと思っていたから」

エランはあの夜、高確率で死ぬと言われていた。それが何がどうなって元気に成長したのかは分からないが、無事大人になれたのは喜ばしいことだ。

「エラン、大人になれて良かったわね」

しみじみと告げる。エランは何故か複雑そうな顔をしながら「……それはどうも」という言葉を口にした。

言外に「怠い女だな」と言われた気がしたが、たぶん気のせいではないだろう。

◇◇◇

「十二年経っても、まだ離宮に住んでいるのね」

私にとっては先ほどぶりの離宮に着いた。

建物をじっと観察する。

当たり前なのだけれど、私が覚えているよりも、どこか古くなっているように思えた。

なんとなくすすけているというか、全体的に建物が年を取ったというか、そんな印象を受けたのだ。

十二年が経ったと言われてもピンとこなかったが、こうして見知った建物を見ると、確かに時が過ぎているのだと感じさせられる。

「……ルビーが戻ってくると思ったから」

「え……」

感慨深い気持ちに浸《ひた》っていると、エランがポツリと呟《つぶや》いた。

「ルビーが戻ってくると思ったから、この場所を離れられなかった。君が戻った時、離宮に誰も居なくなっているのを見たら、きっと悲しむと思ったんだ」

「エラン……」

「さあ、入って」

エランに促され、離宮に入る。

相変わらず建物内はしんとしていて、使用人は誰もいないようだった。

ただ、以前とは違い、室内は綺麗に掃き清められている。

応接室に向かうエランの後に続きながら尋ねる。

「使用人は？」

「いない。自分のことは自分でできるし、面倒なだけだから置いてない」

「えっと、じゃあ、私が来る前と同じ感じ？」

エルメさんが最低限の仕事をしてくれるだけなのかと聞けば、エランは「いや」と否定した。

「人は替わったな。だが……似たようなものかもしれない。定期的に誰かが来る」

「……ふうん」

どうやらエルメさんは担当から外れたようだ。

彼女はエランに対して良い感情を抱いていなかった。だからそれはよかったと思うが、ちゃんと世話をしてくれる人を雇えばいいのに。

とはいえ、エランがあまり他人に心を許さないタイプであることは知っているので、あまり強くは言えない。

それこそ小さな頃から皆に『不治の病に罹《かか》った、血筋のよくない隠された王子』として大切にされていなかったのだ。そんな彼が大人になったところで使用人を置く気になるだろうか。

答えはノーだ。

「大変だったのね」

我ながら無難すぎる返しだと思ったが、エランは気を悪くしたりはしなかった。振り返り、私に言う。

「問題ない。怠いなとは思っていたが、もう済んだことだ。だってこれからは君がいてくれるんだろう？」

「え、私またエランにお世話になっていいの？」

十二年も経てば、彼を取り巻く状況も変わる。行く当てのない私としては、エランに雇ってもらえればそれが一番有《あ》り難《がた》いが、彼が今どんな状況にあるのか分からない以上、簡単には頼めないだろうなと思っていた。

エランが薄く笑う。

「構わない。どうせルビーは僕以外頼る者なんていないだろう」

「うう……その通りなんだけど、言い方。エラン、子供の時よりも性格が悪くなってない？」

「十二年も経ってそのままだと思う方がおかしい」

「そうかもしれないけど！」

ムッとしつつも言い返す。

子供の頃のエランは少し高い子供特有の声をしていたが、大人になった今はかなり低い声に変わっていた。声変わりをしたのだろうけど、以前とはあまりにも違う声に、エラン本人だと分かっていても戸惑う。

しかも喋《しゃべ》り方も前とは違うし。

幼い頃の面影は残っているし、別人だと疑うわけではないが、私からしてみれば一瞬で大人に成長されたようなものなのだ。なんだか変な感じである。

「ほら、中に入ってくれ」

「お、お邪魔します」

エランに続いて応接室へ入る。思わず声が出た。

「あ……」

私にとっては先ほどぶりとなる応接室は、当時と全く変わっていなかった。

十二年、まるで時が止まっていたかのような様相だ。

家具の配置も覚えているまま。何ひとつ変化がない。

「そのまんまだわ……十二年も経つのに？」

「中も覚えのあるままにしておいた方が君が喜ぶかと思って。クソ怠いことをしている自覚はある」

エランが腰を下ろしながら、ソファを勧めてくる。私は少し考え、近くにあったひとり掛けソファに座った。

使用人が主人と一緒にいて座るなど許されないことだが、今日は特別なのだろう。私も予想外の出来事に振り回され、心身共に疲れていたので、座らせてもらえるのは有り難かった。

柔らかな座り心地にホッと息を吐く。

エランが足を組み「それで――」と私を見る。

「ルビーは何が聞きたい？」

「聞きたいことはたくさんあるけど……」

改めて聞かれると、逡巡《しゅんじゅん》する。

それでもまずは一番聞きたかったことを口にした。

「十二年経ったって話。詳しく教えてくれないかしら？　私、さっぱり分からなくて……」

何せ気づいたら噴水の中に立っていたのだ。十二年過ぎたと言われても、こちらの体感時間は一秒にも満たなかった。

成長したエランが目の前にいるから時間が過ぎたらしいことは理解できたがそれだけで、他《ほか》のことは何も分からない。

「そうだな――」

エランが腕を組み、頷く。懐かしむような表情になり、言った。

「最初から順序立てて話そうか。あの夜、君が僕の病気を治してくれたことは覚えているか？」

「治した？　そういえばさっきもそんなこと言ってたわね。悪いけど、私、何もしていないわよ」

病気を治せるような力があるのなら、とうの昔に使っている。

こちらの世界に来て、魔法が使えるようにはなったが、だからこそ何ができて何ができないのかが分かるようになった。

私たちが使う魔法で病気は治せない。薬を作って、その効果を魔法や魔術で更に高める……とかなら可能だが、それ以上は無理なのだ。

そもそも魔法には『癒やす』という概念が欠けているように私には思える。

だからいくらイマジネーション能力を高めようと、病気や怪我《けが》を治すことはできないのだろう。

だが、エランは静かに首を横に振った。

「いいや、君が治してくれたんだ。言っただろう？　君は聖女だって」

「……そういえば、そんなことも言っていたわね」

死にかけていたエランが起き上がり、私に『聖女』だと言ったのだ。そのあとに起こった突然の転移の方に気を取られ、今の今まで完全に忘れていた。

「いきなりトリップしたことの方に驚いて、それどころじゃなかったのよね。で？　聖女って何？」

コテンと首を傾げる。エランは何とも言えない顔をしていたが、溜息《ためいき》を吐いて話し始めた。

「面倒だけど仕方ないか。サハージャには、昔から伝わる神話がある。聖女伝説というものなんだが
——当然君は知らないな？」

「知ってるわけないじゃない」

トリップして一年も経っていない状態で、神話まで網羅しているはずがない。

魔法を使えるようになっただけでも褒めて欲しいくらいである。

——いやでも、お兄ちゃんなら一年あれば余裕で知っているのかもしれない……。

私の兄はものすごく優秀なのだ。そんな兄ならエランの質問にも「当然知っていますが、何か？」

と答えるだろう。

兄の姿を想像し、頷く。うん、全く違和感がない。

「ルビー？」

「あ、ごめんなさい。何でもないの。それで？　聖女伝説って何なの？」

「『雷鳴と共に現れた乙女《おとめ》が時の王の病を治し、再び雷鳴と共に去って行った』。この言葉通り雷鳴と共に現れた女性が、当時の国王の病を治して去って行ったという話だ」

「ふうん。どこの世界にでもある民話的なやつね……」

この手の話は本当にどこにでもあるのだ。日本にも民話や神話はいくらでもあった。納得し、頷い

ていると、エランが呆《あき》れたように言った。

「他人事《ひとごと》だな。君のことを言っているんだが」

「え、私？」

自らを指さす。エランが頷いた。

「サハージャに伝わる『聖女伝説』。これは実際にあったことで、記録も残っている。三百年ほど前の国王が不治の病で倒れたんだ。その国王の病をどこからともなく現れた女性が癒やし、去って行ったと。……君がしたことそのものだろう？」

「……だから私はエランの病を治してはいないんだってば」

しつこいと思いながらも否定する。だがエランは私の目を見つめながら言った。

「認めがたいのかもしれないけど、僕の病を治してくれたのは君だ。あの時、君から溢《あふ》れ出た光が僕の中に入り込んで、悪いものを全《すべ》て消し去ってくれた。その感覚は今も克明に覚えている」

「……」

「君が僕を癒やしてくれたんだ。君も分かっているだろう？　魔法で病――しかも不治の病は治せないと。それができるのは伝説にある聖女以外あり得ない。サハージャに神話として伝わる聖女伝説。まさか本物の聖女が三百年経って現れるとは思いもしなかったが」

「そ、それ私じゃないから!!」

エランの言葉を止める。

「私が聖女というのもだけど、そもそもその三百年前の話自体、私とは無関係だから一緒にされると困るわ！」

「分かっているさ。一時期、聖女伝説について詳しく調べたことがあるんだ。何せ奇跡の力で不治の病を治した話だ。どこかに僕の病気を治すヒントがないかって。怠かったけど、結構気合いを入れて探した」

「あ……」

医者からも匙《さじ》を投げられていたエランの病気。それをなんとかしようと彼が藻掻《もが》いていたのは知っている。毎日医学書とにらめっこしているのを私はこの目で見ていたのだから。

「これは推測でしかないが、聖女は異世界出身者だと思う。そして異能力を持っていた。その能力で時の国王の病を癒やしたんだ。雷と共にというのは単純に天候ではないかと思うんだが……身に覚えは？」

「雷？　確かにこの世界にトリップした時、雷雨だったけど」

あと、エランと別れた日も酷《ひど》い雨が降っていたし、確か雷も鳴っていたように思う。

私の話を聞いたエランはひとり納得したような顔をしていた。

「もしかしたら雷は能力発動のトリガーなのかもしれないな。……実は、伝説にある聖女の足跡が書かれた書物も読んだんだ。聖女は消えたあと、二十年後にその姿を目撃されている」

「二十年⁉」

えらく先の話だ。

「どうやら聖女は力を使うと、使った力の量に応じて時を超えるらしい。君が聖女だと気づいた時に、そのことを思い出した。だからトリップさせないように手を掴《つか》もうと思ったんだが」

「……それで十二年後に跳んだってわけ？」

「そうだ。君の容姿はあの頃と変わっていない。すぐに分かった」

「……」

肯定され、黙り込んだ。

なるほど。自覚はないし、聖女と言われてもピンとはこないが、エランが私を聖女だと見なした理由はよく分かった。

「書物には聖女が二十年後に目撃されたとしか書かれていない。その後どうなったかまでは記されていないが、君も彼女と同じなら、いずれまた現れると思った。だから、ずっと待っていた」

「……」

噛みしめるように告げるエランを驚きの目で見つめる。

「エラン、私のことを待っていたの？　いつ現れるかも分からないのに？」

「当たり前だ」

「いつも怠いとか面倒とか言うのに？」

「君のことを怠いとか面倒とか思うはずがないだろう」

「……あ、はい」

即答され、虚を突かれた気持ちになった。

私が一瞬で跳び越えた時間を、エランはずっと待っていてくれたとか、正直ちょっとじんときた。

十二年というあまりにも長い時を跳び越えた自覚はいまだないとしか言えないけれど、迎えにきてくれたのが彼で良かったと心から思った。

「そっか。あと、聞きたかったんだけど、その眼鏡ってもしかして……」

エランが掛けている眼鏡について言及する。

王子様であるエランが掛けるには似つかわしくない古びた眼鏡。

普通なら自惚《うぬぼ》れと思うところだけど、私のものだという確信があった。

彼を見つめる。案の定、エランはあっさり肯定した。

「ああ、あの日、君が残していったものだ。……君が確かにいたのだと肯定できる唯一のもの。いつか帰ってくると信じ、僕が代わりに預かっていた」

「……」

エランが眼鏡を外し、立ち上がる。私に向かって差し出してきた。

「君のものだ。返す」

「……」

差し出された眼鏡をじっと見つめる。

「……これ、ずっと掛けていたの？」

「ああ。君を忘れたくなかったから。この眼鏡を掛けていると、ルビーを感じられるような、そんな気持ちになれた」

感慨深げに言われ、改めて差し出された眼鏡を見た。

使い込まれた眼鏡はずいぶんと古ぼけていたが、大切にされていたのがよく分かる。

それを理解し、私は言った。

「……エランが持っていてよ」

「え？」

「今まで大事にしてくれてたんでしょ。それなら引き続き持っていて。きっと眼鏡もエランが持ってくれている方が嬉しいと思うから」

この十二年を彼と共に歩んできた眼鏡を受け取る気にはなれない。そう言うとエランは困ったように言った。

「そう言われても、僕はもうつけないと思うぞ？　本物の君が帰ってきたんだ。よすがは必要ない。捨てるつもりはないが、引き出しの奥に仕舞い込むだけになると思う」

「良いんじゃないかしら。そもそもその眼鏡、寿命っぽいし」

冗談めかして告げる。エランは眼鏡を見つめ、頷いた。

「……分かった」

「押しつけてごめんなさい」

「いや、いざ手放すとなると寂しい気持ちがしたから、君がそう言ってくれてよかったと思う」

「そう」

私としても嬉しい話だ。

しかし改めて、跳び越えてきた時の長さを思い知る。

十二年。子供が大人になるには十分すぎる時間だ。

ソファに戻ったエランを見つめながらしみじみと告げる。

「……いつの間にかエランが年上になっちゃったっていうのが、一番信じがたいのよねえ」

弟とも思い、可愛がっていた小さな彼に、年を追い抜かれる日が来るなんて思わなかった。

エランは笑って「とっくに成人しているから」と言った。

「成人……あのエランが大人……」

「信じられない気持ちは分からなくもないが、さすがにしつこすぎて怠いぞ。あと、僕の方が年上になったんだ。弟扱いはいい加減卒業してくれ」

「あ、ごめん」

反射的に謝ったが、直せるかどうかは微妙なところだ。

何せ無意識でやっていることなので。

でも、確かに年上となったエランを弟扱いするのがおかしいのは分かる。分かるのだけれど――。

「う、うーん」

小さい頃を知っているだけに、大きくなっても「大きくなったわねえ」としか思えないのだ。

これはもう時間を掛けて認識を変えていくしかない。

無駄な気がしないでもないが、努力することは大事だろう。

「呻《うめ》いているところを申し訳ないが、時間だ。もしまだ話したいのなら、場所を移しても構わないか?」

ウンウン呻いていると、暖炉の上の置き時計を見たエランが立ち上がった。

首を傾げつつも頷く。

「場所を変えるのは構わないけど、時間？　何か用事でもあるの？」

「ああ、往診の時間だ」

「往診？」

「言ってなかったか？　今の僕は医者なんだ」

「っ！　お医者さま！」

ぴょん、と立ち上がる。

そういえば、エランは白衣を着ていた。

彼が白衣を着ていることには気づいていたし、最初に見た時に『お医者さんかな』とは思ったが、エランだと認識してからは完全に頭から飛んでいたのだ。

「エラン、お医者さまになったの!?　すごいじゃない！」

エランが医者になりたいという夢を持っていたことは知っている。

それを知ったのが病気のことを知ったあとだったから、余計に叶《かな》えば良いのにと思っていたのだ。

「良かったわね……。本当に良かった……」

エランの両手を握り、涙ぐむ。

嬉しさで声が震えた。

エランが疲れたように溜息を吐く。

「……また姉ぶる。怠すぎるんだが……」

「エランは私が育てた……」

「おい」

「少なくとも八歳のエランは私が育てたもの。食事から掃除洗濯まで全部やってたんだから、間違ってはいないはずだわ」

「それは……そうだが」

何故か渋い顔をするエランを改めてよく見つめる。

背の高い彼に、医者であることを示す白衣はとても似合っていた。

王子より先生と呼ぶ方がしっくりくるくらいだ。

「エラン先生……エラン、先生になったのねえ」

嬉しすぎて涙が止まらない。エランが夢を叶えたことが嬉しくて仕方なかった。

「おめでとう……おめでとう……」

「……喜んでくれたのはよく分かったから、その鬱陶《うっとう》しい姉ムーブをそろそろやめてくれないか。心底怠い」

「無理……」

だって嬉しいのだ。

エランが無事に成長したこともだけれど、きちんと夢を叶えていたことが自分のことのように嬉しい。

「はー……十二年後にトリップしたって聞いた時はどうしようかって思ったけど、エランが無事に成長した姿を見られたんならもうＯＫよね……」

ちり紙があれば、思いきり鼻をかんでいるところだ。

うんうんと何度も頷いていると、エランが呆れたような口調で言った。

「時間に遅れる。まだ泣いているようなら置いていくぞ」

「ルビー」

「あ、待って待って。姉さんを置いていかないで」

窘《たしな》められ、笑った。

涙を拭う。

「ごめんって。ついていっていいのよね？」

「ああ」

「じゃあ、一緒に行かせて！　遊び気分じゃないし、手伝えることがあるなら手伝うから」

同行させてもらう限りは、助手としてやれることはやる。

そう言うと、エランは「あまり期待はしていないが……まあ、頼む」と言ってきた。

「部屋から鞄《かばん》を取ってくる。眼鏡も置いてきたいところだし。ルビーは玄関ロビーで待っていてくれ」

「はーい」

医療道具が入った鞄を取ってくると告げるエランに頷く。彼が自室へ向かったのを確認し、近くの鏡を覗《のぞ》いてみた。

「わあ……」

見事に目が腫《は》れている。このまま同行するのはさすがにどうかと思ったので、急いで厨房《ちゅうぼう》へ行き、水を使って顔を洗った。

玄関ロビーに向かうと、ちょうどエランが部屋から出てきたところだった。

私が、思っていたのとは違う方向からやってきたことが不思議だったのだろう。

大きな医療用鞄を持ったエランは首を傾げて私に聞いた。

「？　何をしていたんだ？」

「ちょっと顔を洗ってきたの。その、感動で泣いてしまったから」

「ああ、目が赤くなっていたな」

「……そういうこと」

「行くぞ」

エランが歩き出す。私も彼の後を追った。いつの間に呼んでいたのか、外には馬車が待っていた。

二頭立ての馬車は、如何にも高位貴族が乗りそうな豪奢《ごうしゃ》さだ。細部に金が使われている。

「馬車？」

珍しい、と目を見開く。

私の知る限り、エランが馬車を使ったところを見たことがなかったからだ。

彼の世界は狭く、離宮とその周辺。ギリギリ本館の図書室くらいだった。

そんな彼が馬車を使うようになったのかと思うと感慨深い気持ちになる。

やはり大人ともなると、行動範囲が広がるのだろう。とても良いことだ。

「……何か余計なことを考えていないか？」

「えっ、別に。エランも馬車を使うくらいの距離を移動するようになったんだって思っただけよ」

「ハア……。いつの話をしているんだ」

「当然、八歳の時でしょ。私は八歳のエランしか知らないんだから」

ふふんと胸を張る。

エランは呆れた様子だったが、気を取り直すと馬車の扉を開けてくれた。

「乗れ」

「良いの？　私、従者なのに」

「構わない」

「……主人より先に乗るのはどうかと思うけど」

「良いから乗れ。いちいち面倒なやりとりをやらせるな」

「はーい」

議論する時間が勿体《もったい》ないとばかりに睨《にら》まれた。でも確かに時間が押している的なことは言っていたので、邪魔をするのは申し訳ない。

食い下がるのも意味がないので、馬車へと乗せてもらう。さすが王家の馬車。中も外装に負けず劣らず美しかった。美術品に囲まれているような気持ちになる。

「わ……」

綺麗、と思わず呟く。エランに言われ、対面の席に座った。

馬車が走り出す。わざわざ乗り物を使うということは、目的地は本館ではないのだろう。気になった私はエランに聞いた。

「ね、どこへ向かってるの？」

「どこ？　往診に行くと言っただろう」

「それは聞いたけど」

「……街だ」

「街？」

エランの言葉に目を丸くする。

「え、リベリオン王宮の外へ出るの？　それ、大丈夫なの？」

確か王都は治安が悪いと、そう言っていたのはエランではなかったか。

「それとも十二年経って、治安がマシになったとか？」

「残念ながら治安は更に悪化したな。つい最近も戦争をしたから、浮浪者や孤児、怪我人が増えた」

「え……戦争？」

「マクシミリアン兄上がヴィルヘルムに戦争を仕掛けたんだ」

「マクシミリアン……って、確か一番上のお兄さんよね？」

一度だけ遠目から見たマクシミリアン王子を思い出す。冷たい印象を受ける、長い銀髪が特徴的だった王子。彼はあの時十七歳だったから今は二十九歳という計算になる。

「そう、マクシミリアン兄上。ただ、王子ではない。兄上は去年、即位なさったから」

「即位って……王様になったってこと？」

「そう。父上がお亡くなりになったから」

さらりと父親が亡くなったと告げるエランに驚きながらも口を開く。

「……そうなんだ。えっと、お悔やみ申し上げます。大変だったわね」

「別にそうでもない。病気が治ったところで、僕の扱いが変わったわけではないから。結局父上とはあれから一度も会わないままだったな」

「え、ずっと？」

「ああ。別に期待していなかったから構わないが」

淡々と告げるエランは、本当に父親の死を悼《いた》んではいないようだ。父親といってもずっと会っていなかったから、実感がないのだろう。

「そう……。で、でもお兄さんがヴィルヘルムに戦争を仕掛けたって……」

「兄上には野望があったんだ。サハージャを大陸一の国家にするという野望が。そのためにはヴィルヘルムが邪魔だった。大陸最強国家ヴィルヘルムの名は伊達《だて》ではない。今まで何度も他国から戦争をふっかけられては、その全てに勝利してきた実績がある」

「実績……」

「特に有名なのがヴィルヘルムの王子。君も一度見ただろう。フリードリヒ王太子。彼がもうどうしようもないほど強いんだ。彼が出てくれば負ける。そのレベルで強い」

「あ、あのヴィルヘルムの王子様が!?」

金髪碧眼《へきがん》の美しい少年を思い出す。彼がエランが言うような強さを持つ人だとはとうてい信じられなかった。

「嘘でしょ……。あんな美形なのに……」

「ヴィルヘルムの歴史でも他に類を見ないほどの強さを持つ王子らしい。うちも何度も彼ひとりに全滅させられた」

「ひとり？　今、ひとりって言った？」

戦争をしているのに、ひとりはないだろう。一対多数では勝負にならないのは私にだって分かる。

だがエランは頷いた。

「そう。彼はひとりで一万の兵を倒す。ヴィルヘルムに伝わる神剣による魔法攻撃は凄《すさ》まじいの一言だ」

「……魔法攻撃」

「たった一撃で一万を沈める超広範囲攻撃。ついた二つ名が『悪夢の王太子』。もちろん他国にとってだが。普段は『完全無欠の王太子』なんて呼ばれているみたいだな」

「……ねえ、ひとつ質問なんだけど、そんなこと普通の人間にできるものなの？」

不可能ではないかと思ったが、エランは肯定した。

「実際にできているのだから『そうだ』としか言いようがない。そもそも彼の保有する魔力量は破格に多くて、その凄まじい攻撃を何発でも放てる。僕たちと同じ場所に立っていないんだ。明らかに違う次元で戦ってる。有り難いことに彼自身は、戦争が好きというわけではなさそうだが。基本、自分から喧嘩《けんか》を売るような真似《まね》はしないから」

明らかに違う次元で戦ってる。

「は～……あの彼が……」

ヴィルヘルムの王子の姿を思い出す。綺麗な少年。先が楽しみだとは思っていたけれど。

「人は分からないものね」

「話を続けるぞ。その彼に兄上は戦争を仕掛け、負けた。僕は最初から無理だと思っていたがな。あんな規格外の相手にどうやったって勝てるはずがない。兄は勝つための策を用意していたみたいだが、結果は惨敗。しかも兄上は現在行方不明中。逃走中に足取りが消えたらしい」

「え、お兄さん、行方不明なの!?」

聞かされた話に目を剥《む》く。行方不明とは、ただ事ではない。

「大丈夫なの、それ！」

「大丈夫ではないな。兄上の護衛騎士の首なし遺体は発見されたが、兄上の方は杳《よう》として行方が知れないままで、現在も続いている」

「首なし遺体!?　何それ！」

恐ろしい言葉に震え上がった。ギョッとしてエランを見る。

「そ、それ、もしかしなくてもヴィルヘルムの王子様がやったの？　嘘でしょ」

「違う。うちには暗殺者ギルド『黒』という組織があって、そのトップが黒の背教者と呼ばれる暗殺者なんだ。兄上はその『黒』を早い段階から自分の手足として使っていて、黒の背教者も兄上の配下だったはずなんだが……どうもその黒の背教者が兄の護衛騎士を殺したみたいで」

「え、え、え？　どういうこと？　仲間割れがあったってこと？」

暗殺者とか黒の背教者とか、聞き慣れない単語ばかりで混乱する。

なんとか理解しようと呻いていると、エランが言った。

「何があったかは分からない。ただ、その黒の背教者も兄上もそれ以降完全に姿を消している。どうしてサハージャにお戻りにならないのかは分からないが、僕たちは一日千秋《いちじつせんしゅう》の思いで兄上の帰りを待っているんだ」

「……お兄さん、無事だと良いわね」

エランの声が兄を案じるものであることに気づき、混乱している場合ではないと言葉を添えた。エランが小さく笑う。

「無事であることを祈ってるのは本当だが、同時に自業自得かなとも思ってる。……実は兄上、フリードリヒ王子の婚約者に懸想《けそう》したらしくて、それもあってどうしてもヴィルヘルムを叩きたかったみたいなんだ」

「はあ!?」

とんでもない話である。思わず声がひっくり返った。

エランを見れば、彼も呆れたような顔をしていた。非常識だという認識はあるようで何よりである。

「ど、どういう経緯があってそんな話に？」

「確か、ヴィルヘルムの王子が婚約したと聞いて、どんな姫なのか見定めに行った際に、逆に心を奪われたとか。あの兄上が。八人も側妃がいたのに、全員解任して今やその彼女ひとりを追いかけている始末だ。どんな手段を使ってもフリードリヒ王太子から姫を奪い取ると作戦を練って……で、今回の戦争になった」

「……フリードリヒ王子の婚約者ってやっぱり三国一の美姫《びき》とかそんな感じ？」

あの美形な王子が夢中になる姫だ。さぞ美人なのだろう。そう思ったが、エランは「いや」と私の言葉を否定した。

「そういう話は聞かない。筆頭公爵家の娘だから家柄は良いが。あ、もう今は結婚しているから正確には婚約者ではなく妻だな」

「結婚したのに奪おうとしているの？　それ、さすがにあんまりじゃない？」

「僕もどうかと思ったが、兄上には関係ないらしかったから」

「……聞いてもいい？　フリードリヒ王子の反応は？」

怖い物見たさで尋ねる。エランは苦虫を噛み潰したような顔をしながら言った。

「大激怒。そもそもフリードリヒ王子は妻を溺愛していることで有名だから。婚約直後から噂《うわさ》がサハージャにまで聞こえてきたくらいだぞ。相当だと思う」

「ええー……、それ、フリードリヒ王子にボコボコにされるフラグじゃないの」

「だから兄上も慎重にことを進めた。かなりの根回しをしていたみたいなんだが、結果はこの通り」

「惨敗……」

神妙な顔で頷くエランを見つめる。

しかし、一度だけ見たあのふたりの少年が、同じ女性を取り合っていたとは驚きだ。

いや、取り合うも何も、話を聞けばマクシミリアン国王が一方的に横恋慕しただけっぽいけど。

「……十二年も経つと、色々と変わるわね……」

あの綺麗な少年が、溺愛する妃《きさき》を迎えたというのはなかなかに興味深い話だ。

彼はどんな感じで妃を愛するのだろうか。ちょっと気になった。

「ヴィルヘルムの王子様って、もう結婚してるって言ってたわよね。夫婦仲は良いの？」

溺愛と言っていたが、王子が一方的に惚《ほ》れ込んで、妃にと迎えたのだろうか。気になって聞くと、エランは笑って言った。

「ものすごく良いらしい。見ているのも恥ずかしいくらいのラブラブカップルだそうだ。そもそも兄上に対しても、彼女はあっさり袖にしたという話で、何を言われようと揺るがなかったらしいから、最初から兄上につけいる隙《すき》はなかったのだと思う」

「仲良し夫婦を引き裂こうとか、屑《くず》の所業……あ、ごめん。エランのお兄さんに対し、失礼だったわ」

ハッとし、謝る。いくら最低でも、家族の悪口を言われるのは嫌だろうと思ったのだ。だがエランは怒らなかった。

「いや、この件に関しては、僕もどうかと思ってるから謝らなくて良い。ヴィルヘルムの王太子妃に惚れなければ、今回みたいな酷い負け方はしなかっただろうし」

「……そう。でもエランって本当にお兄さんのことが好きなのね」

　話を聞けば、エランのお兄さんが色々やらかしている人だということは分かる。

だけど、エランの口調に失望のようなものは見えなかったのだ。

「……兄上は僕を否定しなかったから」

　エランが呟く。

「え？」

「兄上は、消えた君を待ち続ける僕を一度も否定しなかった。酔狂だ、とは言ってもやめろとは言わなかった。それが嬉しかったから」

「……」

　噛みしめるように告げるエランは微《かす》かに笑っていた。

「ある日突然いなくなった従者を待ち続ける僕なんて、ただの愚か者でしかない。実際、僕を嘲笑《あざわら》った者も多かった。でも、兄上は違ったから」

「……そう」

「好きにしろ、と言ってくれた。実際、好きにさせてくれた。外からは、ただ馬鹿《ばか》な弟が優秀な兄に捨て置かれただけにしか見えないだろうし、本当はそうなのかもしれないけど、僕は嬉しかったから、兄上には感謝してる」

　彼の声音には熱が籠もっており、心から言っているのが分かる。

　エランが一番上のお兄さんを尊敬し、感謝しているのが伝わってきた。

「……本当、兄上、どこにいるんだろう。早く帰ってきて下さればいいのに」

馬車の外を見ながらエランが呟く。その声音は兄を深く案じる弟そのもので、私もエランのためにも早くお兄さんが帰ってくればいいのにと願わずにはいられなかった。

◇◇◇

「あとは、数日様子を見て、熱が上がらなければ大丈夫だ。薬を出すから、一日三回、食後にきちんと飲むように」

「先生、ありがとうございました……」

古いベッドに横になった中年くらいの男性が小さな声で礼を言う。側《そば》でハラハラとしつつも見守っていた彼の妻が安堵《あんど》の表情を浮かべた。

「良かった……もう大丈夫なんですね」

「峠は越えたから、あとは良くなっていくだけだ。心配はいらない」

「ありがとうございます……」

女性が涙ながらに礼を言った。エランはそれに対し「お大事に」とだけ告げ、部屋を出た。

そのまま家を出る。私は彼の後に続きながら、疑問を口にした。

「ね、ねえ。診察代金とかもらわなくてもいいの？」

「払えると思うか？」

「お、思わないけど……」

予想外に強い視線を向けられ、口ごもる。

馬車が着いたのは、平民街と呼ばれる区画だった。平屋建ての一軒家が建ち並んでいるが、どの建物も古く、中には壁が崩れかけているような家もある。

道ばたには力なく座り込む子供や浮浪者らしき人たちがいた。道路は汚れていて、ゴミや動物の糞《ふん》尿《にょう》がそのままにしてあった。

王家の馬車から降りた私たちを、道行く人たちが見てくる。その視線の気味悪さにたじろいだがエランは気にも留《と》めず、私を連れて窓が割れた一軒の家の扉を叩いたのだ。

そうして出てきたのが先ほどの男性の妻。彼女はエランを見ると彼を拝み「殿下、ありがとうございます……」と泣きながら私たちを家の中へと招き入れた。

エランは当たり前のように中に入り、一室しかない部屋の奥で寝ている先ほどの男性の診察を始めたのだ。

部屋の中は隙間風が酷く、清潔とは言いがたい空間だったが、エランは文句一つ言わず、診察していた。まるでそうするのが当たり前であるかのように。

先ほどのエランの様子を思い出していると、待たせていた馬車に乗り込みながら彼が言った。

「この辺りに住む者たちは、基本的に金がない。病気をしても治療を受けられない者ばかりなんだ」

「……そう」

「病院自体はあるが、貴族が住む区画にしかない。理由は分かるか?」

「……治療費が払えないから？」

想像でしかないが答える。エランに続き乗り込むと、馬車はすぐに動き出した。

「その通りだ。医者も金をもらわなければ暮らしていけない。だが、サハージャの国民は貧しく、医者に掛かるような余分な金はない。結果、医者は料金を払える貴族だけを相手にするようになる」

「……」

非常に分かりやすい話だ。だが、そうなると平民は医療を受けられなくなってしまう。

「国は……何もしないの？」

「しないことはないが、基本的にサハージャは弱肉強食の考え方だ。貧しい者、弱い者を積極的に助けようという考えがない。だからどうしても後回しになる。最近までは戦争をしていたから、余計、こちらに回せるような金はなかった」

「そういえば……戦争って莫大なお金が掛かるって聞いたことがあるわ」

昔勉強したことを思い出しながら告げると、エランは「その通り」と頷いた。

また馬車が止まる。降りると、先ほどと同じような家々が建て並んでいた。エランはその中でも一番傷んだ家へ入っていく。慌ててついていくと、そこでも先ほどと似たようなやり取りがあった。寝込んだ子供の診察をし、料金をもらわず感謝だけを受け取り家を出る。

「……どうしてエランは、今みたいな人たちを無料で診察しているの？」

しかも王子である彼がわざわざ出向いて。

いくら正式に認められていないとはいえ、王子は王子。そんな彼が平民街の、それもかなり貧しい家を往診している理由が分からなかった。

再度馬車に戻ったエランが窓の外を見ながら言う。

「元々、王都ラジェドはここまで平民も貧しくはなかったんだ。だが、父や兄が戦争を好んでするようになって、貧富の差が広がり、貧しい者はより貧しくなった」

私も窓の外を見る。

王都というわりに賑《にぎ》わいはなく、代わりに疲れ切った枯れた景色があった。

街並みはお世辞にも綺麗とは言いがたい。汚れた塀にもたれ、人生を投げ捨てたかのような顔をしている人たちがいる。

着ている服はボロボロで、魔法を使う気にもならないのだろうか。髪もべたついているように見えた。

皆、疲弊しているのだ。

「放置できないと思った。色々問題はあると思っているが、それでも僕は兄上を尊敬している。そんな兄上が遺《のこ》した負の遺産。それを少しでも僕の力で掬《すく》い上げることができれば……兄上の手助けになるのではと考えた」

「エランは、お兄さんの代わりに罪滅ぼしをしているの？」

兄の罪を代わりにエランが背負おうとしているのだろうか。そう思ったが、エランは否定するように言った。

「そんな大層なものではない。一日に診察できる数も知れているし、毎日来られるわけでもない。医療が必要な者全員を診《み》てやれるわけではないんだ。これは単なる自己満足。医者になれたからできる自己満足にすぎない」

「そうかしら」

少なくともエランの診察を受けた人たちは、皆彼に感謝していた。

うらぶれた平民街。彼らはきっと王侯貴族たちに見捨てられたと感じているのだろう。

そんな中、王子であるエランは彼らに救いの手を差し伸べた。

きっと傷や病気を治してもらう以上のものがあるに違いない。

王族全員に見捨てられたわけではないと思った人もいるはずだ。

「エランのしていることには十分意味があると思うわ。……エラン、立派なお医者さんになったのね」

尊敬の念を持って告げる。

救いを求める人たちに手を差し伸べることは誰にでもできることではない。

少なくとも自分のことで手いっぱいの私にはできないと思うし、余裕があってもやろうと思えたかは疑問だ。

だって私は自分とは関係のない第三者を助けようなんて考えたことがない。

日本でぬくぬくと育ち、のほほんと大学に通っていた私は、自分と家族と友達が笑っていられればそれで十分だったのだ。

だからこそ余計に、自分から外に目を向け、行動しているエランがすごいなと思った。

「……民を苦しめているのは僕たち王族だ。取れる責任は取らなければならない。それだけだ。褒められるようなことじゃない」

「エランが戦争を始めたわけではないのに？」

「ああ。王族というだけで、僕にも等しく責任は掛かってくる。そういうものだ」

「……ふうん」

やはり偉い人は色々と大変のようだ。それでもなんとなく納得できなかったので言っておいた。

「それはそれとして、エランがやっていることはすごいと思うわ。……なかなかできることじゃないもの」

「……」

エランが目を丸くする。でも実際そうだと思うのだ。

王族の責務的なものは私には分からないけど、実際に動いているエランがすごい人だという事実は変わらないと。

エランは本当に素敵な人になった。

弱い人に手を差し伸べることのできる、尊敬すべき人になったのだ。

あっという間に年を抜かされてしまって驚いたけれど、私が知らないだけで確かにそこには積み上げてきたものがあったのだということが理解できた。

◇◇◇

そのあとも五軒ほど回り、診察をした。

エランが診ている人たちは総じて貧しい人たちであり、彼がそういう人たちから優先して診察しているのがよく分かった。

それを指摘すると、エランは悲しげに息を吐いた。

「本当は、助けを求めている者全員を診られたら良いんだが、さすがにそれは難しくて」

「トリアージってやつよね。分かるわ」

日本で聞いた言葉を思い出しながら告げると、エランは感心したように目を見張った。

「医療用語なのによく知っていたな。だが、ルビーの言うトリアージは患者の緊急度や重症度で治療の優先順位を決めるものだろう？　だから僕がしているのとは少し違う」

「似たようなものじゃない。エランは自費で治療を受けられない人たちを優先的に診ているんでしょう？」

「まあ、そうだな」

車輪の音がガラガラと鳴る。

外を見れば、日が沈み始めていた。いつの間にか夕方になっている。

馬車はリベリオン王宮へ向かっており、今日の診察は終了であることがわかった。

好奇心だけでついてきた私も協力できることはしたが、場違い感が否めなかった。知識も何もないのに一緒に来たことを後悔したくらいだ。

「……王都はどうだった？」

ぼうっと外の景色を眺めていると、向かい側に座ったエランが聞いてきた。

彼に目を向け、正直に答える。

「そう、ね。エランが言っていた通り、治安はかなり悪いんだなって思ったわ」

王家の馬車に乗っていたことと、エランが側にいたから何事もなかったが、少し遠くからこちらを油断なく窺っていた浮浪者の男もいたし、路地から観察している者もいた。

危ない街だ。

男装していてこのレベルなのだから、そうでなかったらもっと危険だったかもしれない。

「ひとりで出歩くものではないわね」

「貴族街はそこまでではないが、少なくとも平民街はやめた方が良い」

「肝に銘じるわ」

以前にも言われたことだが、実際の街を見たあとだと余計に忠告が心に染みる。

土地勘のない私が歩いたところで、犯罪者たちのカモにしかならないだろう。どうしても必要な時以外は絶対に出ないぞと心に誓った。

ポツポツと話しながらリベリオン王宮へと戻る。離宮に着き、馬車が止まった。先にエランが降りる。私も彼に続きタラップに足を掛けた。

――疲れたなあ。

長い一日だった。

考えてみれば、真夜中から昼間にトリップしたのだ。そこから丸々半日の間動き続けていたのだから疲れない方がおかしい。

「ご飯作って……あとは早くベッドに入りたい……」

疲れを自覚すると余計にしんどくなってくる。一刻も早く全てを片付けてベッドに入って、ぐっすりと眠りたい――そう思ったところでハッと気がついた。

そういえば、私の部屋はどうなっているのだろう。さすがに十二年も経っていれば片付けられているのが当然だと思うが、なら、私はどこで眠ればいいのか。

「エラン、あの――」

これは聞いておかなければと思い、馬車を降り、エランの背中に声を掛ける。

前にいたエランは、何故か足を止めていた。

「エラン？　って……あ」

「お待ちしておりました、エラン殿下」

離宮の前に、男の人たちがずらりと並んでいた。

全員私が見たことのない人だ。皆、妙に威厳があるというか、気難しそうな顔をしている。

偉い人たちなのだろうということだけはよく分かった。

「……」

ただならぬ雰囲気を感じ、ささっと従者らしい位置に移動する。それが良かったのか、一瞥《いちべつ》されるだけで済んだ。

――一体、何の用かしら……。

私がエランの下にいた時、エルメさん以外に来る人は誰もいなかったから、どうしたって不審者を見るような気持ちになってしまう。

真ん中にいた男の人が前に進み出て、恭《うやうや》しくエランに向かって頭を下げる。

他の男の人たちも彼に倣《なら》った。

エランが嫌そうな声で彼らに問う。

「……また面倒な。大臣共が雁首《がんくび》揃えて一体何の用だ」

「我々の用件はおわかりかと。先の戦争でマクシミリアン陛下がその行方をくらまされ、いまだ見つかっていないことは殿下もご存じかと思われます。我々は今も全力で陛下をお捜ししておりますが、あまり長く王位を空白にするわけにもいかないのも事実。よって、マクシミリアン陛下が戻られるまでの間、代理国王を立てることが今朝の議会によって可決されました。その代理国王にエラン殿下、あなたになっていただきたいのです」

――エランが代理国王!?

来たのが大臣だというのも驚いたが、それ以上に話の内容に吃驚《びっくり》した。

――というか、代理国王って、何？

普通の国王と何か違うのだろうか。

ハラハラしつつエランの様子を窺う。彼は一切顔色を変えず言ってのけた。

「断る」

清々《すがすが》しいくらいにはっきりとした返事だった。

「僕に国王になる意思はない。大体、僕は王子といっても公式には認められていない存在だ。そんな僕が代理国王に立ったところで誰も認めないだろう」

話は終わりだとばかりに離宮の中に入ろうとするエラン。そんな彼に、彼らは食い下がった。

「殿下のおっしゃることは尤《もっと》もですが、今回ばかりは『はい、そうですか』というわけには参りません。殿下、もうサハージャの血統を継げるのはあなたしか残っていないのです」

「残っていない？　まだ三の兄上が……」

「第三王子は先日、暗殺されました」

「っ……！」

知らなかったのだろう。エランがギョッとした顔で振り返った。

「すでに葬儀はしめやかに執り行われ、第三王子は深い眠りに就いております。エラン殿下、もうあなたしかいないのです。あなたに拒絶する権利はない、と言えばお分かりいただけますでしょうか」

「三の兄上が亡くなったことすら知らされない王子だというのにか」

「ええ。それとこれとは別問題ですから。それにマクシミリアン陛下がおっしゃったのです。『アレに知らせる必要はない』と。我々は陛下のご命令に従ったまで。文句を言われても困ります」

「チッ……」

舌打ちするエラン。

そんな彼に、彼らは真顔で頭を下げる。

「ご決断を、エラン殿下」

「……」

「エラン殿下」

「……分かった」

圧力に負けたようにエランが息を吐き出す。だがすぐに彼らを睨むと、口を開いた。

「ただし、こちらからも条件がある。その条件をお前たちが呑《の》むというのなら、代理国王の件を引き受けても構わない」

「条件……ですか？」

疑わしげにエランを見る大臣たちに、彼は堂々と言い放った。

「そこにいる彼女、ルビーと結婚させてくれるのなら、代理国王になってもいい」

「え」

ポカンとする大臣たち。彼らの視線が私に向いた。

私はと言えば、突然自分にお鉢が回ってきたことが信じられず、その場で固まることしかできない。

――え、え、え？　私？　私と結婚!?　何その条件！

突然結婚とか言われても意味が分からないし、大混乱だし、大臣たちの視線も痛くて今すぐにでも逃げ出したい。

何も言えない私を余所《よそ》に、大臣のひとりが不信感をあらわにしながらエランに言った。

「彼女……と今おっしゃいましたか。男性のように見えますが」

「僕の命令で男装させている。サハージャは女性の扱いがあまり良くないことはお前たちも知っているだろう。愛《いと》しい人を守るためには仕方のない措置だ」

「……そうですか。しかし何処の馬の骨とも分からない女と結婚……は、あまりにもやりすぎではありませんか。どうしてもとおっしゃるのなら、側妃に迎えるという手もあります。実際、マクシミリアン陛下はそうなさっていた。殿下もまずは側妃として彼女を迎え、そのあと正妃に相応《ふさわ》しい女性を吟味なさっては如何《いかが》ですか？」

一応提案の形は取っているが彼らからは「それ以外は許さない」という無言の脅しが伝わってくる。

まあ、そうだろう。

国王にしようとしている王子が、貴族でもない女と結婚すると言っているのだ。止めるのが当然。

大臣の中には私を睨み付けてくる者もいて、たぶんだけど、私が誑《たぶら》かしたと思っていそうだった。

——違う、違うんだって！

口答えできない雰囲気なので言葉にはしないが、必死に表情で否定する。

誤解だ。無実の罪だ。

私は今まで一度だってエランと結婚なんて考えたことはない。

彼を誑かしてなんていないのだ。

どちらかというと、どうして私に飛び火したんだという感じで、頭を抱えたいのが実際のところだった。

濡《ぬ》れ衣《ぎぬ》を晴らしたい一心で、目線だけで訴えていると、エランが私の横にやってきて、わざとらしく腰を引き寄せた。

「ちょ、ちょっと……」

「お前たちの提案は却下だ。僕は彼女以外を妃に迎えたいとは思わないし、側妃なんて立場に甘んじさせるつもりもない。それにお前たちは知らないだろうが、彼女は聖女だ。三百年ぶりに現れた聖女。正妃として迎えるのが当然の扱いだと思うが」

「聖女……？」

エランの言葉に大臣たちが眉を寄せる。ただ、何人かはすぐにエランが言ったことを理解したようで、ハッとしたように私を見た。

「聖女？　彼女があの聖女伝説の聖女だというのですか、殿下。本当に!?」

「いや、しかし、聖女が現れたなど今まで我々は一度も話に聞いたことがありませんが」

「市井《しせい》の女を正妃として迎え入れたいための嘘にしても、もう少しマシな嘘があったでしょう」

口々に己の推測を語る。

だがエランは彼らの言い分を笑い飛ばした。

「彼女は間違いなく本物の聖女だ。証拠をというのなら調べてみるといい。今から十二年前、突然噴水に現れたアスカルビーという男が、僕の従者として雇われていた記録が残っている。それが彼女だ。彼女は当時八歳だった僕の病を癒やし、伝説の通りに消えた。そして今日、ふたたび僕の前に姿を見せてくれた。僕が不治の病に罹っていたことは皆も知っているはず。それがある日、突然完治したことも。それが何故なのか、考えたことはなかったか？」

「……は？」

視線を感じ、辛《つら》い。

というか、あまり聖女、聖女と連呼して欲しくなかった。

何せ私は自分を聖女だなどと思っていないので。

色々な証拠を見せつけられて、なるほどそうなのかもと頷きはしたが、自覚なんてないし、聖女だなんて持ち上げられたくない。

今の立場のままで十分なのだ。それをわざわざ崩したエランが憎らしかった。

「ちょっと……エラン、やめてよ！」

肘《ひじ》で彼の横腹を突く。

私の言いたいことは分かっているだろうに、エランは話をやめなかった。

「僕の病は、偶然治るようなものではなかった。それは当時の主治医に聞けば、証言してくれる。もう死ぬという夜、彼女が僕を治してくれた。そして伝説の通りに消えたんだ。再度現れたのが今日の午後。噴水に不審者が現れたと報告が上がっているはずだ。そして僕が引き取っていったことも調べればすぐに分かるはず」

「……まさか」

大臣たちが私を見る。その表情は胡散臭《うさんくさ》い女を見るものではなく、僅《わず》かではあったが敬意のようなものが混じっていた。

エランの話を彼らは信じ始めているのだ。

正直に言って、要らない。

戯言《ざれごと》だと切り捨ててくれれば良かったのに。

無言の時が流れる。

誰も何も言わない。その時間がただただ辛かった。

堪《たま》らず俯《うつむ》くと、大臣のひとりがようやく口を開いた。

「……殿下のお話は分かりました。これはかなり繊細な、議論に議論を重ねるべき問題。今すぐ回答できるものでもありませんので、一度、持ち帰らせていただけますか。書類を確認し、殿下の侍医に話を聞き、皆に諮《はか》ります。結論はそれからで」

「もちろんだ。ただ、僕が代理国王を引き受ける条件はこれだけ。呑めないというのなら引き受けない。それだけは言っておく」

「……そのお話も後日。今は保留ということでお願いします」

大臣たちが頭を下げ、ぞろぞろと去って行く。その姿が完全に消えたところで、エランが頭を掻いた。

「面倒なことになったな。まさか僕に代理国王就任の話が来るなんて……」

「来るなんて、じゃないわよ、馬鹿!! どうして私まで巻き込んだの!!」

すこーんと頭を叩く。

不敬罪まっしぐらだと分かっていたが、一発叩いておかないと気が済まなかったのだ。

「なんで、条件に私との結婚なんて馬鹿なことを言ったのよ！ 私の性別のことも言っちゃうし……せっかく男装してたのに意味がなくなっちゃったじゃない！」

最悪である。

特に、サハージャ王都の治安の悪さを再認識したところだったから、女性だとバラされたことは痛手だった。

どうして隠しておけと言ったエラン自身が私の性別をバラすのか。

本当に泣きそうである。

「もう、もう……最低……」

地団駄《じだんだ》を踏んでいると、エランが溜息を吐きながら離宮を指さした。

「とりあえず、中に入ろう。立ち話で済ませるものでもないし、腹も減った。久しぶりにルビーの作ったものが食べたい」

「立ち話で済ませるものではないってのは賛成だけど、誰のせいで……うう、この究極マイペース男め。でもまあいいわ。お腹《なか》が減ったのは私も同じだから。えっと、食材はあるの？　前と同じって考えて大丈夫？」

「ああ、自由に使ってくれて構わない」

「分かった。……絶対、あとで話を聞かせてもらうから。逃げるなんて許さないからね」

きちんとこちらの納得できる理由を教えてもらえなければ、巻き込まれた怒りは収まらない。

きっと睨み付けながらエランに告げると、彼は「もちろん、逃げる気はない」と答えた。

◇◇◇

「で？　さっきの話だけど」

食事を済ませた後、応接室で向かい合った。

エランは暖炉前のソファに座っている。

私は座らなかった。この離宮にお世話になる以上、私は従者なのだ。トリップ直後は大分混乱していてお客様扱いも受け入れたが、こういう線引きはきちんとしておかなければならない。

そして従者は主人と同じ部屋でソファに腰掛けたりはしないものなのだ。

とはいえ、今の私は問い詰めモードなので、彼の前に立ちはだかり、腰に手を当て、絶対に逃がさないという構えだけれど。

「あれ、どういうことよ」

「あれとは、代理国王の件のことだな。正直僕も困っている。国王なんて面倒なもの、なる予定はなかったのに。まさか三の兄上が亡くなっているとは知らなかったな……」

「あ……」

怒りに震えていたが、エランの言葉でようやく気がついた。

エランは知らない間に、お兄さんをひとり失っていたのだ。更に言うのなら、一番上のお兄さんも現在行方不明中。もっと言えば、確かお父さんも亡くなったと聞いた。

それなのに私ときたら、身内を多く失った彼のことを何も考えていなかったし、労《いたわ》りすらしなかった。

いくら怒っているとはいえ、していい態度ではない。

「えっとその、ごめんなさい。配慮が足りなかったわ。お兄さんのこと、お悔やみ申し上げます。三のお兄さんって言ってたわよね？　仲が良かったの？」

「いや？　話したこともない」

「え……」

「基本、兄弟仲は悪い。しかも僕は正式に認められた王子ではないから、兄上たちにはいない者として扱われていたし」

「……」

そういえば、一番上のお兄さんとも別に仲が良いとかではなかったと思い出した。

正直だから好きだ的なことは聞いたが、それだけ。

どうやら私が考えている以上にギスギスしている兄弟だったらしい。

「それに、やっぱりという気しかしなかったからな。二の兄上は精神を病んで廃嫡。王宮を追い出されたし、四の兄上は処刑された。三の兄上だけが残っていたが、そのうち何かしら理由を付けて追い落とされるだろうと思っていたから意外性はない。暗殺されたと言ってたから、兄上が命じたんだと思う」

「兄……って、一番上のお兄さん？」

「そう。兄上はそれくらいはやる人だから。『黒』に命じて始末したのだと思う」

「『黒』って前に言ってた暗殺ギルドってやつ、よね？」

エランがこっくりと頷く。

ものすごく寒々しい……というか怖い。

「身内で争うとか、やっぱりあるのね……」

高校で歴史を学んだ時に、王位を巡って兄弟が互いに殺し合った……みたいなことがあるのは知ったが、こちらの世界も同じなのか。

血の繋《つな》がった家族が争い合う世界。恐ろしいなと思っているとエランが言った。

「別に普通だろう。争いの元になる兄弟を面倒になる前に殺す。タリムあたりもそんな感じだし、この王家もやっていることだ」

「タリム？」

初めて出てきた名称が気になる。エランは「ああ、まだ説明していなかったか」と頷き、口を開いた。

「大陸の北側にある国だ。寒い国だからか、南下のチャンスを常に狙っている。うちと並んで戦争の多い国で、この間は共に組んでヴィルヘルムを襲った」

「あの、負けたって言ってた戦争？　二ヶ国で攻めたの？」

「正確には三ヶ国だ。兄上が策を講じて、こちらに味方させたんだ。使った手段は、さすがの僕も庇《かば》えないくらい酷いものだったが」

「酷い手段って」

「……言いたくない」

フッと顔を背けるエラン。その表情は苦い。言いたくないというくらいだ。よほど酷い作戦だったのかもしれない。私も戦争の話を詳しく知りたいわけではないので、それ以上聞くのはやめておいた。

「分かったわ。で？　本題はここからだけど、どうして私を妃にするなんて言ったの。しかも性別だってバラして！　せっかく男装していたのに台無しじゃない！」

エランが代理国王になるというのなら、なればいい。だが、私を巻き込まないで欲しいのだ。

言い逃れは許さないという気持ちでエランを睨み付ける。

彼は足を組み「当然だろう」と言った。

「当然？　どういうこと？」

「あの流れではどうやったって代理国王就任は逃げられない。それならせめて自分の希望を叶えてもらおうと考えるのは当たり前という話だ」

「はあ？」

「意味が分からないという顔をしているが、君の方こそ忘れていないか？　君はあの夜から跳んできたのだろう？　それならまだ覚えているはずだと思うが」

「何の話よ」

エランが何を示唆しているのか分からず眉を寄せる。壁にもたれ掛かり、彼の言葉の続きを待った。

「本当に忘れてるのか。僕は君の言葉を糧《かて》に今まで生きてきたのに酷い話だ」

「だから、何の話だってば！」

酷く恨めしげな顔をされ、苛々《いらいら》する。そんな私にエランは言った。

「好きだと告白したこと、忘れてしまったのかと聞いているのだが」

「っ……！」

ひゅっと息を呑み込む。目を見開く私にエランが言った。

「あの夜、僕は君に告白した。恋愛の意味で君が好きだと。君は応《こた》えてはくれなかったが」

「あ、当たり前じゃない。八歳と恋愛とか、私の世界では犯罪だもの！　無理無理。子供は庇護《ひご》対象であって、恋愛対象にはならないし、してはいけないのよ！」

「分かっている。だが、君が言ったんだろう？　僕が大人になってもう一度好きだと言ったら、ちゃんと考えてくれると」

「う……」

責めるような目で見られ、狼狽《うろた》えた。

だって、彼が今言った言葉を、私は確かに覚えていたから。

死にかけのエランに告白され、応えられないと告げ、それでもと追いすがる彼に私は『大人になったら考える』と大人になれない彼に言ったのだ。

それは未来のない彼にとっては鞭《むち》を打つ行為で、本当はしてはいけなくて、でも、あの時の私にはそう答えるしかなかった。

嘘は吐きたくなかったし、子供に恋愛感情を持つほど腐ってもいなかったから。

エランが真っ直ぐに私を見つめる。

「君が言った通り、僕は大人になった。更に言うなら、今の僕は君よりも年上だ。八歳の子供じゃない。君に、恋愛対象として見てもらえる条件は揃っていると思うが」

「……そうね」

間違ってはいないので頷く。

確かに今の大人になったエランなら、彼の言葉も真面目に受け取って良いのだろう。だが、私が覚えているのは八歳のエランで、いきなり二十歳の彼に告白されても「はい、いいですよ」とは言えない。

私は己の額に手を当て、唸《うな》った。

「あの、私、悪いけどエランに恋愛感情は持っていなくて」

「それは『まだ』であって、これからの可能性がゼロというわけではないと解釈していいか？」

「……え？　ええ、それはそう、ね？」

エランが立ち上がり、詰め寄ってくる。

距離が近いなと思いながらも頷いた。確かに『今』は恋愛感情はないが、この先どうなるかなんて分からないと思ったからだ。

「それなら、約束通り僕のことを考えてくれ。知りもしないで断るのではなく、今の僕を知ってからにして欲しい」

「……」

思いの外《ほか》まともな提案に、口元に手を当て、考える。

エランが更に距離を詰めてきた。至近距離になり、顔を仰《の》け反《ぞ》らせる。

「ちょ、ちょっと」

「僕の気持ちは八歳の頃から変わらない……いや、あの頃より更に大きくなっている。君がいなくなったあと、僕がどれだけ絶望したか分かるか？」

エランがダンと壁に両手を突く。

彼の腕に囲まれ、完全に逃げられなくなった。

「エ、エランさん？　あの、ちょっと……」

「ずっと君が帰ってくるのを待っていた」

「……」

灰色の瞳《ひとみ》が私を射貫《いぬ》く。恐ろしいほど真剣な声音と表情に、ドクンと心臓が跳ねた。

「エラン……」

「僕の気持ちは変わらない。君だけを愛して、君だけを待ち続けて今日まで生きてきた。もし君があと十年、いや二十年後に現れたとしても間違いなく待っていたと断言できる。僕には君しかいないから、君以外欲しいとは思わない」

「う……」

熱く告げられ、勝手に頬が赤くなる。

恋愛経験のない私にとっては初めての異性からの告白。相手は弟とも思っていた人だけれど、今は年上の男性なのだ。意識しないはずがなかった。

「エ、エラン、その……お願いだから落ち着いて」

息づかいすら感じられる距離で紡《つむ》がれる言葉が恥ずかしくて仕方ない。

エランが本気で言ってくれているのは理解できるが、少しは落ち着かせて欲しいのだ。

頭がぽーっとなって、思考が空転するから。

だが、エランは私の願いを無視し、更に言った。

「君と結婚できないのなら他の誰ともしない。僕のことを本当の意味で見てくれたのは君だけ。ずっとずっと待っていたんだ。今更別の誰かなんて見られるはずがないし、やっと取り戻した大切な存在を手放すなんて絶対にしない。それに――」

「それに？」

怖い物見たさで尋ねてしまった。エランは悪い顔で笑い、私に言う。

「ようやく君の恋愛対象に入れる年になったんだ。年上の君に翻弄されるのも悪くないと思っていたが、せっかく逆転できたのだから、今度は僕が君を翻弄したい――」

「……」

「いつまで経っても弟扱いをやめない君を、今度は僕が思いきり甘やかしてやりたいんだ」

「ひぃっ」

ふうっと息を吹きかけられ、恥ずかしさで死ぬかと思った。

さっきからエランの怒涛《どとう》の攻撃がすごすぎて、碌《ろく》に言葉を返すことができない。

私は壁ドン状態のエランの胸を必死に押し返し、顔を赤くしたまま彼に言った。

「わ、分かった。分かったからこっちの話も聞いてよ」

「嫌だ。僕を拒絶する言葉なんて聞きたくない」

「拒絶って……ああもう、それなら前にも言った通り、これからのエランを見させてもらって判断するわ！　それでいいでしょ！」

投げやりな物言いではあるが、今私ができる最大限の答えだ。

これなら拒否にならないだろうとエランを見る。彼は目を瞬かせ、次に嬉しそうに笑った。

「ああ、もちろん。きっと君に選んでもらえるよう努力する」

「そ、そう……。じゃあ離れてくれる？　いい加減、心臓に悪いわ、この体勢」

エランを退《ひ》かせる。

意外にもエランは素直に従ってくれた。ようやくずっとあった閉塞感というか、閉じ込められている感覚がなくなりホッとする。

胸を撫《な》で下ろしていると、エランが言った。

「それじゃあ、とりあえずは恋人ということにしておこうか」

「はあ？」

何故、恋人。

「何言ってるの。私の話、聞いてた？」

まずは彼を恋愛対象として見られるかどうかという話だったはずなのに、それを飛び越えていきなり恋人とはどういう了見だ。

意図が分からず彼を見る。エランはソファに戻ると、どっかりと腰掛けた。

「君が女性だということも、ついでに聖女だということも大臣たちに知られたからな。下手《へた》に利用されないための必要な措置だ」

「私を守るため、みたいな言い方をしているけど騙《だま》されないから！　それ、全部エランのせいだって分かってる？」

クワッと目を見開き、言った。

「私は一言も自分が女だなんて言ってないし、聖女って話もエランが勝手に言ってるだけ。それなのに……よくもまあぬけぬけと……」

「それだけ君と結婚したかったのだと受け取ってくれないか。とりあえず恋人としておけば彼らも妙なことは考えないだろうし。君だって知っているだろう？　サハージャにおいて、女性がどういう扱いをされているか。恋人だと言って、先に牽制《けんせい》しておく方が安心だ」

「牽制？　いつも面倒やら怠いやら言うくせにこんな時ばっかり……」

額に手を当てる。どうしてこんなことになったのだと頭が痛かった。

溜息の止まらない私にエランが言う。

「だが現状、これ以上打てる手はないと思うが？」

「だから、それは誰が原因だって話なのよね。まあ、やってしまったものは仕方ないけど」

呻いたところで現状は変わらない。

腹を括《くく》り、エランを見る。

彼と恋愛関係になるとか、小さな頃を知っている今の私にはまだ考えられないとしか言えないけれど。

「仮面恋人として、よろしく」

渋々告げる。エランはホッとしたように笑い、頷いた。

「大丈夫だ。すぐに本当の恋人にしてみせるから。面倒だなんて言うものか」

「うわ……」

彼らしからぬ気合いの入った言葉に頬が引《ひ》き攣《つ》る。

エランが私のことを好きというのは分かったから、あまりグイグイくるのはやめてもらえないだろうか。

今の私には、返せる言葉がないのだから。

乾いた声で笑うしかない私にエランは「期待してくれ」とあまり嬉しくない言葉を投げかけてきた。

第六章　留守の合間に

大臣たちが審議を諮《はか》ると言ってから、二週間が経《た》った。

私にとっては幸いなことにいまだ結論は出ないようで、平穏な毎日を過ごしている。

最初の数日は、大人《おとな》になったエランを見るたび驚いていたが、それにもようやく慣れてきた。

だって、十二年。

私からしてみれば、小さな少年がいきなり大人になったも同然なのだ。

ただ、面影はあるし、口を開けばエランだなと納得できるので「お前は誰《だれ》だ」状態にはならなかったことだけは救いだった。

「わ、誰。あ、エランか」というのが数日続いた感じである。

顔を見るたびギョッとしていたので、エランには迷惑を掛けたなと思っている。

私はひとまず従者に戻り、引き続きエランに仕えている。

大人になったエランは、医者として忙しくしているようで、ほぼ毎日のように馬車に乗り、出掛けていた。

もちろん行き先は平民街。

診察代をもらわない、無償奉仕である。

私も同行させてもらっているが、正直、彼の献身には驚かされた。

近づくのも躊躇《ためら》うような汚れた身なりの人が相手でも、彼は文句ひとつ言わず、診察する。

彼を王子だと知っている患者の中には、国の現状について怒鳴り散らす人もいたが、彼はそれにも言い返さなかった。

黙々と診察をし、薬を出していた。

私には絶対にできないことだ。大人になったエランは、尊敬に値する素晴らしい人に成長していた。

今日も彼は診察のために外に出ていて、従者の私も同行したが、その帰り道のことだった。

リベリオン王宮まで馬車を走らせていると、ドンという大きな音が聞こえたのだ。

何かがぶつかった音。私たちの馬車ではないが、たぶん、事故でも起こったのではないだろうか。

そう思えるような音だった。

「な、何？」

動揺していると、エランが鋭く御者《ぎょしゃ》に命じた。

「馬車を止めろ！」

そうして鞄《かばん》をひっつかみ、勢いよく馬車から飛び出して行った。

「ま、待って！」

私も慌てて後を追ったが、すぐにその足は止まった。

「え……」

少し先に、一台の馬車が止まっていた。人だかりができている。その中心で、貴族と思われる男が喚《わめ》いていた。

「私の馬車にぶつかってくるとは、どういう了見だ！　見ろ！　お前のせいで、血が出ているではないか！　おい、この傷が見えないのか！」

己の額を指さす男。確かにその額からは血が流れていたが少量で、大した怪我《けが》には見えなかった。

それよりも、彼が喚いている相手の方が重傷だ。

人々の隙間《すきま》から、まだ十代前半と思われる少年が倒れている姿が見えている。彼は意識がないようで、大量の血を流していた。あまりにも量が多すぎて、どこから流れているものなのかも分からない。

「退《ど》け！　僕は医者だ!!」

駆けつけたエランが怒鳴る。鬼気迫る声に気圧《けお》されたように、皆が道を空けた。

エランは少年の側にしゃがみ込むと、テキパキと処置を始めた。それを見て、ハッと我に返った私も慌てて側《そば》に行く。できることを手伝った。

それを見ていた貴族の男が騒ぎ出す。

「おい！　医者だというのなら、私を診《み》るのが先だろう！　私を誰だと思っている!!」

一瞬怯《ひる》むような怒号だったが、エランはそれを一蹴した。

「知るか！　重傷患者が優先だ！」

「なんだと!?　良いのか!?　私は金を持っているぞ。医者なら金を持つ者を、貴族を優先させるのが当然だろう！　そんな浮浪者を診たところで金にならないことが分からないのか！」

治療するエランに、男は自分を優先しろと騒ぎ立てた。

確かに彼の言う通り、エランが治療している少年はお世辞にも身綺麗《みぎれい》な格好をしているとは言えなかった。お金を持っていないのは明白だ。

だが、エランは手を止めようとはしない。驚くほど冷静な口調で男に告げた。

「金にならない？　それがどうした。目の前に重傷の患者がいて放置できるはずがないだろう。僕は医者だぞ。助ける者を貧富の差で判断して何が医者だ」

エランの真摯《しんし》な眼差《まなざ》しに、男は気圧されたようだった。

私も彼の言葉にグッときた。エランの信念を見た気がしたのだ。

すごく彼が格好良く見えたし、なんだか胸がドキドキした。

男は悔しげな顔でエランを睨《にら》み付け、負け惜しみと分かる言葉を吐いた。

「ぐっ……お前……覚えていろよ。絶対に名前を突き止めて、私を蔑《ないがし》ろにしたことを後悔させてやるからな」

「勝手にしろ。……ああ、気がついたのか。大丈夫か？」

「……僕……あれ……」

どうやら少年の意識が戻ったようだ。

ボウッとする少年の状態を確かめ、止血をしたエランがホッとしたように言う。

「……血の量は多いが、怪我自体は大したことない。頭も打っていないようだな。だが、しばらくは様子を見た方がいいだろう。お前、家はどこだ。一週間ほど通ってやるから、場所を教えろ」

「えっ……でも僕……お金が……」

「金は要らない。良いから言え」

「……うん。あれ……エラン殿下？」

今気がついたというように、少年がエランの名前を呼ぶ。

どうやら彼はエランのことを知っていたようだ。エランも意外だという顔をしている。

「なんだ。僕のことを知っているのか」

「うん。友達が、病気を治してもらったって……そっか……エラン殿下なら大丈夫、だよね」

どこかホッとしたように息を吐き出す少年。

友人という前例を知っていることで、きちんと助けてもらえるのだと安堵《あんど》したのだろう。

身体《からだ》から力が抜けている。

「エ、エラン!?　第五王子!?」

悲鳴のような声を出したのは、先ほどまで喚いていた貴族の男だった。

今の今まで、エランの正体に全く気づいていなかったのだろう。ギョッとした顔をしている。

「な、何故《なぜ》……エラン殿下がこんなところに?」

「こんなところとはご挨拶《あいさつ》だな。どこにいようが、僕の勝手だろう。それで？　蔑ろにしたことを後悔させるとか言っていたが？」

「……い、いえ……」

途端、声に張りがなくなった。

公式に認められていなくとも、王子は王子。さすがに強くは出られないのだろう。

エランはそんな男を見て溜息《ためいき》を吐《つ》くと、彼に言った。

「診せてみろ」

「え……？」

「額だ。傷を負ったんだろう？　それを診せろと言っている」

「い、いえ……大した傷ではありませんので」

先ほどまでが嘘《うそ》のように、今度は遠慮し始めた。だがエランは、問答無用で男の治療を始める。

「良いから診せろ。傷口は……まあ、この程度なら消毒しておけば問題ないだろう。ほら、終わったぞ」

「あ、ありがとう、ございます……」

狐《きつね》につままれたような顔をしながら、男が礼を言った。

まさかエランに治療をしてもらえるとは思わなかったという顔だ。気持ちは分かる。

だってあれだけ暴言を吐いた後なのだ。しかも相手は王子。処罰されても当然の状況で、治療されるとは思わない。

「あ、あの……」

「お前を後回しにしたのは、彼の方が重傷だったから。ただそれだけだ。僕は患者を貴賤《きせん》で差別しない。平民だから診るわけでもなければ、貴族を診ないというわけでもない。分かったか」

「は、はい……」

「理解できたのなら帰れ。――ああ、通行人との事故に関してだが、そちらの件についてはあとで人をやる。つまらない言い逃れはするな。正直に起きたことを話せ。正直に、だ。分かったな？」

「わ、分かりました……」

男が何度も首を縦に振る。よろよろとした足取りで自身の馬車へと戻っていった。

そしてその頃《ころ》には少年も動けるようになっていた。何度も「ありがとう」とエランに告げ、自身の家の場所を伝えたあと、彼もまた自宅へ帰っていく。

いつの間にか、あれだけいた野次馬がいなくなっていた。

エランが治療道具を鞄にしまい、立ち上がる。

「遅くなってしまったな。僕たちも帰ろうか」

「そ、そうね」

「さっきは助かった。君の手伝いがあったから、迅速に治療ができた。感謝する」

私の方を振り返り、エランが言う。少し微笑《ほほえ》むその表情に、何故だろう。胸がひどく高鳴った。

ドキドキするのを必死に隠しながら首を横に振る。

「た、大した手伝いはできなかったわ。それに私だけでは動けなかった。エランがいち早く治療に取りかかったから、その姿を見ることができたから、私も何かしなくちゃと思えたのよ」

全《すべ》てはエランの功績で、私はちょっとお手伝いをしただけ。感謝される謂《いわ》れはない。

それより気になるのは、先ほどの男のことだ。

「大丈夫かしら。その、さっきの貴族の男性だけど」

エランの正体を知ってビビっていたようだが、冷静になったあと、逆恨みをしてくる可能性もある。

そう思ったのだが、エランは一笑に付した。

「問題ない。あの手合いは自分より身分の高い者には逆らわないからな。万が一、何か言ってきたとしても、非常に残念なことに今の僕は、代理国王候補。彼より身分の高い大臣たちが揉《も》み消すだろうから、君が心配することはない」

「……代理国王候補で良かったなんて思いたくないけど、今回ばかりは助かったわ。それと、あの少年は……」

「家の場所を聞いたから、言った通りしばらく通う。今夜あたり、熱が出る可能性もあるからな」

「そう」

「一度診たからには、彼は僕の患者だ。最後まで責任を持つ」

きっぱりと告げるエランは格好良く、やっぱり胸がドキドキした。

エランと一緒に馬車に戻る。

動き出した車内。ぼんやりと窓から外を見る、エランの横顔を眺めた。

端整な横顔が夕日に照らされている。それをとても美しいと思った。

同時に、彼をひとりの男性だと初めてきちんと認識した。

子供ではない。彼は私なんか及びもつかないほど立派な信念を持つ大人なのだ。

――そっか。そう、だよね。あのエランはもういないんだ。

静かな沈黙が車内に流れる。

小さな子供は大人になった。

分かっていたようで、分かっていなかった。それをようやく認められた気がする。

この日、私はエランが子供ではなく、尊敬すべき大人の男性なのだと心の底から納得した。

◇◇◇

エランが私を聖女だと言い張ったところで、偉い人たちは本気に取らないだろう。

だから大事には至らないはずと楽観視して忘却の彼方《かなた》へ投げ飛ばしていたが、どうやら私の認識は甘かったらしい。

あの馬車の一件から一週間ほどして、何故か私とエランの婚約は認められた。

すっかり忘れていた話だったので、完全に寝耳に水状態である。

「え、は？　え、どうして⁉」

応接室に呼び出され、エランから話を聞いた私は、あんぐりと口を開けた。

「間抜けに見えるから口は閉じた方が良い。今言った通り。大臣たちは会議を開き、審議を重ね、君と僕の婚約を認めた。これがその書類。読んでみるか？」

「貸してっ！」

エランが差し出してきた書類を奪い取り、血走った目で書いてある文字を追いかける。そこには、アスカルビーと呼ばれる女性を聖女伝説にある聖女と認め、第五王子エランとの婚約を承認する、という信じがたい言葉が書かれてあった。

「嘘でしょ……。認めちゃったの？」

愕然《がくぜん》とする。まさか聖女認定されるなんて思ってもみなかった。

「こんな怪しい女をあっさりと聖女認定して、サハージャって大丈夫なの!?」

「ご心配どうも。だが君が噴水から突然現れたことも、雷鳴轟《とどろ》く雨の日に僕の病を治して消えたことも、その時と全く同じ姿で十二年後に現れたことも、全部調べれば分かることだ。特に僕の病に関しては、当時の主治医がまだいるからな。病死したと思った僕がピンピンしているのを見て腰を抜かした記憶は鮮明にあるだろうし、しっかり証言してくれたと思う」

「あ、あのお医者様……」

エランの身体を診てくれていた医者を思い出す。

「ほぼ間違いなく死んだと思った患者が生きていただけでなく、不治の病と言われていた病気が完治しているのだから、当時、彼は信じられないものを見る目で僕を見ていたな。奇跡は存在するのか、なんて言っていたが、衝撃すぎてひと月ほど使い物にならなかったらしい」

「……あ、それはお気の毒ね」

とはいえ、気持ちは分からなくもない。

死病に冒《おか》されていた患者が突然元気いっぱいになって戻ってきたのだ。医者としては発狂せんばかりの気持ちだっただろう。それをやったのが私だというのは、いまだ信じがたいことではあるが、死にかけだったエランが私から出た光を浴びたあと、起き上がったのは事実だ。

「あ、でも、私、別に雷鳴と共に現れたわけじゃないけど、それは大丈夫なの?」

確か聖女伝説では『雷鳴と共に現れた』的な件《くだり》があったはず。そう言うと、エランは「完全に同じである必要はない」と言ってのけた。

「要は揺るぎようのない証拠があればいいんだ。大事なのは、君が僕の死病を治し、時を超えたという部分。聖女が来た時の雷鳴の件に関しては、偶然、天気が雷雨だっただけという可能性もあるだろう？」

「それは確かにそうかも」

必須条件ではないかもと言われ、納得した。

「今は兄上も行方不明で、大臣たちは少しでも国を安定させたい気持ちが強い。聖女なんて信仰を集めやすい存在、少しくらい怪しくても今の国の情勢なら認める方向に傾くに決まっている」

「は〜、なるほどね」

「狙い通りだ」

満足げに笑う彼だが、その笑みはどこか黒い。

成長したエランの腹黒さを垣間見《かいまみ》た私は複雑な気持ちになったが、それよりも再度書類を見て、書かれている一文を指さした。

「それで？　私とエランが婚約ってなってるけど」

「聖女なら国として利用したいし、利用するなら権力者と結婚させるのが一番手っ取り早い。当然の流れだな」

女性には決定権がないかのような言い方だが、実際ないのだろう。女性差別が酷《ひど》い国だというのはエランから散々聞かされて知っている。

「誰と結婚させるかが問題だが、僕が代理国王就任の条件に君との結婚を望んだからな。君が本物の聖女なら問題ないどころか、諸手《もろて》を挙げて賛成するだろう。何せ相手は聖女だ。代理国王の僕に箔《はく》を付けられる。大臣たちにとっては願ってもない話だ」

「箔って……私がエランの箔になるの？」

ポッと出の女が？　そう思ったが、エランは真顔で肯定した。

「もちろんだ。何せ僕は正式には認められず、国外には公表すらされていなかった王子。そんな王子を代理国王にしたところで、他国から侮《あなど》られるのは目に見えている。だから箔を付ける必要がある。誰もが一目置くような箔を。それが聖女との結婚だ」

「……」

淡々と語るエランだが、そんな扱われ方をされて、彼は嫌ではないのだろうか。

『足りない』と思われてまで、代理国王を引き受ける。

私なら別の人にお願いしてと撥《は》ね除《の》けそうだ。

「……ねえ、代理国王の件、断ったら？」

「どうして？　君との結婚を認めてくれるというんだ。喜んで引き受けるとも」

「怠《だる》いとか面倒とかは？」

「思わないな」

「うぐっ……エランのくせに。じゃ、じゃあ侮られて、嫌ではないの？」

「興味のない者たちにどう思われようと構わない。僕にとって一番大事なのは君を公私共に手に入れることだから、手段は選ばない」

きっぱりと言ってのけるエランをまじまじと見つめる。正直複雑な気分だった。

だってこの問題はエランだけの話ではない。私にも関わってくる話なのだから。

「……仕方ないから偽装の恋人になることは同意したわ。でも、婚約者になるなんて一度も頷《うなず》いた覚えはないんだけど？」

「婚約者になっても何も変わらないから心配するな。ルビーがいいと言うまで手は出さない」

「そういう問題じゃ……まあ、ある意味そうかもだけど」

「それにルビーと僕の婚約は議会で決められたこと。決定したことを覆すのはほぼ不可能だぞ」

「……ええ。それはなんかそんな気がしてたわ」

エランの話を聞き、項垂《うなだ》れた。

私ひとりが文句を言ったところで、誰も取り合ってくれないだろうことは薄々勘づいていたのである。

でも、さすがにこのまま結婚……とはいきたくないので、釘《くぎ》は刺させてもらうことにした。

エランの目の前に指を一本突き出す。

「ひとつ、条件があるわ。婚約は受け入れるけど、結婚はしない。結婚は私がエランのことを恋愛の意味で好きになってから考える。この条件を呑《の》んでくれないのなら、私、ここを出て行くから」

出て行くと告げると、エランは分かりやすく顔色を変えた。

「出て行くって、どこに？　帰り方も分かっていないのに？」

「関係ない。私は、自分の意思を無視されるのが大嫌いなの。それがこの国のやり方だって聞いたって、私が従う義理はないわ。私は日本人であって、この世界の人間じゃない。納得できないことを我慢してまで、残りたいなんて思うわけないじゃない」

しかも結婚なんて人生における一番の分岐点。流されてするものでは断じてないと思う。

エランを強く睨み付ける。私がここまで嫌がるとは思わなかったのだろう。彼は動揺しているようだった。

「……そんなに僕のことが嫌か？」

「そういう問題ではないの。好きになってもいないのに結婚なんて無理だって言ってるだけ。結婚は女性にとって人生の一大イベント。とりあえずしておこう、なんてノリではできないわ。それくらいなら出て行く」

「……ひとりで生きていけるほど、この世界は甘くない。君は分かっていないんだ」

「甘くなくても、意に添わないことを受け入れる方が嫌。どこかで野垂れ死ぬ結果になろうと構わない……とまでは言わないけど、でも、それくらい嫌だってことは分かって欲しい」

今の衣食住が全部揃《そろ》った、エランに守られた中でぬくぬく生きる生活。それが贅沢《ぜいたく》だということは理解しているし、手放したあと、後悔しないとは断言できない。

でも、私は今、嫌なのだ。

未来で後悔するとしても、今嫌なのだから、出て行くとしか答えられない。

それに未来なんてどう転ぶか分からないものだし。

もしかしたら一発逆転のチャンスが待っているかもしれない。まあ、その可能性は低そうだけど。

「ともかく、この条件を呑んでくれないのなら、私は出ていくから」

話し合いの余地はないのだと言外に告げる。

エランから目を逸《そ》らさずにいると、やがて彼は息を吐いた。

降参するように両手を挙げる。

「……分かった。ルビーの意思を尊重する。婚約はするけど、結婚は君が僕のことを好きになってから。もちろんそれまで手は出さない。……これでいいか？」

「ええ。それなら受け入れるわ」

本当は婚約も嫌だけど。

大体、婚約も結婚も、好きな人と自分の意思でするのが普通だと思うのだ。

周囲から圧力を掛けられてするとか、現代日本で生きてきた私には到底受け入れられない話である。

「別にエランのことが嫌いとかじゃないの。ちゃんとあなたのことを見ると言ったのも嘘じゃない。ただ、私の意思を無視してというのが嫌なだけだから、そこは勘違いしないで」

「分かっている。僕も君を逃がしたくないあまり、少々強引なことをしたと反省している。……僕もサハージャの男だったんだな。知らないうちに、サハージャのやり方に染まっていたらしい。君の意思を無視して話を進めて悪かった」

エランが立ち上がり、頭を下げる。どうやら本当に悪いと思ってくれているようだ。

私も本当に出て行きたいわけではないので、謝ってくれたのなら水に流そうと思った。

「分かってくれたのならもういいわ」

「大臣たちは結婚の日取りを決めたがるだろうが、しばらく婚約期間をおきたいと言えば許されるだろう。それに僕の国王就任も、期間は二年。最悪そこまで引っ張れる」

「二年？　国王って二年交替なの？」

「大臣たちが代理国王を立てると言っていただろう。あくまでも僕はマクシミリアン兄上の代理。代理期間が二年ということだ」

「……もし、お兄さんが帰らなかったら？」

あまり言いたくはなかったが、こういうことははっきりさせたい派なので尋ねる。

エランは渋い顔をして言った。

「その場合は僕が引き続き、国王を務めることになるな。代理国王というだけでも面倒なのに正式就任なんて勘弁してもらいたいところだが」

心底嫌そうにするエラン。

幼い頃から彼はひたすら「面倒」や「怠い」やら言っていたが、大人になってもその口癖は治っていないらしい。至る所で言っている。

それがあまりにも昔のままますぎて思わず言ってしまった。

「エランってそういうところ、全然変わらないのね」

「どういう意味だ？」

「その面倒って言うの。ほら、昔からしつこく言っていたじゃない」

「……実際怠くて面倒なことが多いだけだ。ちなみに昔と同じというのなら、基本、外に出るのも好まない。室内で医学書を読んでいるのが一番楽だ」

「うわ、本当に変わってない……」

ひたすら医学書を読み漁《あさ》っていた八歳のエランを知っているので、どうしてもしみじみした口調になってしまう。

でも。

「エランが外に出るのを嫌がっていたのは病気でしんどかったからじゃなかったの？」

「それもあるが、元々日の光は好まない」

「え、じゃあ散歩や運動なんかは……？」

まさかと思いつつも尋ねる。エランは顔を歪《ゆが》めながら言った。

「大嫌いだ。外出と言えば、往診で街に行くくらいだな。できればそれもやめたいから、最近では病院を建てるのはどうかと思い始めている」

「病院？」

「そう。待っていれば勝手に患者が集まってくるだろう？　楽でいい」

「……動機はどうかとは思うけど、病院は良いわね。私も賛成よ」

貧しい人が通える病院があれば、皆も助かるだろう。実現すればとても素晴らしいことだ。

だから言った。

「せっかくなら大っきなのを作りましょう。私も協力できることがあればするわ」

自分に何ができるのかは分からないけれど。

そう思いながら告げるとエランは「そうか。なら僕たちふたりの夢ということになるな。聖女に協力してもらえるのなら百人力だ」と笑った。

一瞬、揶揄《からか》われたかと眉《まゆ》を吊《つ》り上げかけたが、その顔がなんだか嬉《うれ》しそうだったので、怒るのはやめておくことにした。

◇◇◇

それから二週間後、エランはサハージャの代理国王となった。

戴冠式もない、他国の王族も呼ばない。自室で書類にサインして終わりという素《そ》っ気《け》ないもの。

だがエランは特に文句を言うこともなく、粛々と受け入れていた。

肩の荷が下りたという顔をした関係者たちが帰ったあと、なんとなく彼に聞く。

「本当に、これで良かったの？」

「ああ、むしろ面倒がなくていい」

その顔は無理をしているようには見えなくて、彼が本心からどうでもいいと思っていることが伝わってきた。

「そう。エランが納得しているのなら私が口を出すことではないわね」

「それより問題は、指輪がなくなっていることだな。……犯人は兄上だと思うが」

「指輪？」

なんの話だと眉を寄せる。

「各国にはそれぞれ建国時から伝わる宝物があるんだ。ヴィルヘルムなんかは神剣が有名だな。うちの国は指輪。約束の指輪と呼ばれる、戴冠式などの国の重要行事にのみ使われるものがあるのだが、それが失われている」

「えっ……！　大問題じゃない」

さらりと説明されたが、国の宝が失われたなんて、大騒動になってもおかしくない話だ。

だが、大臣たちは何も言っていなかった。先ほども普段通りの態度だったように思う。

「どうして誰も騒がないの？」

「兄上が犯人だと言っただろう。おそらく先の戦争の際、持ち出したのだと思う。指輪の所有者が犯人なら、誰も何も言えない」

「そ、それはそうだろうけど、どうしてそんな大事なものを戦争に？」

当然の疑問だったが、エランは苦虫を噛《か》み潰したような顔をした。

「エラン？」

「……たぶん、リディアナ妃へのプロポーズに使うつもりだったのだと思う」

「……プ、プロポーズ？」

すごい言葉が出てきた。

「兄上は先の戦争でヴィルヘルムを打ち倒し、フリードリヒ王子を殺し、彼の妃《きさき》であるリディアナ妃を奪う気だった。フリードリヒ王子を倒すことと彼の妃を自分のものにすることは兄上の念願だったから、並々ならぬ気合いを入れていた」

「う、うん」

それは以前、エランから聞いた。頷くと、彼は心底嫌そうに言う。

「そんな兄上だから、フリードリヒ王子の遺体の前で約束の指輪を差し出し『迎えに来たぞ』くらいは言うだろうな、と」

「……」

「約束の指輪には、大きなダイヤモンドが嵌《は》まっている。見栄《みば》えは良いし、王家に伝わる指輪を渡すことで、己の本気度も示せる。兄上的には完璧なプランだったんだろう」

「う、わあ……」

想像して、顔が引き攣った。

あり得ない、と思ったのだ。

「リディアナ妃って、フリードリヒ王子とラブラブだって言ってたわよね？」

「ああ」

「そんな彼女が大切な夫を殺した男からプロポーズされたところで、受けるはずないと思うんだけど。実際、言い寄った時は袖にされたんでしょう？」

「だが兄は『欲しいものは奪い取る』が信条の人だから。リディアナ妃の意思は関係ないと答えると思う」

「うわ……やだ」

それはあまりにもリディアナ妃が可哀想《かわいそう》だ。

　エランには申し訳ないけれど、私としては彼の兄の味方をしてあげられない。

　私は溜息を吐きながら、エランに言った。

「ほんっと、エランがお兄さんみたいな人でなくて良かったわ」

「どういう意味だ？」

「エランはちゃんと私の意思を尊重してくれるでしょう？　あなたのお兄さんみたいなことをされたら、エランのこと嫌いになるしかないもの。そうならずに済んで良かったと思って」

　無理やりなんてあり得ない。

　付き合うのも結婚も、相手の合意が必要なのである。

　心からそう言うと、何故かエランは神妙な顔つきになって頷いた。

「心に留めておく。その、君との婚約も書面に起こしはするが、お披露目《ひろめ》はしない方向で考えているから。僕はあってもいいと思うが、君はまだ、僕のことを恋愛の意味で好きではないだろう？」

「ありがとう。そうしてもらえると助かるわ」

　配慮してもらえるのは有《あ》り難《がた》い。

　お披露目は、この世界では夜会を開くことと同義だ。

　夜会では当たり前だがパートナーとダンスをすることが求められる。

　私の場合はエランとになるのだけれど、夜会なんて経験したことのない私が踊れるはずがない。

　王侯貴族なら当然知っている作法なんかも分からないのだ。夜会に出席したところで馬鹿《ばか》にされるだけなのは目に見えている。

猛特訓すればいいのかもしれないが、私はエランとの結婚に納得したわけではない。なんなら婚約はしたものの結婚には至らず自然消滅……くらいが有り難いと思っているのが本音なので、結婚に対する前向きな努力をしようとは思わなかった。

エランが大人になったことは分かっているし、犯罪にならないのも理解しているが、じゃあ結婚しようとはならないのだ。

そもそも彼に対していまだ恋愛感情を抱いていない。友愛とか尊敬の念はあれども、それは男女の情愛ではないのだ。

エランがそれを分かってくれる人で良かったと心から思った。

まともな感性を持っているというのは、とても大事なことなのである。

話はそれで終わり、私は心から安心して自室に戻った。

そういえばエランの即位に伴い、住処《すみか》を本館に移すという話も出たが、結局私たちは今も離宮で暮らしている。

マクシミリアン国王の帰還を信じているエランが「二年後には戻るのだから」と、頑として受け入れなかったからだ。

私も本館に越したところで肩身の狭い思いをするだけと察しているので、エランから断ったと聞いた時はホッとした。

しかし、複雑な気持ちである。

何せ、エランが代理国王になって、全てがガラリと変わったのだから。

まずは警備だ。即位したその日から、今までいなかった常駐型の使用人が、派遣されるようになった。

離宮の前には警備のための兵が何人も置かれ、初めて見た時にはギョッとしたものだ。

彼らを派遣した大臣たち曰《いわ》く「聖女と国王の身に何かあっては困りますから」とのことだったが、それを言われた時、思わず「これまで一度も警備の兵なんて置かなかったのに？」と言い返しそうになってしまった。

私の格好も変わった。

聖女と認識されたことで男装に良い顔をされなくなったのだ。

国王の婚約者が男装していては困るということだろう。

分からなくもないが、私としては今更感が強かった。

断っても許してくれないので今は支給されたドレスを着ているのだけれど、正直着られている感が強くて居たたまれない。

特に身体のラインを整えるために着るコルセットがキツくて、これには正直辟易《へきえき》した。

男装している時は晒《さら》しのようなもので胸を潰していたのだが、その方が楽だなんて知らなかったし、知りたくもなかった。

女性とはいつの時代も、どんな世界でも大変な思いをしてお洒落《しゃれ》をしているのだなあとしみじみ感じた次第である。

用意されたドレスは、上質な生地かつ上品なデザインのものが多かったが、とにかく慣れない。

しかも従者としてではなく聖女として見られているので、エランの世話をしようとすると「聖女様がそのような下々《しもじも》のすることをなさる必要はありません」とやんわり窘《たしな》められてしまうのだ。

やることもないので図書室に足繁《あししげ》く通って本を読んでいるが、皆の態度が変わりすぎて落ち着かない。

エランも忙しそうだ。

マクシミリアン国王が長く国を空けていることもあり、決裁書類が溜《た》まっているらしい。

そのあまりの多さに、エランがキレ散らかしていた。

そういえば、十二年前にいたエルメさん。彼女の姿をこちらに来てから一度も見ていない。

十二年も経ったのだ。持ち場が変わっただけなのかもしれないけれど、ある意味私がエラン以外に唯一交流があった人。どうしているのかなとは気になったが、彼女に対し、あまり良い印象がなかったので、積極的に捜そうとまでは思わなかった。

◇◇◇

「あーあ……もう無理なのかなあ……」

ある日の午後、暇つぶしを兼ねて図書室へ行った私は、借りた本を持って離宮に戻る道を歩いていた。

本は、聖女伝説について書かれたもの。

もしかして、私が日本に帰るヒントが見つかるかもしれないと期待して借りたのだが、実は最近、半分以上帰ることを諦《あきら》めかけていた。

それは何故か。

私が、十二年後の世界に来てしまったからである。

こちらと日本、時の流れが同じとは限らないが、もしそうだった場合、向こうでは死亡扱いとなっている可能性が高い。

日本では、行方不明から七年で死亡扱いとなるのだ。

だとしたら帰れたところで、死人が戻ってきただけにしかならない。

そうでなくとも十二年も戻らなければ周囲から奇異の目で見られることは間違いないし、変な噂《うわさ》を流される可能性もある。

戻ったところで針のむしろ状態であることは容易に想像できるのだ。

そしてそんな状況下に置かれて平気かと聞かれたら、当然無理と答えるしかないわけで、総合的に考えた結果、戻らない方が良いのではと思い始めているのである。

「帰りたくないわけじゃないけど……」

更に十二年後にトリップなんてしなければ、帰りたかった。でも十二年は大きすぎる。

両親や兄はまだ私を捜してくれているかもしれないが、今更私が帰ったところで向こうも困るのではないだろうか。

マスコミに追いかけられる可能性もある。

最悪、引っ越ししなければならないし、その後私が就職できるかも不明だ。

それに、これが一番の問題なのだが――。

「私、年を取ってないんだよねえ」

十二年後の世界にトリップした私は、容姿が全く変わっていない。

それも当たり前だろう。瞬《まばた》きしたら十二年経っていただけなのだから。

体感時間一秒にも満たない間に十二年が過ぎたのだ。身体も心も十九歳のままで未来に来てしまった。

これで日本に帰ったらどうなるか。

驚かれるだけでは済まない。

まず間違いなく病院に入れられた後、貴重なサンプルとしてどこぞの研究所行きである。下手をすれば海外に飛ばされる可能性だってある。

実験体として捏《こ》ねくり回されるのは目に見えている。人権なんてないも同然の扱い。

それならサハージャにいた方がまだマシなのではないだろうか。

サハージャの女性の扱いは酷いらしいが、私は現国王の婚約者として優遇されている。

衣食住が保証され、大切にしてもらえているのだ。

しかも聖女と見なされたことで、十二年後に現れようが、容姿が変わってなかろうが疑念を抱かれることがない。全てが「聖女が奇跡を起こしたから」で終わり。

はっきり言って、楽だった。

「どう考えてもサハージャにいた方が、精神的に楽な気がする」

女性軽視の酷い、奴隷制度のあるような国にいる方が楽なんて正気の沙汰《さた》とは思えない発言だが、実際そうなのだから仕方ない。

私を捜してくれている家族にはほんっとうに申し訳ないが、自分のためにも帰るのを諦めて、ここに残ろう。サハージャで生活の基盤を作り、生きていこう。

最近ではそちらの方向に舵《かじ》を切り始めていたのである。

ただ、兄に関してだけはもう一度会いたかったなと思っているが。

いや、両親にも会いたいのだが、それ以上に兄に会いたいのだ。

残念なことに私のブラコンぶりは相変わらず健在であった。

「お兄ちゃんにさえ会えれば、完全に気持ちを切り替えられるんだけどなあ……」

せめて「さようなら」くらいは言いたいところだが難しい話だ。

完全に気持ちを切り替えるにはもうしばらく時間が必要そうだなと思っていると、いつの間にか離宮に戻ってきていた。

玄関前には警備の兵がいて、私の姿を見ると頭を下げてくれる。

「お帰りなさいませ、聖女様」

「……ただいま戻りました」

何とも言えない気持ちになりながらも挨拶をする。

離宮の自分の部屋に入り、本を置いた。

「……こっちに残るとなると、それはそれでこの問題から逃れられないのよねえ」

日本よりサハージャとは思っているが、こちらに残った場合、重くのし掛かってくるのは『聖女問題』である。

今、私は皆から聖女だと認識されていて、サハージャに残るとなると、それが永続的に続くのだ。

だが、私に聖女の自覚などないし……それに今、一番困っているのが不治の病に冒された人たちが治してくれと詰めかけてきていることだった。

サハージャに聖女が現れたことは代理国王誕生と共に大々的に発表され、その結果、聖女の力を求めて多くの人たちがリベリオン王宮に殺到した。

皆が聖女を『病を治してくれる人』だと認識しているのだ。

だが、やれと言われてもやり方が分からないし、そもそもエランから禁止されている。

何せ聖女は力を使うと、ほぼ確実に時を超えるらしいので。

エランはそれを警戒している。

次に私が力を使ったら、何年後に跳ぶのか分からないから。

私としても二十年後とか五十年後に跳ばされても困るし、そもそもエランを治したのだって無自覚でやったこと。もう一度やれと言われたところでできる気など全くしない。

それに、たくさんいる救いを求める人の中からひとりを選ぶことなど私にはできないから。

皆を治せるわけではない。

ひとり治せば、私はその時代からいなくなってしまう。つまり助けた人以外全員を見捨てることになるのだ。

聖女などと言っても、万能なわけではない。

だから期待されても困るし、申し訳ないが私は聖人ではなく極々当たり前の人間なので「皆を助ける！」とは言えなかった。

知らない人を助けて、何十年も先の未来に跳ぶなんてしたくないのが本音。

だから頼むから、私のことを聖女なんて呼ばないで欲しいし、そういう扱いもして欲しくなかった。

私は皆の期待には応《こた》えられないのだから。

分け隔てなく手を差し伸べることのできるエランとは大違いだ。

「あー……考えれば考えるほど、暗い気持ちになってくる」

結局、日本に戻っても、サハージャに残っても、問題はあるのだ。どちらの方がマシか、くらい。

サハージャに残れば、エランとの結婚話もあるわけだし、今はまだそれを選べない私にとってはどちらを向いても詰んでいるとしか思えなかった。

とはいえ、悩んだところで答えが出るわけでもない。

そのうち何とかなるだろうくらいの気持ちで日々を過ごすのが楽だと気づいているので、普段はできるだけ考えないようにしていた。

「……ルビー」

ついつい考え込んでしまった己を反省していると、遠慮がちに部屋の扉がノックされた。

この声はエランだ。

「何？」

「少し良いか？」

「どうぞ」

入室許可を出すと、エランが中に入って来た。

今日の彼は白衣を着ていない。そういえば、朝から会議があると言っていたなと思い出した。

「もしかして今までずっと会議だったの？」

どこか疲れた様子のエランに気づき、聞いてみる。彼は頷き、近くの壁に背中を預けた。

「揉めて、無駄に時間を取られてしまった」

「ふうん。何かあったの？」

「そうだな。ヴィルヘルムの王子が今度、即位するらしい」

「へ？」

キョトンとしてエランを見る。慎重に聞いた。

「……それって、ヴィルヘルムの王様が亡くなったってこと？」

「いや、譲位だそうだ」

「へえ。でもなんでいきなり」

「理由は分からない。ヴィルヘルムは世継ぎの王子に男児が生まれるタイミングで譲位するのが慣例となっているが、今回、妃であるリディアナ妃の懐妊は発表されなかった。……だが、ヴィルヘルムには最近、王国を守護する精霊が姿を現したと聞く。もしかしたらそちらと関係があるのかもしれないな」

「精霊？　へー、やっぱり魔法がある世界だと精霊とかもいるのね！」

それは是非見てみたいものだ。

私が興味を持ったことに気づいたのだろう。エランがふっと笑った。

「そうだな。精霊はいる。だが、実際に姿を見た者は殆《ほとん》どいない」

「そうなの？」

「いる、と言われつつ、人前に姿を見せないのが精霊だ。僕も見たことはない」

「ふうん。それなのにヴィルヘルムには姿を見せたの？　贔屓《ひいき》？」

真面目《まじめ》に聞いたのだが、エランはブッと吹き出した。どうやら面白《おもしろ》かったらしい。

「贔屓ではないな。以前、話しただろう。ヴィルヘルムには神剣があると。代々王位継承者に受け継がれる神剣、それには精霊が宿るという逸話があったんだが、今回、その精霊が千年の時を経て目覚めたらしい」

「……そんなことあるのね」

千年というのはまた、気が遠くなりそうな年月だ。

驚いていると、エランは壁から身体を起こし、近くのソファへと座った。足を組む。

「目覚めた精霊は、神剣の現在の所有者である王子とその妃を守っているらしい。このところ、国内外その噂で持ちきりだ。如何《いか》にも神の加護があるというヴィルヘルムらしい話だな。まさか精霊の逸話が本当だとは思わなかったが」

「サハージャの聖女伝説だって、眉唾《まゆつば》っぽい感じがするからお互い様なんじゃないかしら」

人のことは言えないと告げると、エランは神妙な顔で頷いた。

「確かに。――それで、話は戻るが、フリードリヒ王子が即位することになり、その戴冠式に出席する……という話になった」

「エランは代理とはいえ、国王だものね。他国の祭事に出席する義務がある……か。名代として誰かを行かせるって方法もあると思うけど」

どうするのかなと思いながらも聞くと、エランは渋い顔をしながら言った。

「今回だけは僕が直接出向いた方が良いだろうな。即位した直後だ。ヴィルヘルムに挨拶しておきたいし、何より休戦協定を結ばなければならないから」

「休戦協定？」

なんだそれはと首を傾《かし》げると、エランは面倒そうに言った。

「戦争に負けたという話はしただろう。その後、兄上が行方不明になられたこともあり、いまだ正式な休戦協定を結べていないんだ。一応、仮では結んでいるが、早めに正式調印してしまいたい」

「あー……そっか。お兄さんが戻らなかったから、その辺りが後回しになったのね。なるほど」

そういうことなら、エランが行くべきである。

「でも、ヴィルヘルムに行けるのは羨《うらや》ましいかも。私も行きたい……」

エランからヴィルヘルムの話は色々聞いているので興味があるのだ。

平和な国というところもだし、前に見た小さな少年がどんな大人に育ち、どんな女性と結婚したのか、自分の目で確かめてみたかった。

あと、ちょっとした旅行気分にもなれそうだと思ったから。

「いいな……」

「……僕だって君を連れて行きたかった」

呟《つぶや》くと、エランがブスリと頬《ほお》を膨らませながら言った。

「ヴィルヘルムに出向くとなると、間違いなく日帰りは無理だ。転移門を使ったとしても数日は滞在することになる。そんな長い間ルビーと離れるなんて耐えられない。だから連れて行くと言ったのだが——」

どうやら大臣たちから猛反対を受けたらしい。

「大臣たち曰く、大事な聖女を国外に出すなんてとんでもない、だそうだ。僕も反論したのだが、受け入れられなくて」

「……そのせいで会議が長引いたとか？」

まさかまさかと思いながらも尋ねると、エランからは肯定の返事があった。

「その通りだ」

「嘘でしょ」

「連れて行く、行かせないで揉めに揉めた。結局、君は連れて行けないという結論になったのだが」

納得できないという顔をするエランを唖然《あぜん》と見つめる。

ものすごくくだらない理由で、会議が午後まで延びていたらしい。

すっかり呆《あき》れていると、エランがブツブツと言った。

「サハージャに君をひとり残していくなんてしたくなかったのに……」

「言っても仕方ないんじゃない？　私もできれば行きたかったけど、駄目と言われてまで行きたいとは言えないし」

「大臣たちは、僕がどれだけ君に執着しているか分かっていないんだ。知っていたらそもそも置いていけなんて言うはずがない。ルビーと婚約できていなければ代理国王の件だって引き受けなかったのだと、彼らはもう少し理解するべきだと思う」

「そんな大袈裟《おおげさ》な……」

代理国王就任については、エランしか即位できる人物がいなかったのだから、断りようもなかったと思う。だがエランは否定した。

「大袈裟なものか。実際、君との婚約が認められなかったら、何を言われたところで引き受けはしなかった。大体、どうして国王なんて面倒なもの、僕が引き受けなければならないんだ。僕は医者として生きていければそれで十分なのに……」

「相変わらずの面倒臭がり」

彼の口から飛び出した『面倒』の言葉に反応し、告げる。エランはムスッとしながら「実際面倒だろ。国王なんてなりたくない」と言った。

「国王なんて僕から言わせれば、何も良いことがない立場だ。今回引き受けはしたが、早く兄上にお戻りいただいて、さっさと引退したいのが本音。……兄上さえ、お帰り下さればな……」

心から告げられた言葉に、それは確かにそうかもしれないと思う。

それに子供の頃からエランが国王という立場に興味がなかったことを知っているので、今の彼の立場が望まないものであることも分かるのだ。

「早くお兄さんが帰ってくるといいわよね」

「本当だ。そうすれば毎日の会議からも書類からも、くだらない報告からも解放される」

「解放されるって……エランはお兄さんが帰るまでの間、少しでも国を良くしようとか、そういうことは考えないわけ？」

ふと気になったので聞いてみた。

エランが首を傾げる。

「……君は僕にそうして欲しいのか？」

「え、私？　なんで私なの？」

そこはエランの意思ではないのか。そう思ったが、エランは当然のように言ってのけた。

「君がそうしろと言うのなら、民のために働くのも吝《やぶさ》かではないが、そうでないのなら必要最小限以外は動きたくない。——僕は君に助けられたあの日、これから先を君のために生きようと決めた。だから、どれだけ不本意でも、君が国のために働けというのならそうするが」

「えっ……」

ものすごく重たいことを、あまりにもさらりと言ってくるエランにドン引きした。

「私のためにって……」

「僕を助けてくれたのはルビーだろう。誰もが僕を見捨てる中、君だけが最後まで僕に付き添い、それだけでなく助けてくれた。兄上のためにできることをしたい気持ちも確かにあるが、僕にとって最優先はルビーだ。君がして欲しいことはどんなことでも叶《かな》えてみせるから、何でも言うといい」

「えぇえ……」

「君が言うのなら、どんな面倒事でも引き受ける。たとえば、くっそ面倒臭い戦争だって君が望むのならしてみせるし、如何なる手段を使ってでも勝ってみせる」

エランの目は真剣で冗談を言っているようには見えない。

彼が私を好きなことは十分理解しているつもりだったが、思っていた以上に彼の愛は深く、拗《こじ》れているようだと気づいてしまった。

——ええ？　これ、もし私が振ったらどうする気？

今はまだ婚約段階だが、今後彼を知り、その結果やっぱり応えられませんと結論づけたところで納得してもらえるだろうか。今のエランを見ていると、すでに逃げられない状態なのではと思ってしまう。

——う、うーん。

エランのことは好きだが、それは家族愛みたいなものであって恋愛感情ではないので、こんなに重いことを言われても、困るとしか思えない。

だが、とりあえず私の意思ははっきり伝えておかなければ駄目だろう。

少なくとも戦争を肯定するような女と思われては困る。そう思った私は口を開いた。

「エラン。私は戦争とかそういうのは嫌いだから。皆が平和に、幸せに暮らせるのが好きだから覚えておいて」

「……平和に？」

「基本、暴力沙汰は嫌。無理やり人を従わせるようなやり方も嫌い。……他《ほか》の誰かを不幸にしてまで自分が幸せになりたいと思わないの」

今後、私のためにと暴走されることがあっては堪らない。そう思ったのだ。

エランが胡散臭《うさんくさ》げに言う。

「平和を望むとは、まさに聖女だな」

「そういうのじゃない。私、平和な国から来てるから、戦争とか人が痛い思いをするのとか、本当に無理なの。特にそれを私のためにやった……なんて言われた日には、罪悪感で押し潰される気しかしないから、絶対にしないで」

両手で大きく『×』を作り、必死に告げる。分かりやすくアピールしたのだ。

エランがぶつくさと言う。

「僕も戦争なんて面倒ごとは嫌いだ。ただ、それでも君が望むのならと思っただけで」

「思わない！　絶対に思わないから！　全く、なんでこんな話になるのよ……。私をヴィルヘルムに連れて行くとか行かないとか、そういう話だったはずでしょうに」

無駄に疲れたと溜息を吐く。

しかしヴィルヘルムか。

行けないのは残念だが、かの国に興味はあるので、その辺りもう少し詳しく知りたいところだ。

そう思った私は話題転換も兼ねて、エランに聞いてみた。

「ねえ、ヴィルヘルムの王太子夫妻ってどんな感じなの？　ほら、私、前にヴィルヘルムの王子様を見たって話をしたでしょう？　彼がどんな成長をしたのか、どんな奥さんを迎えたのか詳しく知りたいのよね。確か、ラブラブだって話だけど！」

ウキウキしながら尋ねると、エランは嫌そうな顔をした。

「……ルビーはミーハーだな。一応聞くが、本当にヴィルヘルムの王子に興味はないんだな？」

「あるわけないでしょ。一度ちらりと見かけただけだし、当時彼も少年。恋愛対象になるわけないじゃない……。今は大人になってるだろうけど、彼、既婚者でしょう？　私、既婚者に手を出したいと思うような屑ではないつもりなんだけど」

「……兄上は、フリードリヒ王子と結婚しようが、かの姫に夢中だったが」

「あ……！」

そういえばそうだった。

マクシミリアン国王が、フリードリヒ王子の奥さんに横恋慕した結果が、前回の戦争だったと聞いたばかりではないか。

「……ま、まあ、それはそれということで。というか、その件に関しては、私はお兄さんを擁護できないと思ってるから。どう考えても幸せいっぱいの夫婦に横入りするのはおかしいでしょう」

「……まあ、そうだな。それにルビーは、わりあい道徳を重視するタイプのようだから、心配する必要はない、か」

「人間、道徳心をなくしたら終わりだと思うの。エランも大事にしておこう」

真顔で告げるとエランは笑い「検討しておく」とだけ告げた。

検討ってなんだ。そこは遵守しますと答えるべきところだろう。

むむっとしていると「少し待っていろ」と言い、エランが部屋を出て行った。五分ほどで戻ってくる。手にはA4サイズほどの額縁を持っていた。

「絵？」

「ヴィルヘルム王太子夫妻の結婚式の時の絵姿だ。王太子夫妻の顔が見たいんだろう？」

「っ！　見せて！」

興味津々で告げると、エランは額縁ごと渡してくれた。

金髪碧眼《へきがん》の美青年と、ウエディングドレスを着た綺麗な女性が描かれている。

ふたりとも笑っていて、こちらまで幸せになれそうないい絵姿だった。

「可愛《かわい》い！」

女性は綺麗系の顔立ちをしていたが、笑顔がとても可愛い人だった。

薄茶色の長い髪を纏《まと》め、冠を被《かぶ》っている。

アメジストのような紫色の瞳。ウエディングドレスは薔薇《ばら》の刺繍《ししゅう》が施された豪奢《ごうしゃ》なもので、細身の彼女にとても似合っていた。青薔薇のブーケを持っている。

対して隣に立つ男性だが――絶世の美青年といっても過言ではないほど顔立ちが整っていた。

昔一度だけ見たあの少年が大人になった姿だと、一発で分かる。

怖いくらいの美形だ。

「……すご。『美』の集大成って感じ……圧力を感じる美貌だわ」

思わず呟く。

眉目秀麗《びもくしゅうれい》という言葉がこれほど綺麗に嵌まる人も珍しいのではないだろうか。

以前に見たのと同じ、金の縁取りをした黒い詰め襟軍服を着ているが、大人になった今では更に様になっている。

華麗な軍装を見事に着こなしたヴィルヘルムの王子。彼もまた冠――王子冠だろう――を被っていた。麗しい微笑みを浮かべている。

「……そういえば、すっごく強いって話だっけ？　この王子様」

エランから聞いたことを思い出し告げると、彼は「そうだ」と肯定した。

「サハージャにとっては悪夢の王太子で、ヴィルヘルムにとっては完全無欠の王太子だから」

「そうだったわね。……弱点とかないの、この人……？」

「あれば兄上は見逃さなかったと思うから、ないんじゃないか？」

「ええ……？」

胡乱《うろん》な顔でエランを見る。彼は肩を竦《すく》め、絵姿を覗《のぞ》き込んだ。

「完全無欠の王太子は伊達《だて》ではないという話だ。女性関係も綺麗なもので、溺愛する妃にしか興味を示さないと聞くから――そうだな。ある意味その妃こそが彼の弱点だと思う」

「ふうん。でも、綺麗な人よね。それなのにすごく可愛い。……ねえ、この胸の青薔薇の入れ墨は何？」

満面の笑みを浮かべる女性の左胸には大きな青い薔薇の入れ墨が彫られていた。

緻密《ちみつ》な薔薇の入れ墨はとても綺麗なものだが、どうして入れ墨なんてあるのだろう。

「それは王華《おうか》といって、ヴィルヘルムの妃には皆あるものだ。夫の象徴華が彫られるという話で、フリードリヒ王子の象徴華は青薔薇。だから青薔薇が彫られている」

「へえ……お国柄的なものなのね。でもこんな目立つ場所にでかでかと彫ったら、離婚とかなった時に大変そう……」

消すのも一苦労だなと思ったのだけれど、エランは不思議そうな顔で反論した。

「離婚？　ヴィルヘルムの王族に離婚という概念はないぞ。王華が消せない花というのは有名な話だ」

「え、そうなの？」

離婚が許されないと聞き、驚いた。

何せ日本は結婚した夫婦の三割が離婚する社会だから。

「へえぇ……じゃあ夫婦仲が悪くなったら……あ、そうか。王族だものね。一夫多妻だから別の奥さんを迎えればとか、そういう話になるの？」

私にとっては胸くそ悪い話でしかないが、この世界にはこの世界の常識がある。そういうものだと言われてしまえば、私に否定する権利などないのだ。

それに王族だし。

だが、エランは否定した。

「いや、ヴィルヘルムの王子は確か婚約時に、一夫多妻の権利を放棄していたはずだ」

「え、じゃあ奥さんと仲が悪くなっても離婚もできないし、新しい奥さんを迎えることもできない？」

「そうなるな。だが大丈夫だろう。王太子夫妻の仲の良さは有名だし、フリードリヒ王子にはたったひとりを愛し続ける自信があるのだと思う」

「へええ。旦那《だんな》様の鏡ね！」

奥さんひとりを愛し続ける覚悟があるなんて素敵だ。

目を輝かせながら告げると、エランも同意した。

「そうだな。僕も彼とならば話が合うのではないかと思う」

「エランが？」

「たったひとりと決めた相手だけがいればいい。彼の考えは僕と同じものだから」

「……」

告げられた言葉を聞き、どう返せばいいのか困ってしまった。

彼の言う『たったひとり』が私のことだと理解してしまったからだ。

エランも笑うだけでそれ以上は言わなかった。それにホッとし、尋ねる。

「で？　ヴィルヘルムにはいつから行くの？」

「戴冠式の三日前だな。本当はもう少し早めが望ましいが、仕事の関係もあってそれ以上早くは難しい。先方には予《あらかじ》め伝えておくつもりだ」

「戴冠式。エランはしなかったやつよね」

「僕はあくまでも代理国王でしかないから必要ないし、兄上に申し訳ない」

とはいえ、もし二年経ってもマクシミリアン国王が戻らなければ改めて戴冠式の話は出てくるだろう。

エランがサハージャの正式な国王になるのか、その時彼の側に私がいるのか、その辺りはまだ分からないけれど、もし彼が戴冠式をするのなら近くで見たいなと思った。

「ヴィルヘルムの戴冠式はいつ？」

「二ヶ月後だな。ヴィルヘルムでは先月戴冠式のふれが出たのだが、あまりにも早い日程に、ヴィルヘルムの王城はてんてこ舞いだそうだ」

「戴冠式まで三ヶ月。それって大変なの？」

いまいちピンとこないと思って聞くと、エランからは「譲位なら、一年〜二年掛けるのが普通だ」と返ってきた。

どうやら異例の早さらしい。

とはいえ、ヴィルヘルムの新国王の戴冠式が早かろうが遅かろうが、行けない私には関係のないこと。

エランに「お土産《みやげ》話を期待してる」と言い、その話は終わりとなった。

◇◇◇

「じゃあ、行ってくる」

「行ってらっしゃい」

二ヶ月後、エランは転移門という、一瞬で目的地へ行ける魔術を用いた移動法を使って、予定通りヴィルヘルムへと旅立った。

私は見送りに行ったが、転移門から白い光が立ち上り、エランの姿が消えたのを見た時は、そういうものだと分かっていても驚いてしまった。

ヴィルヘルムの王都まではかなり距離がある。そこに一瞬で到着するというのだから、魔法や魔術のある世界はすごい。

中には自分の魔力だけで空間転移する『帰還魔術』という魔術を使う人もいるらしいが、帰還という言葉通り、行ける場所は一ヶ所だけで、どこでも自由自在に跳べるわけではない。

跳ぶ距離に応じて使う魔力量も膨大になるという話だし、それなりに使えるのはほんの一握りの限られた人だけ。人が自力で好きな場所に転移するのはまだまだ難しいみたいだ。

とはいえ、転移門の存在があるので、そこまで必要な魔術でもないと思うが。

エランの見送りを終え、転移門のある部屋から出る。

離宮に戻るためだ。

実はエランから頼まれた用事があって、それを先に済ませてしまおうと考えていた。

離宮に続く道を歩く。

エランの離宮は、本館から二キロくらい距離があり、ちょっとした散歩気分になる。

時折、巡回中の兵士と出会い、頭を下げられる。聖女かつ代理国王の婚約者ということで、今やすっかり皆に顔を覚えられていた。

「離宮にお戻りですか？　よろしければ、警護いたしますが」

「声を掛けてくれてありがとう。でも大丈夫よ」

護衛を申し出てくれた兵に断りを告げる。まだ明るいし、王宮の敷地内に関してはひとりで出歩いても問題ないからだ。

今や聖女として知れ渡った私を、皆、尊重してくれる。だが、もし私がただの女官だったり下働きだったりすれば、彼らの対応はガラリと変わるだろう。

王宮だって途端、安全なものではなくなる。男性に搾取される危険を常に抱えていなければならない。それがサハージャという国だから。

「そういう意味では、聖女って肩書きは大事なのよね……」

女性としてサハージャで生きていくために、今私が持っている『聖女』と『代理国王の婚約者』の肩書きはとても心強いものだ。

本音を言えばどちらも要らないのだけれど、それを無くせば離宮から出ることすら難しくなってしまうのは分かっていた。

「聖女も婚約者も嫌だけど、この肩書きで得られる楽さを覚えてしまったあとでは、要らないとは言いづらい……」

一体どうすれば良いのか、実に悩ましい話だ。

とはいえ、答えの出ない問題についていつまでも悩んでいるのは馬鹿らしい。ひとまず棚上げしておくことにする。

考えることは大事だが、ひとつの事象に囚《とら》われても碌《ろく》なことがないからだ。

「そう、そうよね。うん、考えるのはここまでにしよう！」

基本、楽観的なので、気持ちを切り替えるのは得意。

それよりも、今日のこれからの予定について考えたい。そう思ったところで、どこからかクスクスという笑い声が聞こえきた。

「誰？」

立ち止まり、周囲を見回す。

私が今いるのは、道の両端に背の高い木々が多く植えられている場所だ。

昼間なので明るいし、見通しも良い道だが、周囲に人の姿は見えない。

だが、何か小さなキラキラした光の塊が目の前を通り過ぎていくのが見えた。

先ほど聞こえたものとは別の、子供のような笑い声も聞こえる。

「何？」

あ、と思った時には、光は消えていた。

声ももう聞こえない。

「今の、なんだったのだろう。気のせいかな」

首を傾げつつも、気味が悪いので足を速める。そんな私の真後ろから声がした。

「こっち。無視しないでよ。傷つくなあ」

「ぎゃあっ⁉」

首筋に生温かい息が掛かる。あまりの驚きに変な声を上げてしまった。

「だ、誰ッ⁉」

バッと振り向く。いつの間にか、ひとりの男性が立っていた。

黒い神父服を着た柔和な顔立ちをした人。胸元には十字架のネックレスがあったが、それは普通のものではなく、逆十字となっていた。

肩まである真っ直ぐな黒髪と、深淵を覗き込んだかのような暗い色の瞳に息を呑む。

先ほど確かめた時は確かに誰もいなかったのに、突然現れたようにしか見えない不気味さが怖かった。

「やあ」

青年がニコニコと笑いながら片手を上げる。

一見、好意的に見えるが、何故か酷く恐ろしいものと対峙《たいじ》したような気持ちになった。

恐怖で心臓がバクバクと大きな音を立てている。

――今すぐ逃げなければ。

そんな気持ちに駆られ、だけども怖さで腰が退ける。

恐怖に震える私を見た彼が、コテンと首を傾げた。

「怯《おび》えないでよ。僕まだ君に何もしていないよ？」

「お、怯えないでって……わ、私、何も……」

「そんなに分かりやすく警戒しておいて何を言ってるんだか。ま、君の警戒は確かに正しいとは思うけど、僕はプロだよ？」

「プ、ロ？」

どういう意味だろう。窺うように男を見ると、彼は足下の小石を蹴り、私に言った。

「仕事でもないのに手は出さないってこと。信じてほしいんだけどなあ」

笑っているが、笑顔が底知れない暗い沼を思い出させて、怖くて仕方ない。

身体が勝手に震え出した。抑えようと己の身体を抱きしめる。

そんな私を見て、青年はつまらなそうな顔をした。不満げに告げる。

「……ヴィルヘルムのお姫様は普通に話してくれたのに、君は駄目だね。何にもしてないのにビビっちゃうんだ。ま、危機意識が高いっていうのは評価されるべきところだと思うけど、僕相手には意味がないよ。だって――警戒する前に殺すから」

「っ……！」

ビリビリとした殺気のようなものを向けられ、思わず尻餅をついてしまった。

起き上がろうとするも、身体の震えが収まらず、動けない。

そんな私に男がゆっくりと近づいてくる。まるで具現化した『死』が忍び寄ってくるかのように見え、表現しようのない恐怖に息が止まった。

「ひっ……」

――エラン、助けて……！

まともに声が出ない。心の中で咄嗟《とっさ》に呼んだのは、どんな時でも頼りにしてきた兄ではなく、何故かエランの名前だった。

どうしてかは分からない。だけど私の脳裏にあったのは、いつも私を気にしてくれるエランの姿で――。

「怯えないでって言ってるのに。君に危害を加えるつもりはないから。頼まれ物を取りにこっちに戻ったら、見ない顔の子がいたから声を掛けただけなんだ」

「た、頼まれ、もの……？」

ビクッと身体を揺らす。普通の会話すら怖かった。そんな私を男が深淵を感じさせる瞳で見つめてくる。

「うん。あ、そういえば彼、まだ戻ってきていないみたいだね」

「……彼？」

男の言う言葉の意味が全く分からない。

言葉は通じているはずなのに、理解できないのだ。

顔を引き攣らせながらも尋ね返すと、男は「うん」と軽い口調で言った。

「そう、彼。嘘つきでどうしようもない人。でも意外と慕われていたみたいでさ。――まあ、僕にはもうどうでもいいことだし、君にも関係ない話かな。でも、もし彼に会ったら伝えてくれる？　――次はない、って」

ゾッとするほどの殺気を込め、男が告げる。

彼が言っている『彼』が誰のことなのかも分からないし、何を言っているのかもいまだ理解不能だったが、それを問い質《ただ》すだけの余裕はなかった。

ただ、コクコクと首を縦に振る。一刻も早く、この時間から解放されたかった。

「――シエアト」

ブルブルと震えていると、今度は女の人の声がした。見ればいつの間にか男の人の隣に、綺麗な女の人が立っている。

どこから現れたのだろう。彼女は身体の線を強調するような黒いドレスを着ていた。

「そろそろ行きましょうよ。ここにいたって仕方ないでしょう？」

「勝手についてきたくせに勝手だなあ。僕のやることに口出しするなら置いて行くよ」

「嫌よ。あなたについていくのが一番面白そうなのに。陛下、お戻りになられていないのね」

「みたいだね。さて、うるさいのも来たことだし、僕は行くよ。話しかけて悪かったね。面白そうだと思ったんだけど、どうやら君は普通の子みたいだ」

じっと見据えられ、口をキュッと噤《つぐ》む。女の人が馬鹿にするような口調で言った。

「やめなさいよ。あなたに萎縮《いしゅく》しない子なんてそうはいないでしょ」

「それが今までずっと萎縮しない子ばっかりだったんだよね。だから吃驚《びっくり》した」

「ヴィルヘルムのお姫様のことを言っているのなら、あれは例外。この子の反応が普通なのよ」

「みたいだね。じゃ、元気で。サハージャで生き延びるのは難しいだろうけど、彼がいない間ならなんとかなるかもね。今の内に逃げといた方が身のためだと思うよ。これは僕からの忠告」

柔らかく笑って告げる男の人。そんな彼に女の人が「どういう風の吹き回しよ」と突っかかった。

「初対面の女に忠告なんてらしくもない。あなたが興味あるのは赤の死神だけじゃなかったの？」

「カインは特別だから一緒にしないで。それにこういうのもたまには良いでしょ。慈善活動ってやつだよ」

「慈善活動？　あなたが？」

信じられないという顔をする女性を無視し、男の人が私を見る。

「じゃ、二度と会うことはないと思うけど、また。――君に神のご加護があるといいね」

男性がバイバイ、と手を振る。子供っぽい仕草だったが、次の瞬間にはふたりとも姿が消えていた。

「……はふっ……」

知らず止めていた息を吐き出す。

「はあ、はあ、はあ……」

心臓がまだバクバクしていた。酷く恐ろしいものに遭遇した心地だった。

今、私が出会ったのは何だったのか。

ただ、自分が非常に運が良かったのだろうということだけはなんとなく気づいていた。

何かを少しでも間違えれば、きっと私は死んでいた。

そう確信できる、命の危機を感じる脅威がさっきの男性にはあったから。

「今の、なんだったの……？」

あの男の人が現れた瞬間、空気が変わったような気さえした。

日本にいた頃には経験しなかった悍《おぞ》ましさを思い出し、恐慌状態に陥りそうになる。

あんなに怖い人がサハージャにはいるのだ。

「……」

なんとか気持ちを落ち着かせ、埃《ほこり》を払いながら立ち上がる。腕を見れば鳥肌が立っていて、まだ先ほどの恐怖が残っているのだと気づかされた。

「……怖かった」

彼らがどういう人たちなのか気にはなるが、説明してくれそうなエランは先ほどヴィルヘルムに旅立ってしまった。

他に頼れる人もいないので、エランが帰ってから聞くことにしようと決める。

震えの残る身体を叱咤《しった》激励しながら離宮に戻ったが、幸いにも彼らの姿を再び見ることはなかった。

すっかり疲れ果てた気持ちで玄関の扉を開ける。エランが代理国王になってから派遣された侍従のひとりが「お帰りなさいませ」と言って出迎えてくれた。

それに心底ホッとしつつ、温かい飲み物をお願いした。

どうにか気持ちを落ち着かせたいと思ったのだ。

自室に入り、近くのソファにぐったりと座り込む。

恐怖とはこんなに疲労感を伴うものだったのだなと実感していると、先ほど声を掛けた侍従がホットミルクを持ってきてくれた。

「どうぞ」

「ありがとう」

ホットミルクを受け取り、一口啜《すす》る。ホットミルクはほんのり甘く、その甘さが拭いきれなかった恐怖を取り払ってくれた。

「はあ……美味《おい》しい……」

身体が温まってくると、ようやく心の底から安堵できた。緊張からガチガチに固まっていた身体が解《ほぐ》れていく。

ホットミルクをゆっくり味わい、気持ちが落ち着いたところでコップを置いた。

「ふう……よし、動けるかな」

怖い思いをしたのだ。

できれば今日くらいは自分の部屋に引き籠もっていたかったが、まだエランからの頼まれ事が残っている。しかもその頼まれ事というのは、薬を届けること。

エランが診ている患者さん、あの事故に遭った例の少年に、どうしても今日薬を届けなければならなくて、私がその任を引き受けたという経緯があった。

実はあの後、彼は熱を出したのだ。予後があまりよくなく、エランはかなり気に掛けていた。薬も必要日数分渡していたのだけれど、数え間違えしていたことに気づき、急遽《きゅうきょ》渡しに行くことになった。

私が届けに行くのを最後までエランは渋っていたが、彼が貧しい民をこっそり往診していることを王宮の人間は殆ど知らないので頼めない。

御者など知っている者も数人いるが、彼らはエランが貧民に施しをすることをあまりよくは思っていなくて、それを知っているだけに頼めなかった。

結局、消去法的に私が行くしかなかったのだ。

ただ、女性の格好で行くと、たとえ馬車を使っても危ないので、男装を忘れるなと念押しはされたけれど。

サハージャの王都の治安が終わっているのは分かっているし、あの少年は男装姿の私しか知らない。注意されなくても、男装するつもりではあった。

男装時に使っていた執事服を取り出し、手際良く着替える。

従者が主人に頼まれて、街に買い出しに行くのはよくあることだから、自然な感じを装えるだろう。

髪の毛をひとつに纏めて、鏡を確認した。

己の男装姿を見て、最近ではあまり思い出していなかった名前を呟く。

「……お兄ちゃん」

私が男装するにあたり、参考としていた人。

誰よりも懐《なつ》いていた、愛《いと》しい従兄《いとこ》。

久しぶりに彼のことを思い出し、もの悲しい気持ちになった。

兄は今頃何をしているだろうか。

十二年経っても、まだ私を捜してくれているだろうか。それとも法的には死んだ私のことなんて忘れてしまっただろうか。

唐突に日本のことを思い出してしまい、こんな時だというのに泣きたくなってしまった。

「あー……駄目だ」

怖い思いをしたことが引き金となったのだろうか。

急に日本に帰りたい気持ちが強く溢《あふ》れてきた。

こんな怖い世界にいたくない。平和で安全な日本に帰りたい。

帰ったって私の居場所なんてもうなくて、下手をすれば研究所送りだと分かっているのに、それでもここから去りたいと願ってしまった。

「……っ！　駄目」

ばん、と己の頬を思いきり叩く。

負のスパイラルに呑み込まれ、どんどん思考が暗くなっていることに気づいたのだ。

駄目だ。考えない。

考えたところで解決方法なんてどこにもない。

なるようにしかならないのだと自分に何度も言い聞かせた。

「もう……最悪」

もう一度鏡を見る。そこには酷く疲れた顔をした中途半端なコスプレ執事女が映っており、それに更にうんざりとさせられた。

◇◇◇

「お大事に」

無事、エランのお使いを終え、少年の家を出る。

男装している甲斐《かい》もあり、彼は私が聖女だと気づいていないようだが、もし私が今噂の聖女だと知ったら、どうするのだろうかとふと、考えてしまった。

王宮に詰めかけてくる人たちと同じように「今すぐ治してくれ」と迫るのだろうか。

そう言われたところでやり方なんて分からないし、何十年も未来にトリップする危険性を考えれば断る一択なのだけれど、嬉しそうに薬を受け取っていた彼の態度がガラリと変わるかもしれないと思うとやりきれなかった。

「やっぱり聖女なんて何一ついいことないじゃない……」

小さく呟き、待たせている馬車へ戻る。タラップを上ろうとしたが、すぐ近くで揉めているような声が聞こえ、足が止まった。

「……ん？」

声のする方向を見ると、そこには背の高い細身のおばあさんと、彼女を取り囲む三人の男がいた。

おばあさんはフードを被っているが、身なりはよい。だが、そのせいで絡まれているのだろう。

老婆なんてカモにするにはうってつけ。

おばあさんとは逆に、見窄《みすぼ》らしい格好をした男たちはニヤニヤとしながら彼女に絡んでいた。

「なあ、俺たち腹が減ってるんだ。恵んでくれよ、金は持ってるんだろ？」

「具体的には有り金、全部置いてけ？」

「身ぐるみ剥《は》がれたくなけりゃ、今すぐ金を出しな。とはいってもばあさんの裸なんて誰も見たくないけどな」

ギャハハハ！　と下品に笑う男たち。

無意識に眉が寄った。

こういう人たちは、残念なことに日本にもいた。

そういう時、私はできるだけ関わらないようにしていたのだけれど、さすがに今日は無視をすることはできなかった。だって囲まれているのはおばあさんだ。

これで見ない振りなんてしたら寝覚めが悪すぎるし、きっとずっと後悔する。

それが分かっていたから、私は馬車に乗るのをやめて、男たちのところへ向かった。

最悪殴られることも覚悟し、口を開く。

「あなたたち、一体何をしているんです……って、は？」

最後、変な声になったのは勘弁して欲しい。

だって、私も意味が分からなかったから。

男たちに囲まれていたおばあさん。彼女がニヤリと笑ったと思った次の瞬間、目の前にいた男が勢いよく吹っ飛んでいったのだ。

「え……？」

何が起こったのだろう。

唖然とする私を余所《よそ》に、おばあさんが吃驚するほど機敏に動く。

現状を理解できずに目を丸くする。先ほどとは別の男の鳩尾《みぞおち》に一撃入れた。

「うがっ……」

おばあさんが繰り出したものとは思えない速さと重さを感じさせる攻撃に、男が一瞬で地面に沈む。

「……」

あんぐりと口を開く。

おばあさんがファイティングポーズを取り、華麗にステップを踏んでいる。

光の速さで足を踏み出す。残った最後のひとりもあっという間に片付けてしまった。

「わ、わあ……」

キレのありすぎる動きに目が丸くなる。最近のおばあさんはこんなにも機敏に動けるのか。

絶対に私より健康かつ、強い。

「HA　HA　HA！　このあたし様に勝とうなんて百年早いよ。修業して、出直してきな！」

「……」

「ほれほれ、あたし様から金をむしり取ろうとしていたんだろう？　良い度胸じゃあないか。やれるものならやってみな？　え、こら」

地面に横たわる男たちの頭をグリグリと踵《かかと》で踏みながら、おばあさんが低く告げる。

もう、なんというか、ものすごくお強い。

おそらくお零《こぼ》れを狙おうと考えていたであろう、少し離れた場所から様子を窺っていた他の男たちが、顔色を変えて姿を消した。

とうてい自分たちでは勝てないと察したようだ。

おばあさんは男たちを甚振《いたぶ》っていたが、やがて飽きたのか彼らを思いきり蹴飛ばしてから私を見た。

「そこのあんた」

「は、はいっ！」

思わず姿勢を正す。

おばあさんは真っ直ぐ私のところまで歩いてくると、視線を合わせてきた。

なんと、私より背が高い。

「え、えっと、何かご用でしょうか」

「さっき、あたし様を助けてくれようとしただろう。ありがとうねえ」

「えっ……」

「女の身で怖かっただろうに勇気を出してくれたんだねえ。あたし様は大丈夫だから無視してくれればよかったのに、優しい子だね」

「い、いいえ、結局何もできていませんし」

どうやら彼女は、私が女だと気づいていたらしい。驚いていると、彼女は目を細め、私に言った。

「助けてくれようとした、その気概が大事なんだ。だって他の奴らはあたし様が囲まれていることに気づいても、見て見ぬ振りを決め込んでいたからね」

「……私も、そうしようかなって一瞬思いました」

「でも、しなかっただろう？　なかなかできないことだ」

何故か、よしよしと頭を撫《な》でられた。

おばあさんは被っていたフードを取り払うと「あたし様はミーシャって名前だ。あんたは？」と、にっこり笑って聞いてきた。

綺麗な紫色の瞳。長く真っ直ぐな白髪を高い場所でポニーテールにしていた。

よく見ると、ローブの下につなぎのような服を着ている。

確かにおばあさんだが、キリッとして格好良い、とても素敵な女性だった。

「わ、私はアスカルビーという名前で……」

「ん？　なんだ、あんた、偽名を使っているのかい？」

「えっ……」

当たり前のように偽名と言われ、ドキッと心臓が跳ねた気がした。おばあさんを見つめる。

「ミーシャさん、あの……」

「ああ、どうして偽名がバレたかって？　あたし様は魔女なんだ。千里眼の魔女って言えば、結構有名なんだが……異世界から来たあんたは知らないだろうね」

「魔女……」

気負う様子もなく魔女だと告げるミーシャさん。

彼女は大きく口を開けて笑うと「ちょっと、こっちにおいで」と道の端へと私を連れて行った。

「魔女と言って分かるか？」

「は、はい……えっと、世界に七人いるってことくらいなら……」

以前にエランから聞いたことを告げる。

ミーシャさんが魔女だということに疑いはなかった。だって彼女は私が偽名を使っていることも、異世界トリップしたことも知っているようだったから。

「その……私のこと、どうして……」

声がカラカラに乾いていた。ミーシャさんがあっさりと告げる。

「あんたがこっちの世界に来たことには気づいていた。他の奴らは別のことに気を取られていて、あんたのことまで見えていなかったみたいだけどね。あたし様は千里眼の魔女だから、全部見えているのさ」

「千里眼の魔女……？」

さっきも言っていたなと思いながら首を傾げる。

「魔女、それぞれに付けられる異名だ。サハージャの魔女なら、毒の魔女という異名がついている」

「毒の魔女……すごい名前ですね」

ずいぶんと物々しい異名である。

目を丸くしているとミーシャさんがニヒルな笑みを浮かべながら言った。

「つい最近、毒の魔女は封じられたけどね。基本、人の縄張りには出向かないのが魔女なんだが、ちょっと事情があって足を延ばしたんだ。まあ、次への布石ってやつさ」

楽しげに語るミーシャさんだが、彼女が言っていることの半分も分からない。

封じられたとか、縄張りとか、布石とか、一体どういう意味なのだろう。

戸惑っているとミーシャさんが私の目を覗き込んでくる。

「あんたに会いに来たんだよ。でもまさか、その会いに来た当人に助けられるとは思わなかったけどね。……よし、よければひとつ、占いでもしてやろうじゃないか。あたし様の占いは百発百中。初回サービスとして、どんな内容でも占ってやるよ」

「占い、ですか？」

「魔女は、占いを使って人を導くんだ。あんたも知りたいことのひとつやふたつ、あるだろう？ あたし様が得意なのは主に人捜しだが、他のことだってできないわけじゃない。望みがあるのなら言ってみな」

「望み……」

いきなり望みと言われても戸惑うだけだ。だって私の望みは人捜しなんかではなくて――。

「……聞くだけ聞きたいんですけど、元の世界に戻る方法とかご存じですか？」

十二年が過ぎ、帰ることをほぼ諦めかけているのが現状ではあるが、可能か不可能かは知りたかった。

　ミーシャさんが眉を寄せる。そうして申し訳なさそうに言った。

「悪いが、力になれないね。あんたが聖女としての力を使う前なら帰れたが、力を使った今は不可能。元の世界には帰れない」

「っ……」

　聖女の力と言われて、ドキッとした。でも千里眼と呼ばれる魔女なら、これくらいは知っていても当然なのかもしれない。

　あと、元の世界に帰れないと聞いて、やっぱり少しショックを受けた。

　帰れないだろうなと思っていても、実際に帰れないと断言されるのは違うのだ。

「……帰れない、んですか」

「帰れないね」

「聖女の力を使ったから、ですか？」

「そうだ。聖女とはあたし様たちとはまた違う特別な力を持つ者。力を使うことで初めて聖女として目覚める。今のあんたはもう骨の髄までこの世界の人間になってしまっているから元の世界が受け入れないよ。まあ、それでもメイサならなんとかするかもだが、少なくともあたし様には無理だね」

　無理、の言葉が胸に突き刺さる。

　思っていたよりずっと動揺していた。

「そう、ですか」

「あんたが、あのエランという男を助けなければ、帰る方法もあったんだがね」

「えっ……」

「帰りたいんなら、本当に馬鹿なことをしたもんだよ」

しみじみと告げ、ミーシャさんがじっと私を見てくる。試されているような目線に、胸がざわついた。

「わ、私……」

何を言って良いのか分からなかった。

エランを助けなければ日本に帰れたと言われたことがものすごくショックで、でも同時に「だからどうした」とも思った。

そう、だからどうした、だ。

それは私にとって理由にはならない。なってはいけないのだ。

私はグッと拳《こぶし》を握り、口を開いた。

「ミーシャさんのおっしゃることが本当だとしても、私、エランを助けたことを後悔していません。私、エランに死んで欲しくなかったから、助かってくれて本当に嬉しかったし、たぶん今同じ状況になったとしても、エランのことを見捨てられないと思うので」

だからそれはいい。

エランを助けたのは偶然だけど、助けられてよかったと心から思っているし、彼を助けなければ日本に帰れたと聞いても、その気持ちは変わらない。

私が日本に戻ることとエランの命。

どちらを取るかと問われたら、私は当然エランを取る。

彼を見捨てて帰ることに意味はない。日本に戻れないと確定したのは本当に残念だが、いつかは仕方なかったと納得できると思うから。

もちろん今はショックを受けているし、泣きたい気持ちがないとは言わないけれど、私が何より残念だと思っているのは、実はそこではなかった。

――もう二度と兄に会えない。

それが確定したことが何よりも悲しかったのだ。

「最後にもう一度、お兄ちゃんに会いたかったなあ」

両親や友達の顔も見たいが、私が何より会いたいのは兄だ。

その兄と再会する道が閉ざされたことが無念だった。

ミーシャさんが呆れたように言う。

「なんだ。あんたは兄に会いたいのか？」

「まあそうですね。私、結構ブラコンなので。忙しい両親の代わりに面倒を見てくれたのが兄だったこともあって、どうしても兄に特別強い気持ちを抱いてしまうんです」

あはは、と笑う。上手《うま》く誤魔化《ごまか》せたと思ったのだけれど、ミーシャさんには強がっていることがバレてしまったようだ。少し考えるような素振りを見せたあと、彼女が言った。

「……兄ねえ。それなら、その兄とやらについて占ってやろうか？」

「え？」

「あたし様を見くびってもらっちゃ困るよ。あたし様の占いは異世界だろうと有効。千里眼の名は伊達じゃないってところを見せてやろうじゃないか」

「え、いや、占ってもらっても」

異世界にいるのならどうしようもないと思ったが、ミーシャさんは腕まくりしながら言った。

「腕が鳴るねえ！　元気にしてると分かるだけでも違うとは思わないか？」

「そ、それはそうかもですけど……」

一瞬、逆に病気になっているとかだったら助けようがないので、よりどうしようもないのではとも思ったが、やはり兄の現状を知りたくないとは言えなかった。

ミーシャさんが懐から片手大の水晶玉を取り出す。

「わ、水晶玉」

如何にも占いをするという感じがして、テンションが上がる。

私の目が輝いたのが分かったのだろう。ミーシャさんが自慢げに言った。

「HA　HA　HA！　占いには水晶を使うのが一番いいんだよ！　さあて、あんたの名前とその兄とやらの名前を言いな。偽名は駄目だよ。ちゃんと占えなくなるからね」

パチン、とウインクをし、ミーシャさんが言う。

今まで隠してきた本名を名乗ることに多少の抵抗はあったが、彼女の目を見て言おうと決めた。

「……私は、七扇飛鳥《ななおうぎあすか》。兄は七扇紫苑《しおん》と言います」

ひと息に告げる。

この世界に来てから初めて告げた自らの名前。なんだろう。不思議と、ようやく地に足をつけられたような気がした。

「よろしくお願いします」

「いいともさ。このあたし様に任せときな！」

頭を下げた私にミーシャさんは頼もしく頷くと、水晶玉を上に向かって放り投げた。水晶玉は空中に留《とど》まり、青白い光を放つ。

それをじっと見ていたミーシャさんがふむふむと頷いた。

「ミーシャさん？」

私には何も見えないが、彼女には何か読み取れたものがあったのだろうか。

水晶が光を失い、ミーシャさんの手元に落ちてくる。彼女はそれを掴《つか》むと、懐へしまった。

そうして興味深そうな顔で私を見る。

「？」

「……あんた、あの男の縁者だったのか」

「？　何の話です？」

あの男とはそもそも誰のことか。首を傾げていると、ミーシャさんは「七扇紫苑のことだよ」と言った。

「あんたお尋ねの七扇紫苑とやらは、この世界にいるよ。いや、違う。もうすぐこの世界に戻ってくる、が正解だね」

「えっ……」

告げられた言葉に目を見開く。慌てて言った。

「お、お兄ちゃんがこの世界に戻ってくるって、どういう意味ですか⁉　私のお兄ちゃんはれっきとした日本人ですよ！」

こちらに跳ばされる、ならまだ分かるが、戻ってくるは意味不明だ。だが、ミーシャさんは言った。

「戻ってくるで間違っていない。そもそもね、あの男は一度こちらの世界に迷い込んでいるんだ。それを魔女三人とヴィルヘルムの王太子夫妻が力を合わせて、元の世界へ返した」

「へ……え、え？」

「ちなみにあたし様は関与していない。興味もなかったしね」

「……」

情報量が多すぎて、なかなか理解が追いつかない。

信じられない気持ちでミーシャさんを見つめる。彼女は私を見ると、ニッと笑った。

「あの男はあんたがこちらに来たタイミングとほぼ同時にこの世界に来ている。ただし、着いた時間も場所も何もかも違うがね。あの男が着いたのはタリムで、あんたはサハージャ。あの男が辿《たど》り着いた時間は今から数年前で、あんたはもっと前。ほうらね、バラバラなんだ」

「お兄ちゃんが……こっちにいた？」

予想もしなかった話に目を丸くした。

お兄ちゃんが、私と同じ世界にいた。場所も時間も違うけど、それでも同じ大陸にいたのだ。

「嘘……」

俄《にわか》には信じがたい話だ。だがミーシャさんはなにが楽しいのか、クツクツと笑っている。

「せっかくデリスたちが苦労して帰してやったっていうのに、戻ってくるとはね。いつ、どこに着くのか正確なところまでは分からないが、あの魔具を持っているのだから帰ってくるのは確実。せいぜい探してみると良いんじゃないか？　大事な兄なんだろう？」

「……」

「ちなみにあんたの兄も、もう向こうには戻れないよ。世界の移動なんて、ただの人間がそう何度も都合よくできるものじゃない。彼はこれが最後。間違いなく、生涯この世界で過ごすことになるだろう」

「お兄ちゃん……」

「それを理解して戻ってくるんだから、よほど戻りたい理由でもあったんだろうよ。せっかく元の世界に帰れたというのに馬鹿なことをするもんだ」

「……」

ミーシャさんの話を黙って聞く。

彼女が嘘を言っているとは思わなかった。だってミーシャさんの話はあまりにも具体的すぎたから。

即興で吐く嘘にしては完成度が高すぎる。

だけど、日本で兄がどうしているのか、ただそれを聞きたかっただけなのに、返ってきた答えは

『兄がこの世界に戻ってくる』というもので、頭を抱えたくなる。

しかも私と同じで兄ももう日本に帰れないとか、一体どうなっているのだろう。

「……お、お兄ちゃん、またタリムに行くんですか？」

「さて、それはどうだろう。さっきも言ったが、現段階であの男はこちらの世界に来ていないからね。ただ、前回は最終的にヴィルヘルムに居着いていたようだ。今回も同じとは限らないが」

「ヴィルヘルム……」

エランが今行っている、もうすぐ戴冠式が行われる国だ。

兄がいたのだと知り、居ても立ってもいられなくなった。

今すぐ行って、兄の痕跡を調べたい。そんな心地に駆られる。

ミーシャさんが私の顔を覗き込む。

「――どうする？　兄を捜してみるかい？」

「……」

試されているのが分かる口調に気づき、ハッとした。まるで私の思考を読まれたような気分だ。

兄を捜したいか。

そんなの今すぐ捜したいに決まっている。

だって、大事な家族だ。家族がこの世界にいるのなら、私は何を置いてもそれを優先しなければならない。

でも――。

ふっと、脳裏にエランの姿が浮かんだ。

もし、兄を捜すのなら、サハージャを出なければならない。

私のことを十二年もの間待ち続けてくれたあの人を置いて行かなければならないのだ。

「……」

反射的に嫌だ、と思った。

エランはサハージャの国王だ。彼が国を出ることはできない。

捜しに行くのならひとりで行かなければならないし、そうするべきだと分かっているのに、どうしようもなく嫌だと思ってしまった。

——エランと離れたくない。

私のことを好きだと言ってくれるあの人と離れることが、何故か酷く耐えがたいことのように思えた。

自分の中にある天秤《てんびん》が揺れている。それに気づいた私は深呼吸をし、気持ちを落ち着かせてから彼女に尋ねた。

「……あの、お兄ちゃんのことですが、前回はどうあれ、今回は自分の意志でこっちの世界に来るんですよね？」

「ああ。それは間違いなく」

「そう、ですか」

ミーシャさんの返事を聞いて、気持ちが固まった。

私がどちらを取るべきなのか、私がどうしたいのか、分かった気がした。

だからそれを口にする。

「……なら、無理に捜すのはやめておきます」

「へえ？　どうして？　会いたかった兄じゃないのかい？」

「会いたいは会いたいですけど……」

言葉を区切る。

思い出すのは兄のことだ。

兄は穏やかな人だったが、わりと頑固な一面もあった。こうと決めたら、絶対に曲げなかった。

大学入学と同時にさっさと家を出ていった時もそんな感じだった。

私がいくら止めても聞いてはくれなかった。

その兄が戻ると決めて帰ってきたのなら、きっと何か目的があるのだろう。

「お兄ちゃんも思うところがあって戻ってきていると思うので。それなら邪魔はできません。それに、ずっとこっちの世界にいるのなら、いつか会えるかもしれないでしょう？」

期待を込めてミーシャさんを見る。彼女は笑って頷いた。

「そうだねえ。その時が来れば、会えると思うよ」

「そうですか。なら、大丈夫です」

うん、と頷く。

兄には会いたいけど、同じ世界に生きているのなら、我慢できる。

それにどこにいるのか分からない兄を捜しに行くのはあまりにも博打《ばくち》が過ぎるし。

せめてどの国にいるのか分かっていれば私も動いたかもしれないが、まだ兄はこの世界にいないのだ。捜しようもないのに、わざわざ安全な場所から出て行こうとは思わなかった。それに、エランと離れたくなかったし。

「ミーシャさん、兄のことありがとうございます」

ミーシャさんに向かって頭を下げる。

「ミーシャさんのおかげで、兄がこっちにいるのだと分かりました。実は向こうに帰りたい理由の半分以上が兄だったので、ちょっと踏ん切りがついたかもしれません」

「踏ん切り？」

「当たり前ですけど、帰りたかったんですよね、私。でも、十二年後の世界に跳んでしまって、どうしようって。だって、十二年ですよ？　私の世界では七年行方不明で、死亡扱いになるんです。死んだと思っていた人間が、当時と同じ姿で帰ってきた……なんてホラーでしかないじゃないですか。だから、もう帰れないかなあって思いながらも、やっぱり帰りたいなあって、ずっとグルグルしていました」

「そりゃあそうだろう。自分の生きてきた世界を簡単に捨てられるはずがない」

断言され、少しホッとした。

ずっとあった悩みを肯定されたのが有り難かったのだ。

「ありがとうございます。……でも、結局捨てるしかないんですよね。だって私は帰れないから。

……ミーシャさんからさっき帰れないって聞いて、そうだろうなって納得してたつもりだったんですけど、やっぱりどこかショックで……なんだろう。立っていた地面が崩れたような、そんな気持ちになりました」

自分の所属していたところへ戻れないショック。全てを一度に失ってしまう衝撃。それは思っていたより大きくて、今も動揺は残っている。でも——。

「お兄ちゃんがこの世界に来るって教えてもらって……それなら良いかなって。全部無くして、私はひとりぼっちになったと思っていたけど、そうじゃなかったって知れて本当にホッとしたんです」

異世界にたったひとり取り残された異分子。それが私だ。

エランは私を助けてくれるけど、それはすごく有り難いけど、彼は本当の意味での私の孤独を知らない。

見知った全てを一度に失う恐怖。自分の常識が通じない場所へひとり置かれる恐ろしさ。

それを彼は知らないし、これからも知ることはないだろう。

別にそれはいい。それはエランのせいではないし、望んでも仕方のないものだから。

でも、同時にやっぱり悲しいとも思うのだ。向こうでの自分が全部消えてしまったように感じるから。

それが、ミーシャさんのおかげで覆された。

私を知ってくれている人がこの世界に存在する。しかもその人は私が誰よりも会いたかった兄で、そのことが涙が出るほど嬉しかった。

「ありがとうございます、ミーシャさん。私、兄もこの世界にいるという事実があれば、これからも生きていけそうな気がします」

滲《にじ》む涙を拭い、ミーシャさんに再度お礼を言う。

ミーシャさんは肩を竦め「別に礼は要らない。あたし様が好きでしたことだから」と言ったが、その顔はどこか照れくさそうだった。

◇◇◇

ミーシャさんと別れ、リベリオン王宮に戻ってきた。

離宮の自分の部屋へと入る。部屋着に着替えて、ベッドに腰掛けた。

「はあ……」

考えるのはやはり兄のことだ。

もう二度と会えないと思っていた兄、紫苑。

彼がこの世界にいる（正確には来ることになる）とミーシャさんから聞いたことが、私の心に希望を与えていた。

「お兄ちゃん……」

いつか、兄に会えるだろうか。

ミーシャさんはその時が来ればと言っていたが、いつだろう。

私を見た兄はなんと言うだろうか。色々な思いが胸を過《よぎ》ったが、マイナスの感情はなかった。

どうやらよほど兄がいるという事実が嬉しかったらしい。

二度と日本に帰れないと言われたのに、まあ仕方ないかと思い始めているあたりが良い証拠だ。

「研究所送りも嫌だし、お兄ちゃんがいるならこっちでも全然ＯＫだよね。エランと離れずに済むし」

家族なのだ。できれば一緒にいたいなとは思うが、兄はすでに社会人でいい年をした大人。

だから兄を無理やりこちらに連れてこようとは思わなかった。何か目的もあるみたいだし。

「お兄ちゃん、どこに行くのかなあ。ミーシャさんは最初タリムにいて、帰る前はヴィルヘルムにいたって言ってたけど」

というか、兄の帰国にヴィルヘルムの王太子夫妻が関わっていた的な話もあった気がする。

衝撃的な話が多すぎて、今の今まですっかり忘れていたが、あのヴィルヘルム王太子夫妻が兄に関わっていたとか、どういうことなのだろう。

「……あああああ。私もヴィルヘルムに行きたかったなあ」

エランは今頃、ヴィルヘルムで王太子夫妻と挨拶を交わしているのだろうか。

到着後に夜会に出て、戴冠式と休戦協定の正式調印が終われば帰ってくるはずだが、今となってはエランのことが羨ましくて仕方ない。だって絶対にヴィルヘルム王太子夫妻は兄のことを知っているはずなのだから。

兄の情報を得られたかもと思えば、どうして無理を言ってでもついていかなかったのかという後悔の念に駆られる。

「ううう……まあ、また機会もあるだろうし……」

エランに頼めば、ヴィルヘルム王太子夫妻となんとか会わせてくれるのではないだろうか。

何せエランは、今やサハージャの代理国王なわけだし。

「過去話でもいいから、お兄ちゃんの話が聞きたいなあ……」

ゴロゴロとベッドに転がりながら独《ひと》り言《ごと》を呟く。

疲れていたのだろう。トロトロとした眠気が襲ってきた。

それに逆らわず目を閉じる。

兄がいると知ったからだろうか。

今までになく穏やかな気持ちで眠ることができた。

◇◇◇

エランがヴィルヘルムに行って三日が経った。

ヴィルヘルムでは、フリードリヒ王子の戴冠式が執り行われる日。歴史的な一日となること間違いなしの日である。

戴冠式は、ヴィルヘルムの王都にあるファフニール城で行われる。今頃エランは、参列者のひとりとして、式に出席しているのだろう。

「王様の交代かあ」

離宮の近くにある庭を散歩しながら、空を見上げる。

今日はとても良い天気だ。ヴィルヘルムも晴れているのかな、なんて考えた。

「あの、小さかった彼が王様。十二年の年月って怖いわ」

私にとってはつい最近見かけた小さな男の子が成長し、妻を迎え、国王となるのだ。

エランから見せてもらった絵姿からでしか分からないが、きっと幸せな結婚をしたのだろう。

今、本物と会えているエランが羨ましい限りだが、帰ってきたらたくさん話をしてもらおう。そんな風に思った。

「——動くな」

「っ……」

突然、後ろから声がし、身体を拘束された。

低い男の人の声。

何事かと思い、藻掻《もが》こうとするも、力が強くて動けない。

——な、何!?

どうやら後ろから羽交《はが》い締《じ》めにされているようだ。

怖いと思ったが、不思議と前に会った神父服の男の時ほどの恐怖は感じなかった。

「……お前が、噂の聖女か？」

「……っ」

ピクンと身体が跳ねる。返事こそしなかったが、私が尋ね人だと分かったのだろう。

男は「なるほど」と頷き、私に言った。

「命が惜しければ、言うことを聞け。逃げるな、騒ぐな。抵抗するな。逆らうようなら即座に殺す」

「……」

『殺す』の響きが恐ろしい。

声音から本気であることが伝わってきて、私は必死に首を縦に振った。

殺されるのは嫌だったし、私を羽交い締めにする男に勝てるとはとてもではないが思えなかったからだ。

しかし、私も運が悪い。

わずか数日で二度も命の危険を味わうとは、どういうことだろう。しかも二度とも王宮の敷地内なのだから嫌になる。

——サハージャの治安が最悪って本当よね……。

とはいえ、聖女扱いされているから大丈夫と暢気《のんき》にしていた私も悪い。今度から離宮と本館の往復にも護衛をつけてもらおうと心に決めた。二度あることは三度あるとも言うし。

男が脅しの言葉を掛けてくる。

「——理解したのなら、ゆっくりとこちらを向け。俺の言ったことを忘れるな」

身体が解放された。

反射的に逃げようとしたが、気合いで踏みとどまる。

逃げれば殺されると理解していたからだ。

——逃げたところで、この世界には魔法も魔術もあるもの。攻撃魔術のひとつでも使われれば、私に勝ち目はない……。

同じ魔術を放って相殺《そうさい》するという手もあるが、それは上級者向けすぎて私にはできない。

生活魔法くらいなら使えるようになった私だが、攻撃魔術の類《たぐ》いはまだ一度も試したことがないのだ。

そもそも人を傷つける行為に抵抗がある。それはたぶんだけど、私が平和な日本で育ったからだろう。

——こんなことなら、ちゃんと練習しておけばよかったかなあ……。

使えたところで、人に向けて放てるかは別問題だけど。

唇を噛みしめながらもゆっくりと男の方を向く。

「……あ」

額に傷のある男が私を見ていた。

黒い短髪。鋭くも理性的な目つきは野生の狼《おおかみ》を思い起こさせた。

男は平民のような形《なり》をしていたが、立ち姿には何とも言えない風格がある。

——誰？

息を詰め、男を見返す。私が逃げないと分かったのか、男は「ふうん。馬鹿ではないのか」と言った。

「王都に突然現れた聖女。どんな女かと思えば――」

そんなことを言いながらジロジロと不躾《ぶしつけ》に見てくる。いまだ彼からは、逃げれば殺す的なオーラが出ていて、失礼だというよりも怖いという感情が勝っていた。

男が私に聞いてくる。

「聖女など、またあの男が秘密裏に講じた策のひとつかと思ったが……女、お前、マクシミリアン国王を見ていないか？」

「し、知りません……」

「嘘を吐くと自分の為にならないぞ。代理国王を立てて行方不明を装うなど、如何にもあの男がやりそうなことだ。俺は騙されない」

吐き捨てるように言う男の顔には嫌悪が滲んでいた。

どうやらよほどマクシミリアン国王が嫌いのようだ。

何も知らないのに、仲間扱いされては堪らない。そう思った私は恐怖に怯えつつも口を開いた。

「ほ、本当に知らないんです。私、エランに拾われたし、そもそもマクシミリアン陛下とは話したことすらなくて……」

「話したことがない？　本当か？」

「は、はい」

「……ふうん」

男は再度私を見つめたあと、多少胡散臭そうではあったが「まあ、分かった」と言ってくれた。

私に向けられていた殺気のようなものが少しではあるが薄くなる。

「実はあの男に煮え湯を飲まされてな。復讐《ふくしゅう》しようと追いかけて王都まで来たはいいが、一向に行方が掴めない。そこに聞こえてきた聖女の噂。あの男が一枚噛んでいるのではと確かめに来たわけだ。……無関係だったようだが」

疑わしげな顔をされ、慌てて言った。

「本当に無関係です！　私を今日まで保護してくれたのもエランですし、私がここに来た時、すでにマクシミリアン陛下は行方不明だという話で……」

一生懸命説明した。

マクシミリアン国王がいなくなったとされる日、そして私がここに来た日を告げる。

信じてもらえなければ終わりの話だったが、彼はそこは疑わなかった。

たぶん、私の必死さを見て、真実だと判断してくれたのだろう。

「なんだ。本当に関係ないのか。脅かして悪かったな」

ようやく殺気が完全に消える。最初が嘘のように人懐っこい笑みを向けてきた。

「ならば聖女というのは本当なのか？　『聖女伝説』の聖女だろう？　伝説の聖女をまさかこの目で見られるとは思わなかったぞ」

「ははは……ご想像にお任せします」

曖昧《あいまい》な言い方で逃げる。

「何を信じるかは人それぞれですしね。私は自分を『そう』だとは思いませんが、他の人も同じとは限りませんし」

「……ずいぶんと疲れているようだな」

「まあ、色々ありますから」

聖女を求めて押しかけてくる人々を思い出すと、どうしたって重い気持ちになってしまう。

求められても応えられない。

こんな女が聖女であるはずがないだろう。

少なくとも自分から『聖女』だなんて名乗りたいとは思わない。

「こんなの、望んでいなかったんですけどね」

言うつもりのなかった言葉が勝手に漏れ出る。

確かに疲れているのだろう。

見も知らぬ男に、こんな愚痴《ぐち》を言ってしまうくらいなのだから。

男は溜息を吐く私を見ると、何を思ったのか手を差し出してきた。

「なあ、お前——俺と一緒に来るか？」

「え……」

突然の言葉に驚き、ポカンと男を見上げる。

男は笑って言った。

「勘違いで殺そうとしたのは悪かった。言動から見るに、お前が聖女だというのも本当なのだろう。

だが……お前、ここにいて幸せなのか？　暗い顔をして、どうしようもないことだと笑っている。そ

れは幸せな女がするものではない」

「っ！」

真っ直ぐに告げられ、息を呑む。

痛い所を突かれたと思った。

私はここにいて、不幸だとは思っていない。

何不自由なく暮らせて、大事にしてもらっている。破格の待遇を受けている自覚はあるのだ。

それは私が聖女であり、エランの婚約者だから。

でもその肩書きを私は本心から受け入れることができていない。

聖女だと言われるのが嫌だ。婚約者だと言われるのが納得できないと思っている。

そんな状況で、本当に幸せだと言えるのか。

黙り込んでしまった私に男が言う。

「もしここにいるのが辛《つら》いのなら俺と一緒に来ると良い。何、連れて行くと言う以上、責任は取る。安心して大船に乗った気持ちでいるといい」

こちらに向かって手を差し出す男の目に迷いはない。

心から言っているのだろうということが分かる。

迷いが生じる。

不安定な現状より、この男の手を取る方がいいのでは、なんて一瞬でも考えてしまった。

彼がどこの誰かも分からないのに。

「私……」

「そうだ。なんなら妻のひとりとして貰ってやっても良いぞ」

「あ、せっかくのお誘いですが、遠慮させていただきますね」

どうしようと揺れていた心が一瞬で、ピタリと止まった。

妻のひとりとしてもらってやると言われ、すっと心が冷えたのである。

一夫多妻制とかふざけるな。

連れて行ってもらわなくて結構。誰が大勢の妻のひとりになんてなりたいものか。

知らない男と結婚以前の問題として、一夫多妻制自体が受け付けられない。

「私、一夫多妻制に理解がない女なもので、申し訳ありません」

この男がどこの誰かは分からないが、そういうのはお断りである。

――それならエランの方がずっとマシよ！

そうだ。エランなら私だけを愛してくれる。他の女に目を向けることもないだろう。

それに私はエランのことが好きなのだ。

恋愛感情ではないけれど、家族としての好きだけど、好意を持っていることに変わりはない。

目の前の名前も知らない男とエラン、どう考えてもエランの圧勝だった。

「私はエランの婚約者ですので」

先ほどまで受け入れがたいと思っていた『婚約者』を全面に押し出し、にっこりと告げる。私も大概クズ女だなと呆れていると、男はポカンとした顔で私を見た後、笑いながら言った。

「……そうか。残念だな」

あまり残念そうではない声だ。

「どうやらサハージャの聖女は、婚約者を愛しているようだ。それなら俺が出る幕はないな」

「はあ？　愛してるって……」

「なんだ。自覚がないのか？　お前、今自分がどんな顔をしたと思っている？」

「どんな顔って……」

普通の顔ではないのか。困惑を隠せないでいると、男は私の顔を指さした。

「恋をする女の顔だ。経験上、その顔をする女を落とせたことは一度もない。残念だが諦めるしかないだろう」

「え……」

男の言葉に軽く目を見張る。まさかそんなことを言われるとは思わなかったのだ。

——待って。それって私がエランを恋愛の意味で好きってこと？

酷く動揺する。自分では全く自覚していないことを指摘され、混乱したのだ。

「わ、私……」

エランを好きとか、そんなわけない。

確かに彼のことは人として好きだし、医者としてのエランも尊敬しているが、それだけ。

断じて恋愛感情ではないはず。

——そ、そうよ。それに年を追い抜かれたからって、簡単に好きになるものでもないし。

何故か自分に言い訳してしまう。

動揺を隠せない私を見て何を思ったのか、彼が小さく言った。

「まあいい。振られるのは慣れているからな。俺はどうも振られ続ける運命らしい」

「振られ続けるって……」

思わず聞いてしまったが、男に気を悪くした様子はなかった。

「昔から俺は、何故か自分からいった相手には振られるんだ。つい最近は、違う世界に逃げられた。誰よりも欲しいと思った男だったんだがな……。どうも俺では駄目なんだそうだ」

「違う世界って……」

というか、男？

もしかして恋愛対象が男なのだろうか。いや、先ほど私を妻の一人にとか言っていたから、バイセクシャルなのかもしれない。

「……えっと、恋愛は自由ですけど、お相手にも選ぶ権利はあると思いますよ？」

真顔で忠告すると、何がおかしいのか男は爆笑した。

「何を勘違いしているのか知らないが、俺は男に懸想《けそう》する趣味はないぞ」

「へ」

「欲しいとは言ったが、それは一番近くにいて支えてほしいという意味。恋愛感情ではない」

「あ、そうなんですね。すみません」

それは勘違いして申し訳なかった。

頭を下げると男は「お前も大概面白い女だな」と言い、じっとこちらを見つめてくる。

「……」

「？　なんでしょう」

「……いや」

自らの顎《あご》に手をやり、首を傾げた。

「お前、あいつに似ているな……」

「あいつ？」

男が告げた言葉が妙に気になったが、運の悪いことに邪魔が入った。

「殿下、お早く。そろそろ巡回の兵が来る頃です」

生い茂る木々の奥から声が聞こえてきたのだ。その声に男が返事をした。

「おっと、もうそんな時間か。ではな、サハージャの聖女。エラン国王と幸せになるといい」

「あっ……」

「俺は引き続きあの男を追う。あれは俺の獲物だ。絶対に他の誰かに譲るつもりはない。お前ももしあの男に会うことがあれば関わらないことだ。聖女なんて格好の獲物、利用されて捨てられるのは目に見えている。せいぜい婚約者に媚《こ》びを売って守ってもらうことだな」

そう激しい怒りを感じる声音で言い捨て、身を翻《ひるがえ》し、茂みに消えた。

「ちょ、ちょっと……！」

声を掛けるも、彼はもういない。

あっという間の出来事だった。

しんと静まり返った散歩道。

私は自然と詰めていた息を吐き出した。

どうやら危機は去ったらしい。

結局、彼が何処の誰かは分からなかったが、たぶん、悪い人ではなかったのだろう。

私がマクシミリアン国王と関係ないと分かってからの態度は紳士的なものだった。

最後は私のことを案じてくれていたし。

「でも、すごくエランのお兄さんのことを恨んでいたな……」

何があったのかは分からないが、彼の目は憎しみを湛《たた》えていて、絶対にマクシミリアン国王を許さないという決意に燃えていた。

マクシミリアン国王についてはエランから聞いただけの知識しかなかったので、彼がこんなに人に恨まれている人だと知り、正直とても驚いていた。

「だけど、エランはそんな彼のことを兄として慕っているんだよね……」

難しい話だ。

同じ人物に対し、片方は慕い、片方は許しがたいほどに憎んでいる。

私はどちらを信じればいいのだろう。

「……ううん。きっとどっちも正解なんだろうな」

そもそもエラン自身もマクシミリアン国王がわりと酷い人物であることは認めていたし。

その上でエランは彼を慕っているのだ。

「……関わらないのが吉ね」

さっきの人も関わったところで利用されて捨てられるのがオチ、みたいなことを言っていた。君子危うきに近寄らず。

こういうのは、関係ないという顔をしておくのが一番だ。

でもとりあえず、なんだか色々大変そうなので、愛憎劇の中心にいるらしいお兄さんと、ヴィルヘルムに行っているエランには早く戻ってきてもらいたいと思うのだった。

◇◇◇

離宮に戻ってきた。

エランのいない時に限って、色々起こりすぎである。

彼がいれば相談できたのにと思いつつ、玄関口へ向かう。その近くにはいつもの護衛兵たちもいたが、別に女官がひとり立っていた。

「?」

女官は私より十歳以上年上に見えた。

見覚えがあるように思うが、誰なのか思い出せない。

首を傾げつつ近づくと「ルビー！」と声を掛けられた。

「えっ」

まさか呼び捨てにされるとは思っていなかったので、自然と足が止まる。

彼女は目の前にやってくると、まじまじと私を見た。

「やだ。本当に女なんじゃない。噂を聞いた時は信じられなかったけど、私を騙してたの？」

「……エルメさん？」

腹立たしいという顔をする女官を間近で見て、ようやく彼女が誰か理解した。

彼女はエルメさん。

エランが八歳の時、食料を離宮に届けてくれた女性である。

「お、久しぶりです」

驚きつつも挨拶をする。

十年以上経ったせいか、エルメさんは以前とはかなり雰囲気が変わっていた。以前はほっそりとした人だったのが、ずいぶんと丸みを帯びた体型になっている。

彼女は私を観察すると「本当に変わってないのね」と吐き捨てた。

「エルメさん？」

「エラン陛下が秘密裏に囲い込んでいた聖女。名前を聞いた時、まさかって思ったわ。私が知るあなたは執事服に身を包んだ従者の男性でしかなかったから。でも、確かにあなたね。顔、変わっていないもの」

「……その節は、申し訳ありませんでした。男装しろというのがエラン陛下のご命令でしたので」

責めるような口調に気づき、頭を下げた。

謝罪する必要はないと思ったが、こういう時、謝っておかないとエルメさんはうるさいのだ。それを知っていたからの行動だったのだけれど、十二年が経った今も正解だったらしい。

彼女は傲岸不遜《ごうがんふそん》に頷いた。

「そう。命令だったのなら仕方ないわね。私は騙された気分だったけど。ねえ、久しぶりに話しましょうよ。昔の話をしたいし、今の私のことも聞いてほしいわ」

「それは……構いませんが」

躊躇いつつも頷いた。

十二年前もあまり彼女のことは好きではなかったが、世話になったのは事実だし、彼女の圧力が強くて怖かった。

それにエランに言われたからとはいえ、男装して彼女を騙していたという認識があったから、なんとなく断りづらかったのだ。

「そう！　よかったわ。じゃ、私の部屋にいらっしゃいよ。美味しいお茶とお菓子があるの」

「えっ」

「部屋は本館にあるの。さ、行きましょう」

エルメさんがグイグイと私の腕を引っ張る。

まさか本館に連れて行かれるとは思わなかったが、今更、嫌ですは通じなさそうだ。

仕方なくエルメさんについていくと、彼女は本館の地下へと降りていった。

そこは使用人たちが暮らす区画となっていて、何人もの女官たちと擦れ違う。

彼女たちはエルメさんと一緒にいる私を不思議そうな顔で見ていたが、特に邪魔することはしなかった。

エルメさんは地下の奥へと進んでいく。そうして一番奥にある部屋のドアに手を掛けた。

「ここが私の部屋よ」

「お、お邪魔します」

部屋の中へと足を踏み入れる。中は六畳くらいの一室だったが、がらんとしている。ベッドなどの家具もない。女官の部屋などではなく、空の倉庫のように見えた。

「え……？」

「馬鹿正直についてくるんだから。――私はもう女官でもなんでもないのよ」

「それはどういう――」

最後まで言葉が続かなかった。

何故なら後ろから、何かの薬を嗅がされたからだ。

「っ！」

――何っ⁉　一体何が起こって……。

彼女を問い詰めようにも勝手に身体から力が抜けていく。意識を保っていられない。

「エラン……」

気を失う直前、私が口にした名前は、誰よりも信頼している兄ではなく、今はヴィルヘルムに行っているエランのものだった。

◇◇◇

「……うう」

頭が酷く痛む。遠くから誰かが呼んでいるような気がした。

ワンワンとした耳鳴り。

意識が戻ると同時に、猛烈な頭痛と吐き気に襲われた。

「……気持ち、悪い」

目を開けると、そこは私の知らない場所だった。どこかの部屋の一室のようだが、全く見覚えがない。ただ、部屋はとても綺麗で、絨毯《じゅうたん》が敷かれていたし、壁には風景画が飾られていた。

「ここ、どこ？」

なんとか身体を起こす。どうやら私は床に倒れていたようだ。硬い場所だったせいか、身体のあちこちが打撲したみたいに痛い。

「あら、ようやく目が覚めたのね」

「……エルメさん」

呻《うめ》く私の目の前に仁王立ちしたのは、エルメさんだった。彼女を見て、部屋に連れてこられたあと、後ろから薬を嗅がされたことを思い出す。

彼女は見下すような目で私を見ていた。

「毛布でぐるぐる巻きにして使用人に運ばせたけど、あんまりにも動かないから死んだかと思ったわ」

「……ここ、どこですか？」

「どこでもいいでしょ。あんた、全然起きないんだもの。あれから丸一日。ほんっと起きてくれてよかったわ」

「……丸一日」

そんなにも長い間、気を失っていたのか。どうりで身体の節々が痛いはずである。

顔を歪めていると、エルメさんが吐き捨てるように言った。

「男だと思っていた時から、妙な奴だとは感じていたけど、まさか女だなんてね。あーあ、優しくして損した。女だと分かっていたら、親切になんてしなかったのに」

ブツブツと文句を言い続けるエルメさんを見つめる。彼女の後ろから低く穏やかな声が彼女を呼んだ。

「エルメ」

「はい、旦那様」

今までが嘘のように行儀よい返事をし、エルメさんが横にずれる。彼女の後ろから現れたのは、見たことのない人だった。

髭《ひげ》を蓄えた初老の男性。小太りで、眼鏡《めがね》を掛けている。おそらく貴族だろう。豪奢な上着に目がいった。

「あなたが噂の聖女か。手荒な真似《まね》をして申し訳なかった」

「いえ……」

警戒しつつも、返事をする。

何故、私がこんなところにいるのか、彼が元凶であることは雰囲気からも間違いなさそうだ。

男は読めない笑みを浮かべながら私に言った。

「今、王宮ではあなたを捜して大騒動となっている。もうすぐエラン陛下がお戻りになられる。その前になんとしても見つけろとのことだ」

私を誘拐《ゆうかい》した主犯だろうに、男はずいぶんと余裕だった。唾を呑み込み、彼に言う。

「……私を今すぐ解放して下さい」

「もちろんだとも。私たちにあなたを傷つける意思はない。ただ、頼みがあるんだ。それさえ叶えてもらえれば、すぐにでも帰ってもらって構わない」

「頼み？」

嫌な予感しかない言葉だ。

「ああ。本当はこのような真似をしたくなかったのだが、陛下がお許しにならなくて。仕方なく、お留守の時を狙って、あなたに来てもらったのだ」

人ひとり攫《さら》っておきながら、実に堂々とした態度。

微塵《みじん》も悪いと思っていない男の様子に吐き気が込み上げてくる。

この男が何を企《たくら》んでいるのか。私を聖女と認識して、エルメさんまで巻き込んで誘拐したのだ。理由はひとつしかない気がした。

それでも尋ねる。

「薬まで使って私を連れてきて、一体何をさせたいんですか」

「簡単なことだよ。聖女としての力を借りたい。ただ、それだけだ」

答えを聞いて、やはりと思う。

この男は、私に聖女としての力を使わせたいのだ。

「残念ですけど、私にあなたの望む力は使えません。エランは私を聖女だと言いますが、どうやって彼を治したのか、いまだ自覚がないんです」

正直に告げる。

「助けを求める皆に応えられないのは申し訳ないと思っています。こんな私が聖女と名乗るなんておこがましいとも。でも、本当にできないんです」

だが男は「そう言えと、エラン陛下に命じられたのか」と憎々しげに吐き捨て、私の言葉を信じようとしなかった。

「不治の病を治す。それが聖女の力。出し惜しみなどするものではない。——来い」

「っ……！」

男に手首を握られ、無理やり立ち上がらされる。

彼は私を引っ張ると、隣の部屋へと連れて行った。部屋の中に入る。

なんだか酷い臭いがした。

「ここ……」

「私が望むのは、息子を生き返らせて欲しいということ。やっと授かった息子が一週間前死んだのだ。頼む、息子を生き返らせてくれ」

「ひっ……」

奥にあるベッドに無理やり近づけさせられる。そこには命を失ったと見られる子供が横たわっていた。

魔法か魔術で保冷はしてあるようだが、隠しきれない死臭に鼻が曲がりそうだ。

一応、ご遺体は綺麗で、そこだけは救いだったが、思わず顔を背けてしまう。そんな私の背中を男が押した。

「さあ、息子を生き返らせてくれ」

「む、無理です……こんな、死んでしまっているのに……」

首を横に振る。

死人を生き返らせるなんて、いくらなんでもむちゃくちゃだ。

確かに私はエランを治したかもしれないが、彼はあの時生きていた。死んでいたわけではないのだ。

「死んだ人を生き返らせるなんてできません」

「できないことはないだろう。聖女は不治の病を癒やす存在。その気になれば、死者すらも蘇《よみがえ》らせることができるはず」

男が熱弁を振るっている。

その目には狂気が宿っており、とてもではないが正気には見えなかった。私は彼の後ろにいたエルメさんに助けを求めた。

「エルメさん……助けて下さい」

手を伸ばす。

だが、彼女は鼻でせせら笑って言った。

「何言ってるの。助けるのはあんたの役目でしょ。……その子ね、五年ほど前に私が産んだ子なの。旦那様はご自分の子爵位を継がせる男児がずっと欲しくて、でもかなりのお年じゃない？　もう子供は望めないと言われてたんだけど、運良く私が産んだのよね」

淡々と語るエルメさんを見つめる。

「念願の男児を産んだ功績で、私は子爵家の第一夫人として迎えられたわ。でも、その子は身体が弱くて病に罹《かか》って、運悪くも死んでしまって……そうしたら私の第一夫人の座も取り上げるなんて言うのよ。そんなの許せるはずないじゃない。だから考えたの。聖女って話のあんたなら、その子を生き返らせてくれるんじゃないかって」

「……」

絶句する。

彼女の話には、我が子や夫に対する愛はどこにもなかった。ただ、自分が得た立場を守りたいだけ。子供も夫も彼女にとってはどうでもいいのだ。

「酷い……」

「酷い？　どこがよ。せっかく第一夫人になれたのに、二度と宮仕えをしなくていい、贅沢三昧《ざんまい》だって思ったのに、このタイミングで見放されるとか、私の方が可哀想じゃない。ほら、あんた。昔、色々良くしてやったでしょう？　今こそその恩を返す時。ささっとその子を生き返らせなさいよ」

「む、無理です。さっきも言った通り、私、死者を蘇らせることなんてできないんです。それに、力の使い方も分からないし」

正直に告げる。彼女は「はあ？」と鬼のような形相《ぎょうそう》で私を見た。

「分からない？　ふざけたこと言ってんじゃないわよ！」

怒鳴り声を上げるエルメさんに、ビクリと身体が震える。そんな彼女を男性——子爵は穏やかな声で宥《なだ》めた。

「……エルメ。聖女様はご自身の力をまだ理解しておられないのだろう。一晩でも息子と共に過ごせばきっと情も湧き、その力の使い方を知り、息子を助けて下さるはずだ」

「えっ……」

——遺体と一緒に一晩過ごす？

あり得ない話に目を見開く。

「聖女様がエラン陛下を助けたのは、きっと情が移ったから。それならば息子にも同じことが言えるはず。共に過ごす内に助けたいと思うようになってくれる。そうは思わないか」

「さすが、旦那様です！　ええ、きっとそうに違いありませんとも！」

エルメさんが両手を叩き、子爵の言葉に同意する。彼女は笑っていたが、どこまで本気なのか分からない。

エルメさんが私を見て、次にベッドの遺体に視線を移す。そうして今、思いついたように言った。

「でも、一度くらい試させてみては如何《いかが》ですか？　せっかく噂の聖女様にお越しいただいたのです。優秀な聖女様なら、意外とあっさり生き返らせてくれるかもしれませんし」

「おお、そうだな。是非、そうしてもらおう」

是非、じゃない。

私は無理だと言っているのに、生き返らせる気満々のふたりが恐ろしい。

エルメさんが私をベッドの側へと連れて行く。強烈な死臭に思わず噎《む》せ込んだ。

「ごほっ……ごほっ、ごほっ……」

「失礼ねえ。ほら、さっさと始めなさいよ」

「だ、だから私は、治し方なんて分からないって……」

「なんでもいいから！　ほら、あんたがやってくれないと私も困るのよ。分かるでしょう？」

そう言われたって、私にできることなどない。

泣きそうになりながらもふたりに促され、ベッド横にあった椅子《いす》へと座る。

亡骸《なきがら》を目にし、申し訳ないけれど、気持ち悪さに吐きそうになってしまった。

「……」

「ほら、なんかやりなさいよ。生き返りますようにって願いながら力を使うとか、そういうの！」

「そう言われても……っ」

ふたりに強く睨み付けられ、仕方なく目を瞑《つむ》る。

——どうしろっていうのよ。

死んだ者を生き返らせるなんて、そんなの人間にできることではない。

少し考えれば分かるだろうに、彼らは理解したくないようだった。

何が何でも息子を蘇らせたい。

子爵は跡取りを失いたくないから。そしてエルメさんは、第一夫人の座を守りたいから。

そこには親としての愛情なんてどこにもなくて、もの悲しい気持ちになった。

それでも一応、言われた通り『生き返りますように』と願ってみる。

エランの時のような、身体から力が出てくる的なことは何も起こらない。そのことに少しホッとした自分がいた。

だって、万が一力を使えてしまったら、私はまた、未来へ跳んでしまうことになる。

前回は十二年で済んだが、今回は二十年後に跳ぶかもしれないし、もしかしたら三十年後だという可能性だってある。

その時、エランがどうしているのか。

彼ならきっと今回みたいに、噴水まで迎えに来てくれるだろう。

だけどそのエランはたぶん、今までと同じようには接してくれない。

だって彼は王族だ。

王族ということは跡継ぎを残す義務があり、いくらエランが抵抗したとしても、二十年も三十年も、独身を貫けるとは思わない。

どこかのタイミングで、エランは妃を娶《めと》るだろう。

いつ帰ってくるか分からない聖女との婚約はなかったことにし、新たな妃と子を儲《もう》けることになるはずだ。

誰が考えても当たり前のことで、だけど私は嫌だと強く思った。

エランが私以外の誰かと結婚し、子を儲けることが許せなかった。

「僕の妻と子だ」と、照れながら見知らぬ女性と子供を紹介などされたくない。

「結婚したんだ。おめでとう。子供、可愛いわね」なんて笑えるものか。

——絶対に無理……。

そんなの絶望しかないと思い、そこでようやく何かがおかしいと気がついた。

エランは私の雇い主で恩人。弟とも思っている人。そのはずなのに、どうして私は彼が他の女性と結婚することをこんなにも嫌だと思っているのだろう。

幼い頃を知っているエラン。

私は彼のことが好きで、でもそれは年下の可愛い子を愛《いと》おしむという感情だったはずなのに。

むしろ家族愛に近く、それなら私はエランを祝福しなければならないし、笑顔で祝えるはずなのに、

今、私はどす黒い感情に呑み込まれそうになっている。

弟が結婚したのを姉が祝えないなんて、そんなことあるわけがないのに——。

「……うわ」

最低最悪のタイミングで気がついてしまった。

どうやら私が、エランのことを恋愛の意味で好きだと思っているらしいということに。

だって今、胸を占めるこの感情は紛れもなく嫉妬《しっと》と呼ばれるものだ。

私は、いもしないエランの妃と子に嫉妬しているのである。

そんなの、彼を好き以外にあり得ない。

少し前にも言われた。エランのことを愛しているように見えると。

聞いた時はまさかと思ったけど、私が鈍かっただけで、本当はとっくに彼のことが好きだったのだろう。

だって私はいつの間にか、誰よりもエランのことを頼りにするようになっていたから。

何か怖いことが起こった時、私はいつも心の中で兄に助けを求めていた。それが、無意識のうちにエランに切り変わっていた。

助けてほしいのは、頼りたいのは、兄ではなくエラン。

もうこの事実からして、彼のことが好きとしか言えない。

兄がこの世界にいると聞いた時も、私は兄を捜しに行くよりもエランの側にいることを優先した。

あの時の私は、兄には兄の選択があるからと思ったが、今なら違うと分かる。

好きな人の側にいたかった。ただそれだけで、それ以上の意味なんてきっとなかった。

いつ、好きになったのだろう。

どこを好きになったのだろう。

たぶん、医者として貧しい者たちを助ける彼の姿を見ているうちに好きになっていったというのが正解なのだと思う。

情け深く、自分の手の届く範囲内だけでもと足掻《あが》く彼に、いつの間にか惹《ひ》かれていたのだ。

好きだと言われたからではない。彼の医者としての行動に、その人間性に強く惹きつけられた。

自分のことだけで精一杯だったエランが、大きくなった今は、人を助けようとする。

面倒臭がりの彼が自分から動き、人々に手を差し伸べる。

貧富の差で区別することなく、ただひたすら患者のために邁進《まいしん》する。

その姿に惚《ほ》れたのだ。

ああ、認めよう。私はエランが好きだ。

あの馬車の事故。少年を助けた時、エランがひどく格好良く見えたことを思い出す。

ときめいたことを思い出す。

彼が少年ではなく年上の男性なのだと、あの日、私は強く意識したではないか。

きっとあの時からだ。

あれが私の分岐点。彼を特別に想《おも》うようになる切っ掛けだった。

「あは、あはははは……」

――これ、つまりは結構前から好きだったってことよね。

我ながら鈍すぎる。

これは参ったぞと自嘲していると、私が笑ったことに気づいたエルメさんが金切り声を上げた。

「ちょっと！　真面目《まじめ》にやってちょうだい！　今、笑ったの聞こえたんだからね！」

「す、すみません」

自分の恋心に気を取られ、すっかり彼女たちの存在を忘れていた。

しかし、エランが好きだと気づいたからには、やはり聖女としての力を使うわけにはいかないだろう。

死人を蘇らせることができないのもそうだが、力を使って未来に跳ぶというのを今の私は受け入れられないからだ。

――無理でしょ、無理。

さっきうっかり想像してしまった、エランのまだ見ぬ妻と子供を思い出し、ゾッとする。

目を開けたら、年を取った彼とその妻子に迎えられるとか、絶対にごめんだ。

「……」

腹を括《くく》る。

自分がどうしたいのかはっきりしたせいか、気持ちが落ち着いたような気がした。

私はこれからもエランの側にいたい。

そのためには、この窮地をどうにかして脱出する。それしかなかった。

ちらりとエルメさんと子爵を窺う。

彼らは私が何もしていないことに苛《いら》つきを感じているようだった。

どうにか隙《すき》を突いて逃げられないか。

私がいなくなったことはすでにリベリオン王宮には知られているようだから、上手く逃げ出せればきっと誰かが助けてくれるのではないか。そんな風に思った。

——一《いち》か八《ばち》か。上手く言いくるめてこの部屋から出られればなんとか……。

逃げる算段をつける。

だが、何もせずただじっとしていたのがよくなかったのだろう。

業《ごう》を煮やしたエルメさんがツカツカとやってきて、大きく手を振りかぶった。

「もう！　さっさと始めなさいよ！　この役立たずッ!!」

「っ……！」

パンという小気味よい音が鳴る。

頬を叩かれたのだと気づいた次の瞬間、私も負けじと彼女の頬を叩き返した。

「何をするのよっ！」

「痛いっ」

エルメさんが目を見開く。

まさかやり返されるとは思わなかったという顔だ。だが、私はそもそも嫌なことをされて、大人しくしているような人間ではない。

やられたらやり返す。その程度には気が強い自覚があった。

「最初に叩いてきたのはそっちでしょう!?」

「うるさいっ！　あんたは私の言うことを聞いていればいいのよ！」

「誰が！」

カッとなったエルメさんが、再度手を上げる。こちらも黙ってやられる気はないので、強く睨み返した。そうして大声で告げる。

「死んだ人間を生き返らせようなんて、そんなの無理に決まってるでしょ！　私は神様じゃないし、皆の願いを叶えてあげる万能の願望機でもない！　自分の思う通りに、私が動くと思わないでよ！」

「うるさい、うるさいっ！　私の言うことに意見しないで！　あんたは黙って私の言う通りにすればいいいの。私が幸せになるための手助けをするのが、昔、あんたによくしてやった私への恩返しになるって分からないの？」

「分かるわけないでしょ！　大体、よくするもなにも、やってくれたのは本当にギリギリ最低限のことだけだったじゃない。最初なんて腐りかけの野菜を持ってきたくせに！　嫌がらせにしても酷すぎるわ！」

「何よ！　私が世話してやらなきゃ、誰もあんたたちの面倒を見る奴らなんていなかったのよ！　感謝して欲しいと思って何が悪いの!!」

ああ言えばこう言う。

互いに、全く遠慮のない暴言が飛び出した。非常に低レベルだ。だけどなんとなく、言い負かされては駄目だと思った。

一歩も退かないと睨み付ける。それまで黙っていた子爵が一喝した。

「黙らないか。見苦しい！」

「っ……！」

怒気の籠もった声に、ビクリとする。男性の怒号に身体が勝手に反応したのだ。

子爵がツカツカとこちらにやってくる。そうして思いきりエルメさんを殴りつけた。

「えっ……」

「きゃあっ！」

殴られた衝撃で、エルメさんの身体が壁に叩きつけられる。

全力で殴ったのか、壁に叩きつけられた彼女はずるずると床に倒れ込み、気絶した。

思わず叫ぶ。

「自分の奥さんを殴るなんて、何を考えているの!?」

「妻の躾《しつけ》は夫の役目。うるさく吠《ほ》えるだけの妻を躾けて何が悪い？　それに、私もいい加減苛々していたんだ。先ほどから何もしようとしないあなたに。それこそ二、三発殴りでもすれば、少しは素直になってくれるかな？」

「っ……」

こちらを見てくる子爵の目は狂気の色に染まっていた。

彼が拳を振り上げる。その様子に躊躇《ちゅうちょ》するところは全くなく、彼が日頃から暴力をもって周囲に言うことを聞かせてきたであろうことが窺い知れた。

「全く、こんなことなら最初からこうしておけばよかった。聖女だからと優しくしようと考えたのが間違いだったようだ」

「……」

「目上の者に逆らうことが如何に愚かなことか、教えてあげよう。大人しく息子を生き返らせてくれれば、痛い思いをしなくて済んだのに。本当に女というのは皆、馬鹿ばかりで嫌になる」

「っ……！」

殴られると思い、咄嗟に身体を固くし、目を瞑った。

だが、痛みは来ず、代わりに大きな音を立てて扉が開いた。

「ルビーッ!!」

「えっ……」

名前を呼ばれ、目を開ける。闖入《ちんにゅう》してきたのは、ヴィルヘルムに行っているはずのエランだった。

血相を変えて飛び込んできた彼は、私と、私に向かって拳を振り上げている子爵を見て、大音声で叫んだ。

「何をしている！　モリアーノ子爵!!」

「っ！」

エランに怒鳴られた子爵が、振り上げていた拳をさっと下ろし、後ろに隠した。

エランが駆け寄ってくる。私を抱きしめ、目を見開き聞いてきた。

「怪我は!?」

「だ、だいじょうぶ……」

あまりの勢いに返事もつっかえる。

エランはじっと私を見つめ、ギョッとしたように叫んだ。

「頬が腫《は》れてるじゃないか！」

「えっ、あ、それは子爵ではなくて、エルメさんが……」

そういえば、頬を張られたのだった。

仕返しもしたし、それどころではなかったのですっかり忘れていた。

「大丈夫よ。痛みも殆どないし、やり返してるから」

だから気にしなくて良いと言いたかったのだが、エランは目を細め、眉を吊り上げている。

私の頬にそっと触れ、呻くように言った。

「僕のルビーに傷をつけるなんて……」

――こわっ。

自分に向けられた怒りではないと分かっていたのに、怖かった。

エランは改めて私を抱きしめると、子爵に向かった。

「それで？　これはどういうことなのか説明してもらおうか」

声に怒りが滲み、隠し切れていない。

詰問された子爵は、特に悪怯《わるび》れる様子もなく、実に堂々と告げた。

「どういうことと言われても。聖女様にそのお力を発揮していただこうとしただけですが」

「僕の留守中にか」

「ええ。いくら聖女様に会わせて欲しいとお願いしても、叶えていただけませんでしたので。強硬手段をとらせていただきました」

しれっと皮肉を交え、告げる子爵。どうやら彼は代理国王となったエランを侮っているようだった。

エランがピクリと眉を動かす。

「僕が駄目だと言った。それが全てだと理解できなかったのか？」

「ええ。陛下おひとりで聖女を独《ひと》り占《じ》めするなど、到底理解できませんから。聖女の奇跡は皆で共有するべきもの。彼女の助けを待つ者は大勢おります。それを無視するのはいくら陛下であってもしてはならないことかと」

「それで、僕の留守中を狙ってルビーを誘拐したわけか。皆と共有するべきと言いつつ、自分だけ恩恵を受けようとしたことはどう説明するつもりだ？」

「行動に移したのは私なのですから、当然でしょう。皆も欲しいのなら、動けば良い。それだけのことです」

自分は何も悪いことをしていないと言わんばかりの態度に眉が寄る。

話が通じないと思ったのだろう。エランが不快げに告げた。

「僕は許していない」

「ご自分だけ助かれば良いというのは、ずいぶん傲慢《ごうまん》なお考えかと思われますが。皆に分け与えてこそ国王たる資格があるかと」

「そうか？　僕はそれでこそサハージャ国王だと思うがな」

エランが子爵に鋭い視線を向ける。だが子爵は怯まなかった。顔を上げ、堂々と告げる。

「あなたとマクシミリアン陛下とは違います。同じように振る舞ってもらっては困ります」

「ほう？　どう違う」

「あの方には逆らってはいけないと思わせるだけの怖さがあった。冷酷さがあった。だから私たちは従ったのです。だが、あなたはどうだ。かの方のような恐ろしいまでのカリスマ性も指導力も持ち合わせてはいない。そんなあなたに無条件で従う？　従って欲しければ、まずは力を見せてから。それもせず、命令を聞けとはずいぶんなことをおっしゃいますな」

お前には従う価値がないと弾劾する子爵に対し、エランは冷静だった。

怒ることもせず、黙って子爵の言葉を聞いている。

そうして静かに告げた。

「――僕がサハージャ国王に相応《ふさわ》しくないから。だからルビーに触れるなという命《めい》を破り、彼女を攫ったというのか」

「しかり。即位してからというもの、あなたはただ淡々と書類に判を押すだけ。部下の管理も碌にせず、聖女のこと以外は好きにすればいいと言い、興味すら持たなかった。全てを自分で決め、自分に逆らう者は一切許さなかったマクシミリアン陛下とは正反対だ。侮られるには十分すぎるのでは？」

子爵の言い分に、目を見開く。

エランが代理国王になりたくなかったのは本人から聞いていたので知っていたが、なってからもその態度は変わらなかったのか。

確かに必要最小限以外は働きたくないと言っていたが、投げやりな態度を見せられれば、臣下も従う気はなくなるだろう。

エランが面倒臭がりなのは性格なので仕方のないことだが、さすがにこれは駄目だと私でも分かる。

「エラン……」

顔を曇らせ、エランを見る。彼は堪《こた》えた様子もなく、眉を寄せていた。

「……そうか。きっと今のままなら、第二、第三のお前が現れるのだろうな。頭の痛い話だ」

「それがサハージャです。弱肉強食。強いものがいつだってサハージャでは正義」

「なるほど、確かにそうだ」

エランが息を吐く。次の瞬間、彼はガラリと表情を変えていた。

その様は、昔一度だけ見たマクシミリアン王子を彷彿《ほうふつ》とさせるもので、あまりの変化に目を見張った。

「エラン……?」

エランが、今までとは全く違う冷たい顔で低く告げた。

「実に面倒だが、今のやり方ではルビーを守れないというのなら仕方ない。やり方を変えよう。――衛兵。そのふたりを連れて行け」

エランの言葉を待っていたかのように、部屋に大勢の兵士が入ってくる。外に待機させていたのだろうか。

子爵は抵抗したが、数に敵《かな》うはずもなく、すぐに捕縛された。

気絶から目覚めたエルメさんが慌てて叫ぶ。

「わ、私！　私は関係ないわ。旦那様に命じられて、協力しただけ！　妻が夫の命令を断れるわけないじゃない！　私は無実よ!!」

必死に弁明するエルメさんに、エランが冷たく判決を下す。

「協力しただけ、とはとんだお笑い種《ぐさ》だな。お前がルビーを連れ出したところは、離宮に詰める兵たちが確認している。主犯も実行犯も同罪だ。お前たちは、今回の件について詳細に尋問したのち、速やかに毒杯を呷《あお》らせることとする」

「毒杯って……」

「処刑だ」

処刑の言葉を聞き、エルメさんと子爵が顔色を変える。

私もまさかエランの口から処刑なんて言葉が出るとは思わず、愕然とした。

「しょ、処刑って……」

声が震える。子爵が血相を変えて叫んだ。

「へ、陛下、それはあまりではありませんか！　私はただ、陛下が聖女を独り占めしているのが許せなくて――」

「僕が決めたことを無視した。それは十分処刑の理由になりうる」

「っ」

エランの声が嫌になるほどはっきりと部屋中に響く。

その声音はゾッとするほど冷たく、反論することを許さない気迫に満ちていた。

エランが柔らかく笑い、子爵に告げる。

「モリアーノ子爵、今回の件は勉強になった。面倒だと放っておけば、お前たちみたいな者が僕の大切なルビーに牙を剥く。これからは気を引き締めて、お前たちの手綱《たづな》を握ることにしよう。ああ、毒杯の件は僕からの礼だ」

言い方が優しいだけに恐ろしい。

子爵は呆然《ぼうぜん》とエランを見つめ、ワナワナと震え出した。

「毒杯を呷らせることが、礼だと？」

「残忍な処刑方法などいくらでもある中で、尊厳を守ったまま死なせてやろうというのだ。これが温情でなくてなんだというのか」

クツクツと笑うエランがまるで別人のように見える。

エルメさんは処刑されるかもしれないというショックで口もきけないような状況だし、子爵も信じられないものを見る目でエランを見ていた。

やがて子爵が諦めたように肩を落とした。

「――なるほど。今、理解しました。あなたには確かにマクシミリアン陛下と同じ血が流れているらしい。あのどこまでも残忍で冷酷なマクシミリアン陛下。今のあなたは、かの方に忌々《いまいま》しいほどよく似ておられますよ」

「……」

　エランが無感情に子爵を見ている。そんな彼に、子爵は苦々しく吐き捨てた。

「その姿を見せれば、皆、あなたに従うでしょう。できれば私にももう少し早く見せて欲しかったですな。それなら、最初から夢を抱こうとは思わなかった……」

「夢。死者を蘇らせることが、か？」

　ベッドに横たわる遺体に目を向け、エランが問う。子爵は項垂れながらも肯定した。

「ええ。もう子供を望めないと言われてからできた私の息子。私はどうしても息子を蘇らせたかった」

「――どんな者にも死者を蘇らせることはできない。できるとすればそれは神と呼ばれる存在だけ。そして聖女は神ではない。そんなことも分からなかったのか」

「不治の病を癒やせる聖女なら、もしかして、と思ったのです。息子が戻らないのだと、どうしたって認めたくなかった」

「だから僕がいない隙にルビーを狙ったのか。僕に見つかったところで、大したことにはならない。どうにでも丸め込めるとでも思ったか」

「その通りです。何せあなたは全くやる気を見せませんでしたから。大したお咎《とが》めはないだろうと高を括っておりました」

「僕はルビー以外、どうでもいいからな。だが、やらなければ、ルビーが狙われるのだと理解した。今後は決して隙を見せない」

「……そうなさって下さい。聖女を狙っているのは私だけではありません。その奇跡の力を利用したい者はこのサハージャにいくらでもいる」

兵士に促され、捕縛された子爵が、とぼとぼと部屋を出て行く。エルメさんもそのあとに続いた。

彼女は放心していて、抵抗できるような状態ではなかったのだ。

兵士たちが出て行き、私とエランだけになった。

いまだ私を抱きしめているエランを見る。彼は子爵たちが出て行った方向を睨んでおり、その顔は私がよく見ていたものとは全然違った。

冷たく厳しい表情は、私が好ましいと思ったエランとは全く異なる。

今のエランを好きだとは、とてもではないが思えなかった。

「エラン」

「……酷い臭いだ。こんなところに長時間いたら、体調がおかしくなってしまう。離宮へ戻ろう」

エランが私を抱き寄せ、部屋の外へと向かう。

外に出たタイミングでたまらず話しかけた。

「エラン」

「外に馬車を待たせてある。行くぞ」

「話を聞いて」

強引に連れだそうとするエランに抵抗する。

なんとなくだけど、今、言わなければならないと思った。そうしなければ、私が好きだと思ったエランが消えてしまうような、そんな気がしたのだ。

「ルビー、どうして逆らう」

「逆らっているんじゃないわ。話を聞いてって言ってるの。……エラン、あなた分かってる？　今のあなた、とても酷い顔をしているわ」

　エランの目を真っ直ぐ見つめ、告げる。

　実際、彼の顔色は酷いものだった。

　元々の白い肌が更に白くなっているし、目の下の隈《くま》も酷い。心なしかやつれているようにも見えた。

「……お祝いに行ってきた人の顔色じゃないわね。どうしたの」

「どうしたって……用事を終えて帰ってきて、真っ先に聞かされたのが君の行方不明では、こうなるのも当然だと思うが」

　心配したのだと告げられ、それは申し訳なかったなと思った。

　誘拐されたのは私のせいではないと思うが、心配させたのは悪かったなと感じたからだ。

「それはごめんなさい。それで？　エランはいつ、帰ってきたの？」

「今日の昼前。午前中に協定に調印して、すぐに帰ってきたんだ。君に早く会いたくて」

　そうして帰ってきたエランが聞かされたのが、昨日から私が行方不明だということ。

　彼は兵士からエルメさんと私が一緒にいたという話を聞き、彼女の夫の存在と病気がちな息子がいたことを短時間で突き止め、兵士たちを引き連れ、子爵の屋敷に突入してきたらしい。

「聖女である君が皆に狙われているのは分かっていた。だから手出しするなと、かなり強めに命令していたんだ。それなのにこの始末。……さっき、子爵も言っていただろう。面倒臭がって、適当に国王業をこなしていたから、従う価値のない男だと侮られた。これは僕のミスだ」

「エラン」

「こんなことになるのなら、もっとしっかり皆を押さえつけておくのだった。ルビー、安心して欲しい。二度と僕の命令に逆らう気が起きないように、彼らに教え込んでおくから」

「……」

「まずはモリアーノ子爵か。彼を処刑すれば、察しの良い者たちは見せしめだと理解するだろう。あとはそんな簡単なことも分からない馬鹿を纏めて始末すれば……ああ、兄上の遺《のこ》した『黒』を利用すればいいか」

薄《うっす》らと微笑みながら恐ろしいことを呟くエラン。その顔は冷酷そのもので、恐怖で背中が戦慄《わなな》いた。でも同時に、エランにこんな顔をさせてはいけないと強く思う。

——駄目、こんなの私の好きなエランじゃない。

私がいつの間にか好きになったエランは、異世界から突然やってきた私の面倒を見てくれ、貧乏な人たちに無償で往診をする優しい人で、こんな冷酷な顔をする人じゃない。

このままでは私の好きなエランが本当にいなくなってしまうと焦った私は、彼の腕を引き、必死に告げた。

「エラン、やめて。私、そんなこと望んでないから」

「望んでない？　誘拐されたのに？　今のままならまた、同じようなことが起こる。それが分かっているのにやめろと言うのか？」

「言うわよ。だいたい、私、言ったわよね？　平和が好きだって。暴力沙汰は嫌だって言ったの、もう忘れちゃったの？」

それを言ったのはヴィルヘルムへ行く少し前で、忘れるには早すぎると思うのだ。

抗議するように睨み付ける。

「確かに誘拐されたのは事実だけど、私は彼らを処刑して欲しいなんて思ってない。お願いだからやめてちょうだい」

「……君を誘拐されたのに許せと？」

「許せとは言わないわ。でも、処刑なんてやりすぎよ」

「やりすぎ？　やりすぎだって？　どこが!!」

私の言葉にエランがカッと目を見開く。彼は私に向かい、強い口調で言った。

「彼らは僕が何より大切にしている君を誘拐したんだ。しかも君に力を使わせようとした。君がもし力を使えばどうなるか。下手をすれば何十年も先の未来に跳んで、二度と会えない可能性だってあるんだぞ……！」

「エラン……」

「僕は確かに面倒臭がりで、何をするにもやる気のない男だ。でも、君に関してだけは違う。僕が唯一失いたくないと思っている君。君を奪われることだけは断じて許容できないし、奪おうとする者はどんな手段を使ってでも潰す。絶対にだ」

血を吐くかのように告げられた言葉に目を見張る。

　彼がどれほど私のことを想っているのか苦しいほど伝わってきた。

「ずっと、ずっとずっとずっと好きだったんだ。君が消えた十二年前のあの日から、毎日噴水に足を運び、君が現れるのを今か今かと待っていた。ようやく取り戻した君を再び奪われるなんて許せるはずがないじゃないか。僕は二度と君を離さない。君が戻ってきたあの日、そう決めた」

「……」

「そのためなら、なんでもするって」

「っ……ちょっと！」

　エランが唇を噛みしめ、私の腕を引っ張る。彼は屋敷を出ると、待たせていた馬車に乗り込んだ。

馬車はすぐに出発し、体感時間二十分ほどで止まった。

「降りて」

　エランに促されて降りると、離宮の前。

　どうやらあまりリベリオン王宮から遠くない場所にいたらしい。

「……こっちだ」

　エランが私の手首を握り、歩き出す。そうして連れてこられたのは、エランの部屋だった。

　彼は荒々しく扉を開けると、真っ直ぐ奥を目指す。居室の奥には寝室がある。

　ベッドが見え、戸惑う私の背中をエランが勢いよく押した。

「きゃっ……」

　ぼふんという音と共に寝台に倒れ込む。慌てて起き上がり、抗議した。

「何をするのよ！　痛いじゃない！　って……んんんっ！」

文句を言う私の唇を、エランが己のもので塞ぐ。

唇の感触に、酷く動揺した。

——えっ、私今、キスされてる⁉

押しつけられた唇は冷たく、まるで心が籠もっていないように感じた。

どうしてこんなことになっているのか分からない。

幸いにも嫌悪感はないし、好きな人とのキスではあるのだが、心が伴っていない口づけはただ悲しいだけだった。

「ちょっ、エラン……！」

エランの身体を押し退《の》けようとするも、逆に押し倒されてしまう。

背中にリネンの柔らかな感触が当たる。

エランを見れば、彼の目は嫌な感じにギラついていた。どう見ても冷静ではない。

「エラン……！　いきなりどうしたの……」

何とかいつものエランに戻って欲しくて話しかける。エランは私の肩を押さえつけ、言った。

「——君を抱く」

「へ……」

言われた言葉に目を見開く。何故、エランがそんなことを言うのか理解できなかった。

「抱くって……どうして……？」

今までそんなこと、一度も言わなかったのに。

いつだって彼は私の意思を尊重してくれて、そういうところも私は良いなと思っていたのに、ここにきて、私が好きだと思っていたところを全部台無しにしてくるエランに、無性に腹が立った。

——やっと好きだと気づけたのに、どうしてそのタイミングでこういうことをするわけ!?

あまりにも腹立たしくて、押し倒されている状態だと分かっていても、強く彼を睨み付けてしまう。

そんな私にエランが淡々と告げた。

「この間見つけた文献に書いてあった。聖女は処女でなくなればその力を失うと。君が力を無くせば、何十年も先に跳ぶかもしれないという不安はなくなる」

「……え」

「この話を知ってから、ずっと実行したいと考えていた。でも君と約束したから。僕のことを好きになるまで、結婚も婚前交渉もしないと。だからずっと我慢していた」

「……」

初めて明かされた話に愕然とする。

まさか聖女の力が、性交によって失われるものだとは思いもしなかった。

だけど、聖女というくらいだ。処女であることは意外と重要なのかもしれない。

「でももう我慢するのはやめる。いつまた今回みたいなことが起こらないとも限らないから。しかも君は彼らを許せなんて言う。それなら余計に抱いておかなくては。僕は二度と君と、時を超えた未来で再会したいなんて思わない」

「……エラン」

「僕は今の君を、今の僕で愛したい。そのためならなんでもする。今、抱いて、君に嫌われたとしても構わない。それよりも君が僕の側にいてくれることの方が大事だから――」

最後の言葉を涙混じりに告げるエラン。その顔は先ほどまでの冷たいものではなく、私の知っている彼だった。そのことに心底ホッとしたし、どうして彼がいきなり私の意思を無視しようとしたのかも理解できた。

エランはどうしたって私のことを失いたくないのだ。そのために、たとえ嫌われても聖女の力を無くすことを優先させようとしている。

――でも、でもねえ。

彼の言うことは理解できる気もするけれど、やっぱり私の意思を無視してという辺りがいただけない。

そもそも聖女の力を無くす方法があるのなら、見つかった時点で教えてくれればよかったのだ。そうすれば私だって検討して――と思ったところで、そういう関係性にない相手には言いづらいなと極々当たり前の結論に思い至った。

正常な感覚の持ち主なら、エッチすれば聖女の力をなくせるよ、なんて恋人でもない相手に言えるはずないではないか。

エランが今まで黙っていた理由も納得できてしまった私は、そりゃ言えないよねと心の中で頭を抱えつつ、彼に言った。

「分かった。エランの言いたいことは分かったから、落ち着いて。次は私の話も聞いて欲しいところなんだけど」

「何を言われたってやめる気なんかないから話すだけ無駄だ。もう僕は決めた。今日、君を抱くって。聖女の力を無くさせて、王としての力を最大限に使って君を守る。この決定に変更はない」

「守ってくれるのは有り難いけど、それがさっき言った処刑云々《うんぬん》の話なら、本当にやめて欲しいのよね。私、そういうことをするエラン、好きになれる気がしないから」

そこははっきりさせておかないとと思い告げる。

悪いが私は平和な国から来た人間なのだ。怖いことを平気でする人を好きでいられる自信はない。

好きになれないと聞いたエランは実に分かりやすく怯んだ。

それでも顔を歪め「だが……」と言う。

私は再度エランの身体を退《ど》かし、上半身を起こした。

彼の目を見て、その肩を叩く。

「最後まで話を聞いて。私、エランのことが好きよ。気づいたのは本当についさっきだけど、たぶんもう少し前から好きだったんじゃないかなと思う。だから、私もエランの側にいたいって――」

「ルビー……！」

「うわっ」

エランが思いきり飛びついてきた。

おかげでせっかく起き上がったというのに、またベッドに押し倒される形となる。

「ちょっと！」

私の抗議をものともせず、エランはギュウギュウに私を抱きしめてきた。

「ルビー……ルビー……。本当？　本当に僕のことが好き？」

その言い方がまるで子供みたいで、つい昔のエランを思い出してしまった。

思わずポンポンと背中を宥めるように叩いてしまう。

「ほ、本当だって。エランが私のことを好きだって知ってるのに、嘘なんて吐けるはずないでしょ」

エランの愛はかなり重い。受け入れれば最後、側から離してもらえなさそうだし、わりと制約も多そうだ。それを知っているのに、嘘で『好き』は言えないだろう。冗談で言うには、失うものが多すぎる。

「エランのことが好きよ。だから話は戻るけど、私としてももう一回未来に跳ぶのは遠慮したいのよね。ほら、目を開けたら五十歳になったエランと再会したとか、やっぱり避けたいじゃない？」

エランの奥さんや子供を紹介されたくない、が本音だが、それは格好悪い気がしたので黙っておく。

「私もできれば今のエランと一緒にいたいし。年の差もちょうどいい感じでしょ？」

十九歳と二十歳なら同世代婚である。

別にエランなら十歳年上だろうが二十歳年上だろうが愛せるとは思うが、同年代で一緒にいられるのならその方がいい。

エランも私の言葉に頷いてくれた。

「僕も……もう二度と君と離れたくない。また十年も二十年も待つのは嫌だ。その時間を君と一緒に過ごしたい」

「そうよね。ええと、だから提案。私にはエランを受け入れる用意がある」

「えっ……本当に？」

吃驚した顔でエランが私を見てくる。その目を見て頷いた。

「本当。私も無理やり力を使わされて未来に……なんて嫌だし、相手がエランなら好きだからいいかなと思えるし。……ただし、条件があります」

「言ってくれ！　なんでもするから！」

若干の緊張をもって告げた言葉に、エランは食い気味に反応してきた。

「僕にできることならなんでも！　戦争でヴィルヘルムに勝てと言われてもやり遂げる用意はある！」

「ぜっっっっったいにやめてよね。……私、言ってるでしょ。戦争は嫌いで、皆で幸せに暮らしたいって。暴力沙汰も嫌だし、無理やり人を従わせるようなやり方もやめて欲しい。そういうのは無理だって。そこを今一度、ちゃんと約束して欲しいの」

「ルビー？」

エランが、何を言っているのか分からないという顔で私を見てくる。

そんな彼を私は静かに見つめ返した。

「これも前に言ったけど、私、平和な国から来たの。人が死んだりとか、痛い思いをすることに本当に耐性がない。それをサハージャという国の国王であるあなたに求めるのは間違いかもしれないけど……でも、嫌なの。お願いよ。エラン、人を殺したり痛い思いをさせたりしないで。私は医者として働くあなたが好き。人を傷つけるのではなく、助けようとするあなたが好きなの。さっきのあなたは怖かったし、私の好きなエランじゃないと思った。私、あなたを好きなままでいたい。だから、約束して欲しい」

「……」

エランが黙り込む。

沈黙が流れた。辛抱強く待っていると、エランは私を離し、ベッドの上に正座をした。なんとなくだけど、私も同じようにする。

ふたり向き合う体勢となった。

「エラン」

「……君が言っているのはつまり、さっきの処刑命令を取り消せということか？」

「それだけじゃないわ。今後もそういうことはして欲しくないって言ってる。私、エランには平和を愛する王様になって欲しいの。私が好きなのは医者のあなただから、人を助けることと反対のことをするあなたは好きになれない」

きっぱりと告げる。

エランは困ったような顔をして言った。

「サハージャでそれは難しいな……。モリアーノ子爵も言っていたが、サハージャは弱肉強食で、力をもって下を従える必要がある国。その手段を封じられるのは正直厳しい」

「……やっぱり駄目？」

じっとエランを見つめる。

やはりサハージャ国王となったエランに平和を求めるのはおかしいだろうか。

だけど私は殺戮《さつりく》者となったエランはどうしたって見たくないのだ。だから妥協はできない。

短くない沈黙が流れる。やがてエランは大きく息を吐き出した。そうしてゆっくりと口を開く。

「……分かった。約束する」

「えっ……」

「せっかく好きだと言ってくれた君に嫌われたくないし、なんでもすると言った言葉も嘘じゃない。君が本気で平和を望むというのなら叶える。兄上が帰ってくるまでの期間限定ではあるが、僕が国王の地位にいる間は、君の望む道に向かって邁進すると約束する」

「エラン……！」

「僕だって戦争なんてしたくない。怠いし面倒だし、何より大量に人が死ぬ。それに君の言う通り、僕は医者だ。医者が人を死ぬことを願ってはいけない。……頭に血が上って、こんな簡単なことも飛んでいたなんて、正直少し恥ずかしいな」

「……」

エランが私の手を握り、口元に持っていく。人差し指に口づけた。

「君に誓う。僕は医者の本分を忘れず、兄上とは違うやり方でサハージャを治める。彼らの処刑は取り消そう。ただ、それなりの罰は受けてもらわなければならないが」

「あ、そこはがっつりお願いします。処刑はやりすぎだって思うけど、罰がないのは違うって思うから！」

申し訳なさそうに告げるエランに力強く告げる。

犯罪を犯した者が罰を受けるのは当然だ。法治国家で育ったので、そこはちゃんとして欲しいと思うのである。

キッパリと告げた私に、エランが「そうなのか？」と驚いたように言う。

「なんだ。てっきりそういうのも嫌がるかと思ったのに」

「法律に定められている範囲内の処罰なら納得できるからいいの。いきなり処刑とか……あと、戦争とかそういうのはやめて欲しいって思うけど」

「なるほど」

エランが頷く。そうしていくつか質問をしてきた。どうやら私がどの範囲まで許せるのか調べているらしい。

「えっと、百パーセント私に合わせてくれなくても大丈夫だけど？」

「何を言ってるのだか。僕の施政方針を決めたのは君なのだから、最後まで責任を持ってもらわないと。ルビー、君が望むのなら僕は全力で平和を勝ち取ってみせる。鬱陶《うっとう》しい大臣たちを手玉に取り、君が望む未来を引き寄せる」

「え、ええ」

なんだかえらく壮大な話になってきたぞと思いながらも頷く。エランは晴れ晴れとした顔で笑い、私に言った。

「愛している、ルビー。君がいてくれるのなら、僕は天使にも悪魔にもなろう。全ては君の願い通りに。だから君も僕にくれるか？」

「な、何を……？」

そんな大層なものはあげられないぞと思いながらも怖い物見たさ的な感じで尋ねる。

「簡単だ。君は僕に君自身をくれればいい。それだけで僕は一生君の言いなりだ。——安いものだろう？」

「安いっていうか……いやあの、そもそも抱かれても良いから良い王様になってねって話をしたはずなんだけど!?　しれっと条件を追加するとか、悪徳商法すぎない!?」

うっかり流されそうになってしまったが、普通に条件を追加されている。思わず反論するも、エランは楽しげに笑っているだけで、まともに取り合ってくれなかった。

だけど、それでエランが人殺しを命じるような怖い王様にならないというのなら、確かに彼の言う通り、安い取り引きなのかもしれないけれど。

呆れているとエランが再び私を押し倒し、のしかかってくる。

「エラン？」

彼を見上げる。エランは目を細めて言った。

「無事に話もついたことだし——君を抱いていいか？」

いや、ついていない。最後の条件に同意した覚えはないぞと思いながらも、この状況でそれを言うのはさすがに野暮《やぼ》かと気づいた私は、しょうがないかと腹を括った。

「……いいわ」

途端、落ちてくる唇。

先ほどとは違い、熱を感じる口づけに私は安堵し、身体の力を抜いた。

「ルビー……ルビー」

愛《いと》しい人の名前を呼びながら、何度も口づけをする。ルビーの唇は熟れた果実のように甘く、温かで柔らかな感触に頭の奥が痺《しび》れた。

口内に舌を捻《ね》じ込み、その熱さに酔いしれる。互いの舌を絡め、唾液を啜《すす》り合う。どんな美酒よりも美味なその味は、僕の気持ちをどうしようもなく昂《たか》ぶらせた。

――ああ。

顔を赤くし、涙目で見つめてくるルビーを見て、心が満たされる。

ずっと願ってきた瞬間がようやく訪れたのだ。

◇◇◇

僕に母親の記憶はない。

娼婦《しょうふ》だった母は僕を産んですぐに亡くなったし、そのあとは王宮に引き取られたからだ。

父の記憶も殆《ほとん》どない。

偉大なるサハージャの国王。

自分の血を引く子供が生まれたので引き取りはしたが、父は娼婦の息子である僕に興味はなかった。あっさり離宮へやったのが良い証拠だ。

僕を育てたのは、女官や侍従といった使用人たち。

物心ついた頃《ころ》には僕は、親なんてものは期待するだけ無駄だと思うようになっていたし、病気が発覚してからは、皆からもいないもののように扱われることが増えたから、自然と自分の殻に閉じ籠《こ》もることが多くなっていった。

そんな中、僕が唯一興味を引かれたのが医学。

最初は、自分の不治の病をなんとかできないかという気持ちで医学書を手に取った。だけどどんどん楽しくなっていったのだ。

いつか、医者になりたい。

不治の病に冒《おか》され、いつ死ぬかも分からない身で何をと思うが、それが僕の願いで、無駄だと分かっていても勉強することをやめられなかった。

六歳を過ぎた頃から、僕の世話をするのは女官ひとりになり、その女官も適当に仕事をしてすぐに去って行く。

与えられる食事はお世辞にも栄養バランスに優れているとは言えなかったが、文句は言わなかった。

皆が僕をどうでもいいと思っているのは知っていたし、日々、身体《からだ》は悪くなる一方。

どうせ死ぬのだからと思えば、健康に気を遣うのも馬鹿《ばか》らしかったのだ。

僕の口癖である『怠《だる》い』や『面倒臭い』もこの頃から口にするようになった。

死を前にすれば全《すべ》てのやる気はなくなるし、怠くて面倒臭いと思うようにだってなる。

外に出たところで体調も悪くなるだけだし、ひたすら引き籠もる毎日。

そんな時だった。ルビーが僕の目の前に現れたのは。

珍しく散歩でもしようかという気になったある日の午後。僕はその日、運命に出会った。

以前読んだ書物にあった、異世界からの訪問者。

まさかそんな人物が本当にいるとは思いもしなかったが、彼女の発言や考え方、そして着ている衣服などから、『本物』なのだと確信した。

彼女を助けたのは——気まぐれだったのだ。

皆から『男』だと思われている彼女。だが、僕からすれば一目瞭然。彼女はどう見たって女性だった。

そしてサハージャにおいて、女性の扱いは最悪。

このまま放っておけば、彼女は連れて行かれ、死よりも酷《ひど》い目に遭うだろう。尊厳を奪われ、最悪、性奴として扱われる可能性だってある。

見たくない、と思ったのだ。

普段は面倒なことは絶対に避けたいと考えるはずなのに、何故《なぜ》かこの時だけは放っておけなかった。

だから助けた。

そうして助けた彼女——ルビーは変わった女性だった。

誰《だれ》も見向きもしない僕を、笑顔で構い始めたのだ。

確かに行き場のない彼女を従者として雇ったのは僕で、主人を気に掛けるのは従者として当然。

だけど僕には今まで、笑顔で世話をしてくれる人なんていなかった。

栄養バランスの整った食事を用意してくれたり、話に付き合ってくれたり、時には本気で叱《しか》ってくれたり。

そういうことをしてくれる人がひとりもいなかったから、すごく驚いたし——嬉《うれ》しかった。

しかもルビーは僕の病のことを知っても、態度を変えたりはしなかったし。

それどころか側《そば》にいると言ってくれた。医者になりたいという夢を話した時も笑わなかった。

ルビーが僕を弟のように思っているのは知っている。いつも姉ぶって、楽しそうにしているから。

でも、他《ほか》の誰もしてくれないことを彼女は僕にしてくれる。

そんなの好きにならないはずないではないか。

僕はかなり早い段階からルビーを異性として見ていたし、自分のものにしたいと願っていた。

だからあの日、もう死ぬだろうなと思った日の夜、告白したのだ。

ルビーは相手にしてくれなかったけど。

彼女から見れば僕は手の掛かる弟でしかなくて、それがどうしようもなく歯がゆかった。

もう僕は死ぬのだから、最後に夢を見させてくれたって良いじゃないかと悔しかった。

僕はルビーを残して、死ななければならない。

それが嫌で、でもどうしようもなくて目を瞑《つむ》った時、奇跡が起こった。

ルビーが僕を助けてくれたのだ。

意識が薄れそうになる中、流れ込んできたのはどこまでも優しい力。その力が全身に広がった時、僕の身体を蝕《むしば》んでいたものは綺麗《きれい》さっぱりなくなっていた。

それと同時に、誰よりも失いたくなかったルビーを失ってしまったけれど。

ルビーは聖女だったのだ。

たまに現れる異世界からの訪問者。その中には『聖女』と称される者がいた。

聖女は死以外のどんな病も治すことができる奇跡の力の持ち主と言われている。

ただ、力を使うとその代償に、未来の時間軸へと跳ばされるらしい。そのことに思い至った時、僕は本気で絶望した。

死病を治した代償だ。ルビーはどれほどの時を超えるのだろう。

それでも僕は彼女を待つと決めた。

僕にはルビーしかいなかったから、二十年でも三十年でも、彼女が時を超える先で待とうと決めたのだ。

彼女をひたすら想《おも》う僕に、皆は良い顔をしなかったけれど。

ただひとり「それも良いだろう」と言ってくれたのは、一番上のマクシミリアン兄上だった。

「お前がそう決めたのなら、好きにすると良い。私の邪魔をしないのなら構わない」

そう言ってくれた。

その言葉が僕を慮《おもんばか》ってのものではないことは分かっている。本当に言った通りの意味しかないのだ。

もし少しでも兄上の覇道の邪魔をしようとすれば、僕はあっという間に消されるだろう。邪魔をするのなら、放置すら許さない。それがマクシミリアン兄上だ。

でも、それが分かっていても僕は嬉しかった。

ただひとり、ルビーを待とうと決めた僕を肯定してくれた人。

ルビーが帰ってくるまでの間、この人のためにできることをしよう。そう考え、幼い頃から憧れていた医者になり、ひとり活動を始めた。

僕の手元に残ったのは、男装時に彼女が掛けていた眼鏡《めがね》だけ。

彼女を思い出せる、ある意味唯一のよすが。

僕はルビーの残した眼鏡を掛け、彼女を想いながら日々を生きてきた。

そうして十二年が経《た》ち、ようやくルビーは帰ってきた。

彼女からすればほんの瞬《まばた》きの間でも、僕にとっては十二年。

想いを拗《こじ》らせるには十分すぎる時間だ。

だから、ようやく現れた彼女を見てまず僕が思ったのは「絶対に逃がさない」だったのも仕方ないことだと思う。

十二年ぶりに見るルビーはやっぱり僕の記憶にある通りのまま優しくて、可愛《かわい》らしい人だった。話せば話すほど「好きだ」という気持ちが膨れ上がる。

子供の頃の恋が偽物だなんてそんなことあるはずがない。僕の積年の想いは、ルビーと再会したことにより昇華され、より激しく熱いものへと生まれ変わった。

ルビーが欲しい。

ルビーを己の手の内に留《とど》めたい。

妃《きさき》に迎え、死ぬまで側にいたい。

――十二年も待ったんだ。今更、元の世界になど帰すものか。

ルビーには言わなかったが、僕の心の中は大体こんな感じで、自分の欲望に塗《まみ》れていた。

彼女の都合なんて考えていない。帰りたいと言われたって帰せない。だってルビーがいなくなったら僕の方が生きていられない。

せっかくルビーが繋《つな》いでくれた命だけど、彼女がいないのなら何の意味もないものなのだ。

ルビーはその責任を取って、生涯僕の側にいるべきだと思う。

幸いにも、ルビーが気にしていた年齢差だって今はない。逆に僕の方が年上になってしまったくらいだから、あとは彼女を頷《うなず》かせるだけ。

僕は絶対に諦《あきら》めないし、何が何でもルビーを妃に迎えてみせる。

そうしてなんとか婚約者という立場まで持っていった。

最初は渋っていた彼女も僕とのことを前向きに考えてくれると言ってくれて、全ては上手《うま》く進んでいる。そう思っていたのに。

ヴィルヘルムで戴冠式に出席し、帰国した僕が聞かされたのは、まさかのルビーが行方不明になったという話。

その話を聞いた時は、報告してきた者やその場にいた全ての者を殺してしまいかねない心地になったが、なんとか堪《こら》えた。

ルビーが平和を愛する人だというのを覚えていたからだ。

彼女を助けた時、兵士を殺したと知れば、嫌われてしまうかも。そこに気づいてしまえば、殺意を収めるしかなかった。

必死に彼女を捜索し、モリアーノ子爵の存在を突き止める。その屋敷に兵士たちと共に突入した時は正直生きた心地もしなかった。

モリアーノ子爵が聖女としての力を使わせたがっているのは分かっていたからだ。

――もし、またルビーが僕の目の前から消えたら……。

何年でも待つつもりではいるが、次もすぐに戻ってくるとは限らない。もし、僕の生きているうちに帰ってこなかったらと思うと、自分の立っている地面が崩れていくような心地になる。

なんとかルビーを取り戻すことはできたが、この力を放置すれば、また今回のようなことが起こらないとも限らない。

だから思ったのだ。それならその力を無くしてしまえばいい、と。

聖女は、性交によりその力を失うと古い書物には書かれてあった。

ルビーが力を失えば、大臣たちは怒るだろうが、僕にとってはずっと彼女が側にいてくれる方が大事。

このまま僕の側に縛り付けてやる。そんな思いで彼女の唇に噛《か》みついたのだけれど――。

◇◇◇

「ん、あ……ひゃっ……」

可愛い声が聞こえ、現実に引き戻される。

僕の愛撫《あいぶ》に、ルビーが甘い声を上げていた。

服を脱がされ、一糸纏《まと》わぬ姿となったルビーの美しさにゾクゾクする。

「ルビー……好きだ」

気持ちを込めながらキスをし、その肌に手を這《は》わせる。ルビーの肌はしっとりとしていて、いつまでも触っていたいくらい気持ち良かった。

「あんっ……」

膨らんだ胸元に触れると、ルビーはピクンと身体を震わせた。だけど嫌とは言わない。

顔を真っ赤にして、僕が触れるのを受け入れている。

そのことが嬉しくて仕方ない。

ルビーが自分の意思で僕を受け入れていると分かるのが、幸せなのだ。

「気持ち良いな……」

初めて触れた乳房は柔らかく、フワフワとしていた。天辺《てっぺん》で主張する小さな茱萸《ぐみ》に指を伸ばす。ツンと突くと、ルビーは可愛らしく反応した。

「ああんっ……」

「気持ち良いか？　それとも嫌？」

「わ、わからない……」

「そう。じゃあ分かるまでしようか」

不安げな顔をするルビーの唇を塞ぎながら、ふにふにと胸を揉《も》む。そのうちに乳首が硬くなってきた。

先ほどよりも優しく、指の腹で押す。

「ひあんっ」

甘ったるい声が脳髄に響く。嫌がっていないことが分かりホッとしながら、引き続き胸の頂きを攻めた。

固くなった部分を強めで押し回すと、ルビーは面白《おもしろ》いくらいに身体を跳ねさせた。

「あっ、あっ、あっ……」

「可愛いな……」

彼女の反応に煽《あお》られ、堪《たま》らずもう片方の尖《とが》りに吸い付いた。

その頂きを心ゆくまで舐《な》めしゃぶり、強く吸い立てる。ルビーの身体は真っ赤に色づき、どこを食べても美味《おい》しかった。

ルビーの声に反応しているのだろう。先ほどからずっと下半身が酷く熱い。

下肢へと手を伸ばす。

中心部へ触れると、ぬちゃりという音がして、濡《ぬ》れていることが分かった。感じてくれているのだと分かり、ひどくホッとする。

するすると何度か割れ目を指でなぞる。ルビーは身体を硬くし、表情も強《こわ》ばっていた。

「大丈夫。できるだけ痛くないようにする」

「わ、分かってる。でも……」

秘部に触れられるのが怖いのだろう。初めてなら無理もないことだが、僕の方がもたないのだ。早くルビーの全てを暴き、己のものにしてしまいたい。

その想いが強すぎて、彼女のペースに合わせた方が良いと分かっていても止まれない。

「ルビー、愛してる。君だけが好きだ」

宥《なだ》めるように触れるだけのキスをしながら、慎重に指を割れ目の奥へと滑り込ませていく。

ルビーの中はとても熱く、驚くほど狭かった。襞《ひだ》が指に絡み付いてくるのが気持ち良い。

「あんっ、エラン……」

「痛かったら言って。少しくらいなら待ってあげられるから」

「少しって……私がいいって言うまでは待てないの？」

「それは難しいな」

言いながら、指を動かした。

隘路《あいろ》を広げるように指を曲げ、彼女の気持ち良い場所を探す。ルビーは愛らしく喘《あえ》ぎながらも文句を言ってきた。

「酷い。私がいいって言うまで待ってよ」

「もう十分待ったと思うが？　合計で十二年だ。これ以上待たせるのはさすがに酷だと思うのだが、ルビーはどう考える？」

「う、それは……」

私のせいじゃない、とルビーの顔には書いてあった。

確かにそれはそうかもしれない。だけど、実際十二年は長すぎたし、もう一度は勘弁してもらいたい。

僕は二度とルビーを放す気はないのだから。

「見えないかもしれないが、ようやく君を抱くことができて浮かれているんだ。今更止まれないし、そんな気もない。……君を全部僕のものにするまで終わらない。それくらい、ルビーのことを愛してるっていい加減分かってくれないか」

ルビーの耳元で囁《ささや》く。彼女はボッと顔を赤くし、僕を見た。

黒い瞳《ひとみ》はまるで黒曜石のように美しい。その黒が揺れる。

「ちゃんと……」

「ルビー？」

指の動きを止め、彼女を見つめた。ルビーは恥ずかしそうにしていたが、覚悟を決めたようにすうっと息を吸い込む。黒が真っ直ぐに僕を貫いた。

「私、ちゃんと分かってるわ。エランが私のこと、すっごく好きだって。その上でいいって言ったの。……私だってエランのこと好きなんだから、こっちこそ分かって欲しいって思うけど」

「ルビー……」

「生半可な気持ちで、エランを受け入れようって決めたわけじゃないの。……分かってる？」

上目遣いで尋ねられ、心臓を矢で打ち抜かれたような気持ちになった。

だってあまりにも可愛い。

「ルビーが可愛い……」

思わず告げると、ルビーはムッとした顔で「ちょっと、私は真面目《まじめ》に言ってるんだけど？」と文句を言ってきた。そんな彼女を無視し、行為を再開させる。

もう一本、膣孔《ちつ》に指を入れると、彼女は「あんっ」と愛らしい声を上げた。

その声は甘いだけで、痛みは感じていないようだ。安心して指を動かす。

「ひゃっ、あっ、あっ……エランっ……そこ、駄目なのっ……あんんっ！」

感じすぎたのか、白い太股《ふともも》に愛液が伝う。少しずつ隘路が広がり、蜜が溢《あふ》れてきた。

「あんっ、やんっ……あああっ！」

「ああ、ここか」

ルビーの声が変わったことに気づき、同じ場所を指で刺激する。柔らかな膣壁を何度も優しく擦《さす》ると、ルビーは切羽詰まった声で啼《な》いた。

「あ、そこ駄目……駄目って言ったのにっ……ああっ」

「でも、ルビーは気持ち良さそうだ……ほら、こんなに濡れている。柔らかく解《ほぐ》れてきたな」

「ひんっ！」

　蜜孔を中から広げると、ルビーは顔を仰《の》け反《ぞ》らせた。ピンと乳首が立っているのが愛らしく、思わずもう片方の手で摘まんでしまう。

「やあんっ」

「可愛かったからつい。……先ほどの話だが、僕も君の覚悟は分かっているつもりだ。だってこうして、僕の行為を受け入れてくれているわけだし。でも、どうしても思ってしまう。絶対に僕の好きの方が君よりも深いだろう、と」

「そんなこと……」

「ある。僕のこのドロドロとした想いは、愛という言葉ひとつで片付けられるような生易しいものではないから。君以外は本当にどうでもいいんだ。あの八歳の頃から僕が欲しいのはいつだって君だけで、それ以外は要らない」

　ルビーを蕩《とろ》かしながら告げる。

「君を僕のものにしたい。聖女の力を無くさせたいというのも嘘《うそ》ではないし、大きな理由のひとつだが、一番はやっぱり君を愛しているから抱きたい、だな。君を僕に縛り付けたいんだ。そんな気持ち、君にとっては迷惑なだけかもしれないが、それが僕のどうしようもない本音」

　指を引き抜く。

　着ていた上着を脱ぎ、ネクタイを外した。シャツのボタンを外し、脱ぎ捨てる。

　トラウザーズに手を掛けると、ルビーが緊張した顔で僕を見た。

「エラン」

「言っただろう？　今更止まれないって」

トラウザーズを脱ぎ、ルビーの足を抱えた。泥濘《ぬかるみ》に肉棒の切っ先を当てる。

「これで君は聖女の力を失う。もう君はどこにも行けなくなる。僕の側にいるしかない」

グッと腰を進める。

膣道は狭く、肉壁は雄を押し出そうとしてきた。それに逆らうように腰を突き入れる。

「あっ……！」

ルビーが痛みを堪えるように顔を歪《ゆが》めた。唇を噛みしめている姿が痛々しい。

「ルビー、辛《つら》ければ僕の肩を噛むといい」

「えっ……」

「君に痛みを与えているのは僕なんだ。それくらいの痛み、引き受けてみせる」

言いながら身体を前に倒す。ルビーはおそるおそる両手を伸ばし、僕の背中を抱きしめた。

肩口に顔を埋め、言う。

「……本当に噛んでもいいの？」

「もちろん。君のくれるものなら、それが痛みだろうと嬉しい」

「……馬鹿」

本心だったのだが呆《あき》れられてしまったようだ。

僕との会話に気を取られているうちに肉棒を奥へと進める。ルビーは遠慮なく僕に抱きつき、背中に爪を立てた。

噛まれると覚悟していたので、まさかそうくるとは思わなかった。驚いたが、彼女に縋《すが》られるのは嬉しいことでしかない。いくらでも跡を残して欲しいという気持ちで受け入れた。

彼女の腕が震えている。

痛いのだろう。あまり痛みを長引かせるのも可哀想《かわいそう》なので、ゆっくり挿《い》れるのはやめ、グッと奥まで一度に突き入れた。

「アアアアッ……！」

熱い痛みが肩に走ったがなんとか眉《まゆ》を寄せるだけで終わらせる。ルビーは僕に抱きつき、キュウッと目を瞑っていた。痛みをやり過ごそうとしているのだろう。

背中はジンジンとした痛みを訴えていたが、ルビーがくれたものだと思えば愛おしい。

「ルビー……」

「ん……大丈夫……」

あまり大丈夫ではなさそうな声で言い、彼女はほうっと息を吐いた。そうして尋ねてくる。

「これで私、聖女の力を使えなくなったの？」

「処女ではなくなったからな。だがまさかこれで終わりだと本気で思ってるのか？　むしろこれからが本番だと思うのだが」

確かに性交をしようという話になったのは、ルビーの聖女の力を失わせるため。

だが、それ以前に僕たちが両想いになったからという理由があったはずだ。

さすがにこれで終わりはないだろうという顔で彼女を見ると、ルビーは慌てて返事をした。

「わ、分かってる。ちょっと確認しただけだから」

「……ふうん？」

「本当だって！」

「そう？　それなら動くぞ」

「わ、分かったって……あんっ」

彼女の腰を持ち、軽く揺する。その口から強請《ねだ》るような声が出て、痛みを感じていないことが分かった。

「大丈夫そうだな。それなら」

「ひんっ……やあっ……もっとゆっくり……！」

粘膜の通路を押し広げるように腰を動かすと、ルビーの中が熱く蠢《うごめ》いた。火傷《やけど》しそうな熱さに、こちらの性器も熱を持ち、筋張っていく。

「はあっ……」

襞が絡み付く感触が想像以上に気持ち良い。

ルビーと再会する前、彼女を想って幾度となくひとりで処理をしてきたが、その全てが色褪《いろあ》せてしまうような気持ち良さだ。初めての女性経験に陶然となる。

肉棒を押し込め、深い場所で攪拌《かくはん》した。蜜孔を拡張させるような動きが気持ちいいのか、ルビーは僕に抱きつき、随喜の涙を流す。それがとても綺麗だと思った。

「あっ、あっ、ああっ……」

キュッキュッと膣壁が屹立《きつりつ》を押し潰してくる。あまりの心地よさに、頭が馬鹿になりそうだ。いつまでも腰を振っていたい。そんな心地に襲われる。

最初は遠慮していた動きも、気づけばどんどん速くなっていた。

「ルビー……ルビー……、好きだ……」

「エラン……私も……」

息を切らせながらも応《こた》えてくれるルビーが愛おしい。彼女は必死に僕に抱きついてきた。

その肌は熱く、汗でびっしょり濡れていた。

膣奥に亀頭を押しつけ、グリグリと押し回す。最初は固かった洞も今はすっかり柔らかく解れ、肉棒を全て呑《の》み込んでいた。

優しく、時には強く、無数の襞が肉棒に絡み付く。

寝室には互いの息づかいと肌と肌を打ちつける音が響き、今、僕たちが抱き合っていることを伝えてくれた。

「エラン……私、もう……」

ルビーが目を潤ませながら限界を訴えてくる。それに頷き、抽送《ちゅうそう》を速めた。

「あっ、あっ、あっ、あっ……！」

「ルビー……ルビー……！」

ルビーの名前を何度も呼びながら、腰を叩《たた》きつける。

射精感が高まり、抑えきれない。その気持ちをぶつけるように肉棒を膣奥へと押しつけた。

溜まりに溜まったものが彼女の中へと吐き出される。

最初から避妊するつもりはなかった。

だって僕たちは結婚するのだ。子供ができれば嬉しいし、何より彼女が元の世界に帰りにくくなると思うから。

酷い考え？　それがどうした。

僕は彼女を手元に留めるためならどんなことでもしてみせる。

結局、僕も兄と同じでサハージャの男。方向性が違うだけで、欲しいもののためなら何でもできるし、どんな鬼畜にだってなれるのだ。

こんな男に目を付けられたルビーを可哀想だと思うけど、今更逃がすつもりはない。

だって、それでいいと言ったのは彼女なのだ。自分が受け入れた男が想像と違ったと言われても、それはルビーのせいであって僕のせいでは断じてない。

今更何を言われたところで、僕にルビーを手放すつもりはない。

「はあ……はあ……はあ……」

ぐったりとする彼女の中から肉棒を引き抜き、顔中にキスを贈る。

ルビーは疲れた顔をしていたが、口元は笑っていた。

「ルビー……ありがとう。愛してる」

「ん……私も」

触れるだけのキスをし、微笑《ほほえ》み合う。ルビーがうとうとし始めた。どうやら眠たいらしい。

止めることはせず、彼女が眠るのを見守る。

規則正しい寝息が聞こえてきたのを確認し、その身体を魔法で清め、布団を掛けた。

「お休み、ルビー」

願わくば、体内に放ったものが君の中で新たな命となりますように。

帰郷について、ルビーがどう思っているのかは分からない。

だけどそれはどうでもいいこと。

だって彼女の返事がどうだろうと、僕の想いは変わらないのだから。

「君は僕のものだ。——愛している」

彼女だけを、心から。

この愛は永遠を約束できるもので、きっと大切にすると誓うから、ルビーをどこへもやりたくないという僕の醜い想いもいつかは全部笑って受け入れて欲しいと、そう願うのだ。

終章　きっとまた会えると願うから

朝を告げる鳥の鳴き声が聞こえている。

カーテンの隙間《すきま》から光が差し込み、寝室を明るく照らし出していた。

うむむと眉根《まゆね》を寄せる。

全身が重怠《おもだる》く、身体《からだ》の節々が痛かった。

「うう……ううう……」

痛みに呻《うめ》きながらも目を開けると、すぐ至近距離でエランが私を見つめていた。

ぼんやりしていた意識が一瞬で覚醒した。

「うわっ……!?」

「おはよう、ルビー」

「お、おはよう……」

驚きながらも挨拶《あいさつ》をする。同時に、昨夜のあれやこれやを思い出し、恥ずかしくなった。

そういえば昨日、エランと結ばれたのだ。

終わったあと、気絶するように眠りについたこともあり、今まですっかり忘れていた。

「エ、エラン……早いのね。もう起きてたの」

平静を装いながら尋ねると、エランは私を引き寄せた。チュッと額に口づける。

「起きてたというか、寝ていない。ようやく念願叶《かな》って君を抱けたのが嬉《うれ》しくて」

「そ、そう……」

喜びを噛《か》みしめるエランを見つめる。

昨夜、行為の後そのまま寝てしまったため、ふたりとも裸だった。身体のべたつきはないから、おそらくエランが魔法で清めてくれたのだろう。こういう時、魔法はとても便利だと思う。

「身体は大丈夫？　辛《つら》くないか？」

「ものすごく痛い。全身筋肉痛よ」

心配してくれる彼には悪いが、正直に告げる。

「普段しないような体勢だったからか、あっちこっち痛くって……」

「あとで痛み止めを処方する」

「助かるわ」

息を吐き出し、エランの腕の中から抜け出る。身体を起こすと、彼も同じように起き上がった。

酷《ひど》く喉が渇いていたので、ベッドサイドに手を伸ばし、水差しを取った。近くに置いてあるコップを使って水を飲む。

「はあ……生き返る……」

カラカラに干上がっていた喉が水分を得たことで、ずいぶんとマシになった。

ホッとしつつ、エランに話しかける。

「そういえば昨日は聞けなかったけど、ヴィルヘルムはどうだったの？　フリードリヒ王子の戴冠式。

素敵だった？」

そもそもエランは、ヴィルヘルムに招かれ、戴冠式に出席していたのだ。

この二日間ほど、色々ありすぎたせいですっかり忘れていたが、思い出せばやはりどんな感じだったのか気になる。

脱ぎ散らかした下着を身につけながら尋ねると、彼もベッドから下り、近くのクローゼットを開けた。

そこにはエランの服一式が入っている。新しい下着を取り出しながらエランが答えた。

「さすがは大国ヴィルヘルムだけあって、絢爛《けんらん》豪華な式だった。今回初めてフリードリヒ国王と話したが、彼とは友人になれたし、なかなか得がたい男だった」

「へえ！　ヴィルヘルムの王様とお友達になったんだ。すごい！」

エランが好んで友人を作るタイプではないことを知っていたので、素直に驚いた。

というか、彼の口から『友人』という言葉を聞いたのは初めてかもしれない。

「初めてのお友達がヴィルヘルムの王様……」

それはそれですごい話だ。そう思っているとエランが言った。

「彼とは話が合ったから。たぶんそうだろうとは思っていたが、フリードとは考え方が似てるんだ。だから話しやすいし、無駄な気を遣う必要がない」

「それはますますすごいわね。でも、考え方が似てるって？」

「前にも言っただろう？　彼も僕も、妃《きさき》にさえ手を出さなければ無害だってところだ」

「えっ……」

「フリードが妃を溺愛しているというのは話に聞いて知ってはいたが、噂《うわさ》以上だった。間違いなく彼の逆鱗《げきりん》はリディアナ妃だ。彼女にさえ手を出さなければ、ヴィルヘルムはよき隣人でいてくれる。そしてそれは僕も同じ」

「逆鱗……。そんなにお妃様のこと大事にしてるんだ。へえ……エラン、お妃様とも話したの？　実際、どんな感じの人だった？」

「どんなと言われても困るが、夫のことが好きだというのが伝わってきた。非常に仲の良い夫婦だったな。リディアナ妃は少し……ルビーに似ているように思ったが」

「私に？　外見は全然違うと思うけど」

リディアナ妃の見た目を思い出しながら言う。

彼女は紫色の瞳《ひとみ》をした可愛《かわい》らしい表情の人で、私とは全く似ていない。

だが、エランはシャツを羽織りながら否定した。

「いや、外見ではなく雰囲気が似ているんだ。あとは考え方か。彼女を見ているとなんとなく君を思い出す。その程度なんだが」

「ふうん」

なんだ。なんとなく程度か。

近くに落ちていたドレスを身につけながらエランの話を聞く。彼は「そうだ」と思い出したように言った。

「君の方こそ、僕の留守中どうだったんだ。モリアーノ子爵に誘拐《ゆうかい》された他《ほか》には何もなかったのか？」

「え、私？　私は別に――」

何もないと言いかけ、いや、わりと色々あったかもしれないと思い直した。

「……二度ほど、変な男の人と遭遇したわ。ひとりは、神父服を着た人だったんだけど」

シェアト、と呼ばれていた人のことを思い出す。

ものすごく怖く、アンバランスな人だった。こちらは常に抜き身の武器を喉元に突きつけられているような恐ろしさを感じているのに、本人は終始のほほんとした態度で話しかけてくるのだ。

「神父服を着ているのに、身につけている十字架が何故《なぜ》か逆十字だったの。柔らかい態度と口調なのにすっごく怖くて、逃げたいのに逃げられないって感じだった」

その時のことを思い出しながら告げる。着替え途中だったエランは、驚いたようにこちらを振り返った。

「逆十字を下げた神父服の男!?」

「え、ええ。そうだけど」

それがどうかしたのか。着替える手を止め、エランを見る。彼はわなわなと身体を震わせ、声を荒らげた。

「黒の背教者だ！」

「え……？」

「だから、黒の背教者。前に説明しただろう。兄上の部下で暗殺者ギルド『黒』の長。神父服姿に逆十字のネックレスをつけていたのなら間違いない。彼だ」

「……」

目を瞬《しばたた》かせる。

確かにエランから黒の背教者については聞いていた。彼のお兄さんの部下で暗殺者だと。

でも現在、お兄さんと一緒で行方不明中ではなかったか。

「えっ、元気そうにしてたけど？」

「元気そうにって……兄上のことは何か言ってたか？」

少しでも兄の情報が欲しいのだろう。エランが私の側《そば》に来て、聞いてくる。

そんな彼に、背教者だという彼と話したことを思い出しながら告げた。

「お兄さんの名前は出してなかったと思うわ。ただ、嘘《うそ》つきの彼がどうとかは言っていた気がするけど」

怖かった記憶が強烈すぎて、詳細な会話内容までは覚えていなかった。

なんとか記憶を辿《たど》りながら告げると、エランは「嘘つき……もしかして兄上のことか？」と呟《つぶや》いた。

「他には？」

「覚えてない。あ、でも彼に会ったら『次はない』と伝えてくれって言われたわ」

「『次はない』か。どういう意味だ。だが、背教者の言う彼が兄上のことだとすれば、少なくとも背教者に殺されてはいないという意味になるな。死んでしまった相手に『次』なんて言い方はしないだろうから」

「確かに」

エランの言葉に納得した。

だが、それならマクシミリアン国王は生きているのだろうか。今、どこで何をしているのだろう。

考えているとエランが鋭く聞いてきた。

「あとは？」

「え？　あと？」

言葉の意味が理解できずに首を傾《かし》げる。エランは溜息《ためいき》を吐《つ》いて私に言った。

「もうひとり変な人に会ったと言ったのは君だろう。そいつはどんな奴だった？」

「あ、ああ……ええと……」

一生懸命記憶を辿る。

背教者が強烈だったせいか、こちらは印象がそれほど強くなく、思い出すのにも苦労した。

それでもなんとか記憶を漁《あさ》り、口を開く。

「ええと、すっごくエランのお兄さんを恨んでいる人だったわ。額に傷があって……最後、殿下って呼ばれていたような気が……」

おぼろげな記憶を引っ張り出しながら告げると、エランは腕を組み、唸《うな》りながら言った。

「額に傷……殿下……兄上を恨んでいる……もしかしたらそれは、タリムのハロルド王子かもしれないな」

「ハロルド王子？」

「……前回の戦いで兄上に利用されたんだ。その後、国に帰っていないという話は聞いたが……そうか。兄上を追って、サハージャ入りしていたのか。調べさせた方がいいかもしれない」

「わ、分からないからね？　私の記憶が間違っている可能性もあるし！」

大仰《おおぎょう》なことになりそうな気配にギョッとした。

それでなくとも私の記憶は曖昧《あいまい》なのだ。それなのに、その記憶を頼りにされては困る。

必死に違うかもしれないと告げる。

エランは「分かった、分かった」と言ってくれたが、目が笑っていないことに気づいた私は項垂《うなだ》れた。

どうしよう。

もし人違いだったら、私のせいで見も知らぬハロルド王子とやらが困ることになる。

「あああ……人違いだったらごめんなさい……」

とりあえずハロルド王子とやらに謝っておく。とぼとぼと着替えを再開させた。

「あ、届かない」

「留めてやる」

ドレスの後ろにあるボタンに四苦八苦していると、エランが代わりに留めてくれた。

それに礼を言い、溜息を吐く。私が落ち込んでいることに気づいたのか、エランが声音を明るくさせて言った。

「そういえば、ヴィルヘルムでは噂の精霊にも会ったぞ」

「っ！」

興味のありすぎる話題に、私はばっとエランを見た。

「精霊！　どんな感じだったの!?」

「興味津々だな」

「当たり前でしょ！　精霊なんて見たことないもの。教えて！」

人型をしているのだろうか。それとも動物の形をしているのか。

目を輝かせて尋ねる。エランは呆気《あっけ》にとられた顔をしていたが、すぐに教えてくれた。

「そうだな。非常に不思議な生き物だった。見た目はぬいぐるみのようなミニドラゴンだが、その力は計り知れない。戴冠式の日、空に虹を架けていたところを見ても、相当な力を秘めた生き物なのだろうと思う」

「空に虹!?　精霊ってそんなことができるの……すごい……！」

「できるみたいだな。あと、魔女も祝いに駆けつけていたぞ。三人の魔女が現れて、フリードリヒ国王の治世を祝福し、青い薔薇《ばら》の花びらを降らせていた。まるで夢でも見ているかのような幻想的な光景だったな」

「魔女……」

魔女という言葉を聞いて、そういえば私もミーシャさんと会ったなと思い出す。

現れた魔女というのは、ミーシャさん以外の魔女なのだろうか。

気になっていると、エランが着替え終わった私を引き寄せ、抱きしめながら言った。

「素晴らしい戴冠式だった。君のもとに早く帰りたかったから、調印が済み次第帰国したが、時間が許せばもう少し滞在してもよかったかもしれない」

「へえ」

「帰り、転移門までフリードたちが見送ってくれたが、その際、彼らにも『結婚式には是非来て欲しい』と言っておいた。ああ、そうだ。急ぎ、挙式の日程を決めなければならないな。君と僕の結婚式だ。戴冠式は必要なくとも、やはり結婚式は盛大に執り行いたいところだし」

ウキウキと未来について語り始めるエランを見つめる。

その顔はとても嬉しそうで、エランが私との結婚を願っていることがよく分かったが……なんだろう。

少しだけだけど、私の方に引っかかるものがあった。

エランのことは好きだし、すでに婚約しているのだ。両想いになったのだから、結婚するのも吝《やぶさ》かではない。でも……。

――そういえば、私、無理やりファーストキスを奪われたのよねえ。

エランが強引に聖女の力を無くさせようとした時のことを思い出す。

私を奪われまいと必死だったエラン。その気持ちを分からないとまでは言わないけれど、ああいった形でファーストキスを奪われたことを、私はなんとなく気にしていた。

別に嫌ではなかったし、好きな相手とのキスだ。

気にするほどではないのかもしれないが、どうしても引っかかる。

――私、実はファーストキスには夢を持っていたタイプだったのね……。

自分がそんなことを気にする女だとは思わなかったので吃驚《びっくり》である。経験して初めて分かる事実というやつだ。実に女々《めめ》しい。

私はエランに無理やりファーストキスを奪われたことをいまだ気にしていて、心の中にモヤモヤとしたものを抱えているのだ。

それなのにエランの方は、そんな事実はなかったとばかりに未来の結婚式のことばかり語っている。

「……」

なんだろう。とても面白《おもしろ》くなかった。

一言きちんと謝ってくれて、やり直しをしてくれれば、私もここまで気にしなかっただろう。だが、結局エランは謝ってくれていないし、そもそも私が気にしていることすら気づいていない。

なんとなく、なんとなくだけど、このまま素直に結婚するのが嫌だな、と思った。

仕返しというわけではないけれど、溜飲《りゅういん》が下がるようなことを何かしたい。

それにはどうすればいいか。

真面目《まじめ》に考えていると、エランが「君はどう思う?」と笑顔で聞いてきた。

「なんの話……?」

思索に耽《ふけ》りすぎて、話を聞いていなかった。エランが拗《す》ねたような口調で言う。

「だから、結婚式。君はどういう式が好みなのか聞いておきたくて。その、君は異世界から来ただろう？　異世界のことは僕には分からないが、君が憧れていたものがあるのなら合わせられるものは合わせたいと思うのだが」

「……異世界、ね」

じーっと見つめる。

嬉しそうな顔は、私が結婚を嫌がるとは全く思っていないようだ。

あと、私もすっかり忘れていたけど、エランは私が異世界に、日本に帰るかもしれないという可能性を完全に無視して、もしくは忘れて話を進めているように見えた。

——確かに帰れないってミーシャさんには言われたけど……。

そのことをまだエランには伝えていないのに、どうして彼は当たり前に私が彼と結婚し、この世界に残ると思っているのだろう。その選択肢を選ぶと確信しているのだろう。

それとも両想いになったのだから、帰るわけがないと高を括《くく》っているのだろうか。

私が当然この世界を、エランを選ぶと思っているのだとしたら、それはかなり腹立たしい話だ。

こちらは故郷に二度と帰れなくなるというのに。

そこを軽々しく無視しないで欲しい。

「……ねえ、エラン」

「うん？」

笑顔で私を見つめてくるエラン。彼のことを愛《いと》おしいと思う。好きだと思う。

だけど、許せないことはやっぱりあるから。

──うん、決めた。

悪いけど、エランには多少苦労してもらおう。

これは私のファーストキスと日本への帰還。それを失うことの代償であり対価だ。

「私が日本流の結婚がしたいって言ったら、エランは叶《かな》えてくれるのよね？」

「もちろん。僕にできることならなんでも言ってくれ」

その声音に嘘は見えない。私は頷《うなず》き、彼に言った。

「日本では結婚する時、家族に許可をもらうって決まりがあるの。娘さんを下さいって。サハージャはどうなのか分からないけど」

「こちらでは、父親に結婚許可を求める形だな。ルビーのところは、まさか家族全員？」

「まあ、そんな感じね。やっぱり家族のうち、誰《だれ》かひとりでも反対していると結婚はしにくいし」

「ふうん」

「で、その『娘さんを下さい』をやって欲しいのよね。挨拶をして、きちんと許可をもらって欲しいの。駄目？」

エランの目を見つめる。彼は「ん？」と眉《まゆ》を寄せた。

「……君の家族は異世界だったな？　それなのに挨拶？　不可能だろう？」

「それがね、そうでもないの」

笑顔を作る。わけが分からないという顔をしているエランに言った。

「言いそびれてたんだけど、実は私、エランが留守の間に魔女にも会っているのよね」

「ん？　ん？　魔女……？　ルビー、今、魔女って言ったか？」

困惑するエランに大きく頷いてみせる。

「そう。ええと、千里眼の魔女……って、言ってたかしら。ミーシャさん。とっても素敵な人だったわ。それで、話の続きなんだけど」

「……」

「そのミーシャさんが占ってくれたんだけどね。どうやら私の兄――紫苑《しおん》がこの世界にいるみたいだって」

「え……」

エランが呆気にとられた顔で私を見る。

いくらエランでも、この展開は予想していなかったのだろう。まあ分かる。私だって聞いた時には吃驚したのだから。

「で」

続きを話すぞという顔をし、口を開く。

ここからが本題なのだ。

私からのちょっとした仕返し。

私が日本に戻らないと決めつけているようにしか見えないエランに、それはあんまりじゃないかという意味を込めて、あと、無理やりファーストキスを奪った嫌がらせに、少しばかり苦労をさせてやろうと決めた。

――私が欲しいなら、これくらいやってみせてよ。

そうしたらもう全部許すし、全《すべ》て諦《あきら》めて、エランに嫁いでもいいと納得できるから。

トン、と彼の胸を押す。

動揺したようにエランが蹈鞴《たたら》を踏んだ。二歩ほど、後ろに下がる。

「そういうわけだから、私と結婚したいなら、まずは兄を見つけて結婚許可をもらって欲しいの。挙式はそのあとってことで！」

「はあああああ!?　嘘だろう!?」

目を限界まで見開き、エランが叫ぶ。

「この世界にいるって、具体的にはどこにいるんだ！　身体的特徴は？　君は知らないかもしれないが、ハイングラッド大陸は広いんだぞ！　その中でたったひとりを捜せって!?　できるわけがない！」

「でも、やってくれるわよね？　私、お兄ちゃんに会いたいの。エランなら、私がお兄ちゃんに会いたい気持ち、分かってくれると思うんだけど」

「ぐっ……」

エランが言葉に詰まる。

でも実際、エランがお兄さんを見つけたいのと、私が兄を見つけたい気持ちは一緒ではないかと思うのだ。

だからどんなに不可能だと思えても、きっとエランは頷いてくれる。そう信じられた。

もう一度、エランを見つめる。

答えを求めるように告げた。

「ね、私のたったひとりになった家族、捜してくれる？」

「……」

エランは答えない。だけどその顔には冷や汗が流れていたし、頬《ほお》はしっかり引《ひ》き攣《つ》っていた。

「エラン」

「……」

「エランってば」

何度も呼びかける。彼の表情が面白いように変わっていくのが分かる。

そして絶望を浮かべていたのが、諦めに変化した時、私は己の勝利を確信した。

「エラン」

「わ、分かった」

ギュッと目を瞑《つむ》り、エランが小さく頷く。

彼の全身から断りたいけど断れないというオーラがヒシヒシと出ていた。

どうやら相当な葛藤《かっとう》があったようだ。

「……君の望みを叶えると最初に言い出したのは僕だ。それに……僕も兄上に会いたいから、ルビーの気持ちはよく分かる」

「エラン……」

言われた言葉を聞き、胸を撫《な》で下ろす。きっとエランならそう言ってくれると信じていた。

「ありがとう、エラン」

「ヒントが欲しいところだが……まあいい。だが、君の兄を見つけたらすぐに結婚式を挙げるぞ。それは覚悟しておいて欲しい」

「ええ。大丈夫」

そこまでしてもらって、逃げるつもりは毛頭ない。

エランにはまだ言っていないが、どうせ日本には帰れないのだ。兄を見つけてくれたタイミングで潔く腹を括って、サハージャに骨を埋めようではないか。

「あ、でも、お兄ちゃんがOKを出してくれたら、だから」

兄が『NO』と言う可能性もゼロではない。その場合は残念だが、結婚はできない。認めてもらえるまでエランには兄に通ってもらうしかないだろう。

「……分かった。君の兄に認めてもらえるまで頑張ろう」

最早《もはや》、全てを諦めたというように頷くエラン。

そんなエランに私は近づき、その頬にキスを贈った。

「ルビー？」

「紫苑お兄ちゃんを捜してね」

きっとエランなら兄を見つけてくれるだろう。私はその日を楽しみに、ゆっくりと彼との結婚、そして日本との別れを済ませようとそう思う。

それとあともうひとつ。

今もエランに秘密にしていること。

私の本名。

七扇飛鳥《ななおうぎあすか》という、アスカルビーとは全く違う名前。

名前を隠した方が良いのかと思い、偽名を使ったのがその始まりで、現在進行形で彼に伝えられてはいないけれど。

でも、もし兄を見つけてくれたのなら、その時こそ私の本当の名前を伝えたい。

彼は驚くだろうか。でも、その時の顔も楽しみだ。

——私、本当は七扇飛鳥っていうの。


全部、エランにあげよう。

彼が願った通り、私の過去も未来も現在も全部。

七扇飛鳥はエランというひとりの男性を愛していて、その全てを差し出す準備があるのだと、きっとその時に伝えようと、そう決めた。

あとがき

こんにちは、月神《つきがみ》サキです。

王太子妃、初の番外編をお送りいたしました。

他国から見たフリードたちを書くことってなかなかないので、すごく楽しかったです。皆様お馴染みの人たちもたくさん出せましたし、次へのフラグもしっかり仕込みました。

これは聖女である飛鳥と代理国王エランふたりのお話で、単発でも読めますが、やはり王太子妃の番外編。

王太子妃を知ったあとで読んでいただくと、より楽しめると思います。（王太子妃の番外編と銘打っているので、これだけを読む方は少ないでしょうけど）

無印全十巻と、王太子妃編全十巻、是非、お手に取っていただければ！　コミカライズもありますよ！（あからさまな宣伝）

エランと飛鳥のふたりが今後、リディたちとどう関わっていくことになるのか、期待していただければ嬉しいです。

番外編のイラストレーター様ですが、王太子妃ですので、もちろん蔦森《つたもり》えん先生です。

王太子妃編十巻で初めてエランを出した時、すでにこの話を書くことは決まっていたので、次のヒーローですとお話ししてデザインしていただきました。

エランはダウナー系の美形ですが、意外にも王太子妃にはまだこのタイプっていなかったんですよね。

怠い、面倒臭いが口癖のダウナー系ヒーロー。そして、姉ぶる癖がある聖女飛鳥。ふたりともとっても素敵にデザインしていただきました。

男装女子が大好きなので、執事服を着るヒロインはご褒美……。ピンナップで見ることができて嬉しかったです。

エランの眼鏡姿も眼福でした。お忙しい中、いつもありがとうございます。

最後になりましたが、このお話を手に取って下さった全ての皆様に感謝を込めて。ありがとうございました。

次は『王妃編（仮）』でお会いいたしましょう。

二〇二四年五月　月神サキ　拝

王《おう》太《たい》子《し》妃《ひ》になんてなりたくない!!
サハージャ編《へん》
聖《せい》女《じょ》ルビーは逃《に》げられない

月神サキ

❖ 2024年7月5日　初版発行

❖ 著者　月神サキ

❖ 発行者　野内雅宏

❖ 発行所　株式会社一迅社
〒160-0022 東京都新宿区新宿3-1-13　京王新宿追分ビル5F
電話　03-5312-7432(編集)
電話　03-5312-6150(販売)
発売元：株式会社講談社(講談社・一迅社)

❖ 印刷・製本　大日本印刷株式会社

❖ DTP　株式会社三協美術

❖ 装丁　AFTERGLOW

ISBN978-4-7580-9652-2

MELISSA

●本書は書き下ろしです。
●この作品はフィクションです。実際の人物・団体・事件などには関係ありません。